Do you love me or what?

What.

Dieses Buch widme ich allen Mädchen da draußen.

Lasst euch nicht verbiegen, bleibt immer ihr selbst –
und hört auf euer Herz, aber denkt an den Spruch

„Follow your heart – but take your brain with you"

Macy.

Online?!

Der Liebesfail

© 2017 Macy.

Umschlaggestaltung, Illustration: Macy.

Verlag: tredition GmbH
ISBN: 978-3-7345-4858-1 (Paperback)
ISBN: 978-3-7439-3971-4 (Hardcover)
Printed in Germany

Bibliografische Information der Deutschen Nationalbibliothek:
Die Deutsche Nationalbibliothek verzeichnet diese Publikation in der Deutschen Nationalbibliografie; detaillierte bibliografische Daten sind im Internet über http://dnb.d-nb.de abrufbar.

Inhalt

Prolog

„Geh raus aus meinem Zimmer!!!!" „NEIN ich bleibe gaaaanz lange hiiier", flüsterte er mit einer ekelhaften Stimme. „GEH RAUS" „Nein ich bleibe hier". Hilfesuchend wandte ich mich an Julius. „Hilf mir", flehte ich ihn an. Er tat nichts. Dann schaute ich zu Leon. Doch der starrte nur verwirrt zu uns rüber und Laura war mit irgendetwas anderem beschäftigt. „HILFE ICH WILL IHN HIER WEG BEKOMMEN! AUS MEINEM ZIMMER. AUS MEINEM LEBEN.". Ich flippte aus. Schubste ihn. Mit einem lauten Knallen fiel er wie eine eiserne Statue auf den Boden. „GEH" schrie ich noch mal. „Nein." Er lächelte mich an.

Irgendwann wachte ich auf.

TEIL 1

Legend says when you can´t sleep at night, it´s because you´re awake in someone else´s dream

17. Januar

21:03 Macy: Kennst du den Johan aus der 8a? ;))

21:06 Jada: Kp... wieso denn????

21:08 Macy: Wir sind zusammen in Sozi.. und der ist total süßßßß und so.. und ich glaub ich steht total auf den....:O!!

21:08 Jada: warte ich guck ihn mir mal an

21:09 Macy: Ok haha tu das! ;) Im Jahrbuch: Klasse 8a hintere Reihe, der zweite von rechts

21:12 Jada: Süß ist er ja schon! ;)

21:13 Macy: Heute hatten wir beim Tag der offenen Tür gemeinsam Dienst und er war soo süß und wir verbringen oft die Freistunde nach Sozi zusammen!!<3

21:15 Jada: Häääännnndeee???;)))

21:15 Macy: ??? xD

*21:17 Macy: Ach hattest ja mal gesagt, dass man durch Berührungen der Hände merken kann ob da was läuft haha... heute musste er mir das Tesa geben und unsere Hände haben sich gaannz lang berührt *-* ... aber sonst.. keine Ahnung.. hab nichts gemerkt...*

21:18 Jada: Halt mich aufm Laufenden.. muss off gehen, hab Deutsch noch nicht gemacht… bis morgen in der Schule!! Ciao!!

21:19 Macy: Mist… muss ich auch noch machen.. Haha :D !!!!! Bis dann, Morgen erzähl ich dir mehr und in der Pause stalken wir ^^;)!!

Johan war in meinem Sozi–Kurs. Wir hatten uns von Anfang an gut verstanden und ich mochte ihn immer mehr, umso besser ich ihn kennenlernte…Er war irgendwie was Besonderes für mich!

Jada ist eine Freundin aus meiner Klasse. Sie wiederholt das Schuljahr; ist aber dieses Jahr auch nicht so viel besser. Dafür ist sie für jeden Scheiß zu haben – meistens tauschen wir uns über Jungs aus.

Am nächsten Tag erzählte ich ihr mehr von Johan und wir beobachteten ihn in der Pause. Jada fand ihn ganz süß – aber ihr Typ war er nicht. Zu nett, zu harmlos, zu uncool… Jada stand zu der Zeit auf Jason, quasi das Gegenteil von Johan: Laut, auf eine sehr auffällige Weise gut aussehend und seeeeehr von sich überzeugt. Solche Typen konnte ich gar nicht leiden. Mit jedem Schritt, den er tat schien er zu sagen „schaut mich an, mich das sexy beast… schaut, wenn ihr euch traut… und wenn ihr cool genug für mich seid".

OK, Jason war sehr sportlich und hatte wirklich einen hammerguten Körper. So hatte er auch einen perfekten Nebenverdienst in unserer Klasse gefunden: Für 50 Cent zeigte er sein Sixpack und für 1 Euro durfte man es anfassen. Ich glaube, Jada hat einiges Taschengeld an Jason verloren! ;)

Aber zurück zu Johan.... In den nächsten Wochen wurde es immer besser mit ihm. Wir verbrachten viel Zeit in der Schule. Er war einfach unglaublich süß zu mir. Oft verbrachten wir die Pausen zusammen und dann saßen wir da und redeten und redeten.... Ich hatte das Gefühl, dass er sich immer ganz auf mich konzentrierte. Einmal kam eine seiner Klassenkameradinnen, um ihn nach dem Raum für die nächste Stunde zu fragen. Sie musste ihre Frage dreimal wiederholen, bis er sie wahrnahm, weil er nur Augen für mich hatte. Ach, Johan.....

Wir waren mittlerweile auch auf Facebook befreundet und hatten in den letzten Wochen viel geschrieben. Ich war hin und weg von seiner Art. Ehrlich gesagt, ich war extremst verliebt mittlerweile.

21. Januar

15:43 Macy: Jada!!! Johan ist soooo süß!!

*15:47 Jada: …^^*

15:51 Macy: Jaaa*___* Ich steh wirklich total auf ihn und irgendwie wars heute mit ihm wieder total geil!

15:52 Jada: Ja ich merk s haha <333 wieso? ;)

15:55 Macy: Wir haben wieder die ganze große Mittagspause zusammen verbracht und er hat mich gefragt ob wir mal am Nachmittag oder Abend was zusammen machen wollen!!!

15:56 Jada: ECHT JETZT?!

15:57 Macy: Ja*O* Das ist sooo schön!!!!

15:59 Jada: Oha ja!! Ich glaub er mag dich auch seeeehr!

16:05 Macy: Glaubst du wirklich!? :3

16:07 Jada: Denk schon!! Man sieht das, wie er dich immer ansieht ;)))

16:10 Macy: <33333*_____* Aber ich weiß nicht… Eigentlich schon, aber …. Vielleicht meint er das ja nur so freundschaftlich…

Eigentlich war ich mir fast sicher, dass Johan mich auch mochte. Wir Mädchen stapeln aber oft gerne tief, gerade wenn wir von unseren Freundinnen noch etwas Positives hören wollen….

Es half aber nichts, viel zu viele Hausaufgaben standen an. Für die nächsten zwei Stunden gab es nur noch das Mathebuch und mich. Und ungefähr fünf Nutellabrote dazu.

19:04 Johan: Hey Macy! :)

19:05 Macy: Heyy :D

19:07 Johan: Wir müssen unbedingt was machen!! ;)) Wie wär's mit Kino am Wochenende?! Warst du schon in Rubinrot? :) Wir könnten zusammen reingehen!

19:09 Macy: Ja – cool! Vielleicht am Freitag? Da hab ich noch nix vor :)))

19:10 Johan: Ja ich auch nicht, übernachte da nur bei Leon, dh. ich kann nur bis sechs oder so aber das passt ja :)

19:11 Macy: Supiiii :D Ich freu mich schon :)

19:13 Johan: Ja ich mich auch hehe :D<3

Oh mein Gott. Wir waren verabredet! Er war soooo süß mit seinen grünen Augen und seinem Hundeblick. Ich freute mich total auf Freitag.... In den Tagen bis Freitag schwebte ich wie auf Wolken...

25. Januar

Wir trafen uns vor dem Kino, gingen direkt zu unseren Plätzen und und redeten leise. Ehrlich gesagt, kann ich mich an kein Wort erinnern, nur an seine Augen... Als der Film anfing, lehnte ich mich in meinem Sitz zurück und beobachtete Johan aus den Augenwinkeln. Plötzlich griff er nach meiner Hand. „Macy...du weißt es, oder? Ich liebe dich", flüsterte er. Ich kniff mir ins Knie. Träumte ich?! „Ich... dich auch!", gab ich zurück. „Willst du mit mir zusammen sein?", fragte er und lächelte mich an. „Ja". Er lehnte sich zu mir und küsste mich. Alles stand für einen Moment still. Ich konnte es gar nicht glauben. Johan und ich waren zusammen!

Haha, nein! So war's nicht! Und das können sich wahrscheinlich auch die meisten von euch denken! So ist es meist nur in unseren Vorstellungen! Oder mit Jungs, die uns eigentlich nicht so wichtig sind - da klappt alles immer wie am Schnürchen. Aber im wahren Leben, wenn wir richtig verliebt sind, ist das Zusammenkommen oft um Einiges komplizierter. Zu viele Gedanken, Ängste, Tränen, Freundinnen und deren Meinungen und Jungs, die nicht so wollen wie wir. Zuviel Hin- und Her-Gechatte und zu wenig klare Worte... Aber lest selbst!

Ich liebe mich. Du liebst dich. Lust zu tauschen?

17. Januar

Mit Lola, meiner schwedischen Nachbarin, spreche ich nur Englisch... haha das ist natürlich manchmal echt kompliziert aber es hilft auch total und macht irgendwie Spaß! Seit circa zwei Jahren sind wir sehr gut befreundet. Wir machen oft gemeinsam Sport, gehen zum Beispiel gemeinsam laufen und reden dabei über das Leben... Lola ist total hübsch, ein Jahr älter als ich und hat, wenn es um Jungs geht, einige Erfahrung.

22:12 Macy: Heyyyy Lolaaa!!!!!!

22:12 Lola: Heyyyyy Macy :D suupppp??

22:13 Macy: Got soo much to tell you <3

*22:14 Lola: Ok. Start. I can listen to you. This fucking a.... John isn't answering. He decided to ignore me the whole time. That's pissing me off so hard. But now! We are talking about you soooo????^^*

22:15 Macy: I told you to break up with him! You deserve someone better, trust me ;) ok! Now about Johaniiii*_* soooo haha today was this special day at school and there was this guy..... <3

22:16 Lola: What??^^ which guy? Is he hot? What happened?

22:17 Macy: Haha nooo kind of.. well.. I think I like him <3. and he is sooo cute!!!

22:18 Lola: He is cute? get him.

22:19 Macy: Yes suuupercuuuteee ;) but how?! That's not that easy for me, how it is for you ...

22:20 Lola: It is. Also for you! You are so pretty! I guess he likes you already!!

22:21 Macy: Haha I hope so.. but I don't think so.... need to go... see you ;)

*22:22 Lola: Cu! And tell me EVERYTHING. Good luck^^*

Jeden Freitag hatten Johan und ich eine gemeinsame Freistunde. Ich zählte jedes Mal aufs Neue die Tage bis zum Dienstag und Freitag, wenn ich Zeit mit ihm verbrachte. Dienstags, in der Mittagspause, setzte ich mich des Öfteren zu ihm und seinen Freunden.

Wir unterhielten uns über alltägliche Dinge, die in der Schule vor sich gingen und ich merkte immer mehr, dass wir uns in mancher Hinsicht ähnelten. Auch wirkte er auf mich irgendwie ungewöhnlich. Ich hielt ihn für anders als die meisten Jungs aus meiner Stufe. Er war nicht einer von denen, die sich z. B. nur dafür interessierten, viele „Likes" sie jetzt auf ihre Facebookbilder hatten.

So wie ich nicht der kleinen Gruppe supercooler Mädchen angehörte, die meinten, klassenübergreifend die 8. Stufe zu regieren, war er nicht Mitglied der Hipstergruppe von Jungs, die zu jeder Party eingeladen waren, coole Bilder am alten Flughafen fotografierten und auf Facebook stellten. Dass sie sich gerne gegenseitig feierten, ging mir auf den Senkel. Ich konnte von mir behaupten, nicht zu diesen Gruppen gehören zu wollen und fand die Anbiederei mancher Schüler bei diesen hippen Exemplaren einfach nur lächerlich. So schätzte ich auch Johan ein.

Im Gegensatz zu mir, die zu dieser Zeit eher zurückhaltend und nur auf eigene engere Freunde bezogen war, war Johan zu allen freundlich und offen.... Er wirkte irgendwie auch gut erzogen und versuchte bei möglichst jedem einen guten Eindruck zu hinterlassen.

Cool wollte Johan aber schon gerne wirken, war er aber nicht. Einmal saßen wir wieder an einem kalten Freitagmorgen in der Bücherei und erledigten die Hausaufgaben. Ein Klassenkamerad hörte ein Geräusch und fragte uns was das wohl war. Johan erwiderte darauf nur: „Ich habe nichts gehört. Ich war wohl zu oft in der Disco!" Daraufhin musste ich mir das Lachen verkneifen! Haha - Johan und Disco? Johan und tanzen? Haha... Diese Art wirkte bei ihm lächerlich. Und nicht echt! Und deshalb auch wieder süß.

Hurra, heute addete mich Johan auf Facebook.

21. Januar

19:34 Johan: Hey du bist Macy aus Sozi oder, haha? Hatten wir irgendwas auf in Sozi? :/

19:46 Macy: Ööööööhhh ich glaub nicht :D wir sollten ihm nur die Rollenkarten in sein Fach einwerfen.

19:47 Johan: Ok, hab ich schon abgegeben ;)

19:50 Macy: Gut ;) sonst rastet er morgen wieder aus haha :D

19:51 Johan: Haha :D... ich spiel nachher mal ne Runde Schach mit dem Engländer

15

19:53 Macy: Cool hast du machst bei dem Austausch mit! ;)) Das ist voll scheiße, wir durften das nicht, weil unsere Klasse schon aufm Frankreich- austausch war -.-

19:54 Johan: Tja tja , darf im Sommer nach England fahren!!!! *_*

21:29 Macy: Haha ;) warst du bei der Party?

Irgendwie eine komische Angewohnheit, unpassende „haha"s zu schreiben, um zu zeigen, dass alles ganz easy ist. Das machen aber fast alle.

21:30 Johan: Klaa.. du hättest kommen müssen, war ne geile Stimmung!!

21:31 Macy: Haha ;)

21:31 Johan: Am Anfang wars lahm.. aber dann hab ich 2 Stunden am Stück getanzt! GENIAL!!

21:32 Macy: Haha geil! :D wer war alles da?

21 33 Johan: Über 50 Leute… mach heute Abend mal die Augen auf ich denk die meisten werden was posten! :D Wmds?

22:18 Macy: Deutsch-Hausis.. du?

22:19 Johan: Mathe… Cooles Profilbild :) ….

Unsere belanglosen Chats veränderten sich mit der Zeit. Ich lernte ihn immer besser kennen und was ich von ihm mitbekam, mochte ich total.

Februar

Ronald war ein Klassenkamerad von Johan. In meinen Augen war er ziemlich cool und auch anders als die anderen Jungs. Er hörte andere Musik und sein großes Hobby war das Bmx-Rad-Fahren. Ich chattete gerne mit ihm - was wohl an seinem Humor lag. Den mochte ich total. Er war eigentlich unterhaltsamer als Johan ... Johan schrieb wie er war – einfach nett, aber vielleicht auch.... ein klein wenig langweilig. (Das war mir damals vielleicht noch nicht so bewusst, aber selbst wenn... Johan hätte mir Auszüge des Mannheimer Telefonbuchs oder binomische Formeln schreiben können... ich hätte es umgehend „süß" gefunden und wäre begeistert über seine Nachricht auf meinem Bett herumgesprungen...)

Während ich im Chat mit Johan die meisten meiner Sätze grübelte, war es mit Ronald einfach unterhaltsam und ich konnte ohne nachzudenken Blödsinn schreiben. Irgendwann kamen wir auf Johan.

....

20:34 Ronald: Jetzt sag endlich! Auf wen stehst du???

20:35 Macy: Ok... also.. ich sags jetzt... J......o......h......a......n...

20:36 Ronald: Müller? O.O

20:36 Macy: jep

20:37 Ronald: Ahahhahahahhhahahahahahahah :`D Sry aber dein Ernst?!

Ronald konnte Johan nicht ausstehen, das wusste ich schon von Klassenkameraden. Ich konnte überhaupt nicht verstehen, warum.

20:37 Macy: Was?

20:38 Ronald: Johan. ARE YOU FUCKING KIDDING ME?!

20:39 Macy: Ich weiß dass du ihn nicht magst. Aber das ist mir jetzt gerad egal :D. Erzähl mir was über ihn:3

20:40 Ronald: Er hat Augen, Nase, Mund.

20:41 Macy: Jaaa er hat Augen!!!! Und zwar riiichtig schöne <3*O*

Ich bettelte länger, er solle mir doch mehr über Johan erzählen....Bei einem der nächsten Chats hatte ich ihn dann soweit...

22:12 Ronald: Ok... ernsthaft jetzt: ich weiß was von Freunden

22:14 Macy: Sag :D

22:15 Ronald: Wenn du zu ihm gehst, zwingt euch seine Mutter Gesellschaftsspiele zu spielen. Er darf nicht auf Youtube, nachdem er ein Video angeschaut hat, löscht er den Verlauf. Er hat kein Word/ Powerpoint. Alles wahr.

22:16 Macy: Hahhahahahhahahahha echt jetzt? :D hahahahhah Ronald ich hab gerad so Lachflash!!

22:17 Ronald: Ja. Um genau zu sein Monopoly und Spiel des Lebens. ZU ZWEIT!!!!!!!

22:17 Macy: Hahhaha das ist soo lustig :DDD XD

22:20 Ronald: Hahahaha jaaa :D ... Runde Wahrheit, Pflicht oder Prozent?:)

22:21 Macy: Okee haha :D Was nimmst du?

22:22 Ronald: Pflicht

22:22 Macy: Beschreibe Sophie in fünf Worten:)

22:23 Ronald: Sie hat zwei menschliche Hände.

22:24 Macy: Grrr -.-

22:26 Ronald: Warn Scherz:D haha... hübsch, hilfsbereit, freundlich, süß, hipsterrr... Was nimmst du?

22:27 Macy: Hehe ok:) Prozent!

22:30 Ronald: Zu wie viel Prozent magst du mich? :3

22:34 Macy: 60 % (: was nimmst du?

22:35 Ronald: Ich nehm auch Prozent

22:36 Macy: hmmm...gleiche Frage! zu wie viel Prozent magst du mich?

22:38 Ronald: 60,389871927408ß19895898 %

> *...*

17. Februar

20:13 Ronald: Ich bin im Urlaub :P

20:14 Macy: I know!! Teneriffa?

20:15 Ronald: Ja :P

20:15 Macy: Mannnn hast du s gut!!! Bei uns ist es scheißkalt-.-…

20:16 Ronald: Was reimt sich auf Zeh?:3

20:17 Macy: Fick dich:)

20:18 Ronald: Fick dich reimt sich aber nicht auf Zeh :O Aber Schnee reimt sich auf Zeh :3

20:21 Macy: Grrrrrr…

20:22 Ronald: Deine Nachrichten begehen Zeitreisen D:

20:23 Macy: Oh ja!! Wie können sie das? Ich will das auch machen.__.

20:24 Ronald: Meine reisen in die Zukunft :O sie sind modern *-*

20:25 Macy: Meine in die Vergangenheit… :D

20:26 Ronald: Hängen geblieben XD

Es verging einige Zeit. Mit Johan hatte sich so viel geändert. Einmal wusste ich nicht, wo der Sozi-Kurs stattfand. Deshalb ging ich zu ihm und fragte, wo wir Sozi hätten. Mit den Worten „Komm, wir schauen einfach nach ;)", ließ er alles stehen und liegen, sprang auf und lief mit mir durch das Gebäude. Als wir dann schließlich den Raum gefunden hatten, wartete er, bis ich meine Sachen abgestellt hatte, dann lief er wieder zurück und packte sein ganzes Zeug zusammen.

Immer öfter schrieb Johan mich an und wir chatteten oft den ganzen Tag! Und in der Schule unterhielten wir uns, wann immer wir uns über den Weg liefen. Ich spekulierte natürlich mit meinen Freundinnen, wie er mich so fand. Sie wiesen mich immer darauf hin, wenn er vermeintlich positive Anzeichen mache und rieten mir, mich ihm gegenüber auffälliger zu verhalten, sodass seine Aufmerksamkeit mit 100 Prozent an mich gerichtet war, wenn er in der Nähe stand. Wenn ich diese Worte jetzt, also Jahre später, lese, finde ich sie so kindisch und würde am liebsten die Delete-Taste zum Einsatz bringen – aber so war es halt. Und so war ich.

März

Eines Tages verabschiedete sich Johan nach einem Chat mit „LY", für „Love you". Anfangs war ich mir nicht sicher, wie ich davon denken sollte, denn viele schreiben sich das auch nur freundschaftlich. Er war dafür aber eigentlich nicht der Typ. Andererseits wusste ich, dass er mit vielen Leuten gleichzeitig schrieb und dass es möglich war, dass er sich das nur von den Tussis abgeschaut hatte. Ich holte die Meinungen meiner Freundinnen ein. Amira, die immer versucht, alles positiv zu sehen, war der Ansicht, dass er das ganz sicher nicht freundschaftlich meinte, sondern dass es ein Test war, wie ich darauf reagierte. Jada dagegen redete mir ein, dass ich mir nicht so viel Hoffnung machen sollte, weil er es bestimmt nur so geschrieben habe. Ich selbst war mir nicht sicher, was ich von allem halten sollte, hoffte aber, dass er mehr als nur Freundschaft im Kopf hatte.

Als ich dann später noch mit ihm chattete, überschlugen sich die Ereignisse regelrecht!

20. März

...

14:56 Johan: Wmds?:)

15:15 Macy: Nix besonderes.. chillen,. musik hören und sou du ;)

15:18 Johan: Zum Judo gehen ;) bb <3 ly

15:21 Macy: Ciao viel Spaß <3

…

20:41 Johan: Wmds?:DD

20:42 Macy: Hab gerad meiner Schwester vorgelesen:D duu?

20:42 Johan: Fern gucken + chatten:)

*20:43 Macy: Aso… bist du verliebt? ^^*

Ich hatte lange überlegt, wie ich auf das Thema kommen sollte. Nachdem ich das dann geschrieben hatte, schlug ich mir den Kopf auf die Schreibtischkante, weil ich diese Frage so unvermittelt und echt doof gestellt hatte. In den sieben Minuten, in denen er off war und keine Antwort kam, war ich kurz vorm durchdrehen und schrieb Ronald an:

20:44 Macy: FUCK. Ich bin sooo behindert Ronald!!!! Scheiße!

20:44 Ronald: Ruhig!!:) Was ist passiert?

20:45 Macy: Kacke kacke kacke!! Mann :(Ich bin so doof!

20:45 Ronald: „RUHIGGG!!!!;)))"

20:45 Macy: Ich hab Johan gefragt, ob er verliebt ist!!!!!!!!!!!!!

20:47 Ronald: Und???

20:47 Macy: Er ist off gegangen!!

*20:47 Ronald: *Facepalm**

20:48 Macy: Nicht .lustig.

20:48 Ronald: Doch :D

Eine neue Nachricht von Johan poppte auf…

20:49 Macy: ER HAT GEANTWORTET!!!!!

20:50 Ronald: GEIL! Erzähl mir später alles!!!!!!!

… Im Chat mit Johan.

20:49 Johan: Ja

20:50 Macy: Aso:)

Na toll. Jetzt ging er auch wieder off und hatte auf die bescheuerte Frage, ob er verliebt sei, ebenso bescheuert nur mit „ja" geantwortet. Nach zehn Minuten kam er wieder on und meldete sich.

21:01 Johan: Hey Macy!:)

20:02 Macy: Hey :DD

20:03 Johan: Wie findest du´s RMZ?;)

Das RMZ war das größte Einkaufszentrum hier mit Kino usw.

21:04 Macy: Ämm jo ganz cool;) du?

21:05 Johan: Auch! Gehste oft hin? ;))

21:06 Macy: Ja ;)

21:07 Johan: Wollen wir Freitag zsm. hingehen, Ferienanfang genießen und so :D...

21:08 Macy: Ja gerne:)

21:08 Johan: Wenn du Lust hast kannst du mal gucken ob es einen Film im Kino gibt, der dir gefällt ;)

21:09 Macy: Ja :))

21:10 Johan: Sag mir einfach Bescheid wenn du was findest...

21:11 Macy: Oki :)

21:12 Johan: Wann wollen wir uns dann im RMZ treffen?... oder wie wollen wir es machen?:)

21:13 Macy: Öhm alsoo ich kann eigentlich den ganzen Tag.. hmm so wie du willst:)

21:15 Johan: Mir ist es auch egal, hab bis 6 Uhr Zeit, sry danach hab ich Leon versprochen, dass ich zu ihm komm! ://

Ich war so glücklich und konnte den Freitag, also den Tag, an dem es endlich Ferien gab und ich mich mit Johan traf, kaum erwarten! Endlich war es so weit und ich machte mich auf den Weg zum Kino. ...

Ich hatte eine sehr gute Freundin, welche nicht zu den „Coolen" gehörte, sondern im Gegenteil sehr strebsam, fleißig und und antihip war. Manche meinten deshalb, auf sie herab schauen zu müssen, aber ich mochte sie sehr, weil sie immer an allem interessiert war und sich alles merkte, was man ihr erzählt. So etwas fand ich ziemlich wichtig und ich versuchte auch so zu sein. Amira kam aus Bangladesh und war sehr gut in der Schule; ihre Eltern waren sehr streng. Sie war aber einfühlsam – und hörte sich jegliches Rumgeheule von mir an, hatte aber auch für meine Freude ein offenes Ohr. (Ich kann euch sagen: Freunde die sich mit euch freuen, die gibt es selten...)

22:57 Amira: MACY! Wie war es im Kino?!;)))

23:00 Macy: Schön! *____* Aber nicht perfekt!

23:02 Amira: Erzähl!!!

23:20 Macy: Ich kam mit dem Bus und bin dann nach oben zum Kino gelaufen. Er war schon da. Wir holten die Karten und liefen noch einige Runden durch das RMZ. Oh Mann, wir redeten und redeten (mit Johan kann ich einfach sooo gut reden!) und dann im Kino haben wir unsere Arme die ganze Zeit auf die gleiche „Armlehne" gelegt und sie haben sich die gannnze Zeit berührt *-* Und dann war der Film irgendwann vorbei und wir fanden ihn beide gut, außer dass er iwie kein richtiges Ende hatte... Nach dem Film sind wir noch rumgelaufen und das war sooo hammer!! Weil ich wollte ihm so was kurz erklären und dann hab ich so gesagt: „Gib mir mal kurz deine Hand" Und dann hat er mir die Hand gegeben <33 Und dann hab ich ihm das gaaanz lange erklärt und seine Hand hat sich soo hammergeil angefühlt *.* und dann als wir rumgelaufen sind haben wir halt auf seine Uhr geschaut und dann hat er gemeint: „Wann kommt dein Bus?" Und wir haben bemerkt, dass ich noch ein bisschen auf den nächsten Bus warten muss. Ich meinte dann so: „Du kannst ruhig gehen!" Aber er wollte unbedingt mit mir warten und dann hab ich gesagt, dass er schon fahren kann, weil er ja zu Leon musste und er hat dann gesagt „Nee Leon macht sich keine Sorgen um mich" ... haha und er hat mich so gefragt, ob ich schon vierzehn bin und ich hab geantwortet „nee" und er so „wann hast du Geburtstag?" ich: „Im August" er:

„genauer!!" ich: „8.8.du??" er: „26.7." und er hat ausgerechnet, wie viele Tage er älter ist! Dann sind wir noch ein bisschen weiter gelaufen und dann kam mein Bus und er hat mich umarmt <3333 das war so geil*__* Und dann bin ich in den Bus gegangen und er ist zu seinem Fahrrad gelaufen und hat sich die ganze Zeit umgedreht und mir noch richttttiiiigggg süß gewunken... Und sich wieder umgedreht! Ah, der hat so einen supersüßen Hundeblick!

23:26 Amira: Oha wie geil!!!!*_* Ist doch alles super gelaufen!!! Warum nichtperfekt?!

23:27 Macy: Perfekt wäre es, wenn wir zsm. gekommen wären ;)

23:28 Amira: Das kommt sicher noch!!!!! Er steht auf dich! Das merkt man doch soo eindeutig<3;)

Jetzt waren ja Ferien und zwischen Johan und mir eine Weile Funkstille. Keiner hat sich nach dem Kino getraut, dem anderen noch was zu schreiben! Amira riet mir, ihm zu sagen, dass es mir gefallen hat und wir das gerne wiederholen können, aber irgendwie wäre ich mir blöd vorgekommen. Darin unterstützte mich auch Jada, die der Meinung war, er sei der Junge, also sei er an der Reihe.

Also wartete ich, bis er sich wieder bei mir meldete!

29. März

...

22:33 Johan: Wmds?:)

Irgendwie wollte ich etwas aus ihm herauslocken… und schrieb daher einen Spruch, den ich gerade auf Facebook gelesen hatte und für passend hielt:

22:34 Macy: Ich liebe mich. Du liebst dich. Lust zu tauschen? Hahahha-hah :D Sry das musste gerade sein XD öhm. Musik hören, chatten usw.. duu?

Wieder antwortete Johan nicht gleich… Ich wurde wieder schier verrückt und musste somit auch Ronald aufs Neue einschalten!

…
22:35 Macy: ICH HAB IHM GERADE SO WAS AUFFÄLLIGES GE-SCHICKT!!!!!:(…

22:36 Ronald: Was denn? :`D ich liebe dich?!

22:37 Macy: Ich liebe mich. Du liebst dich. Lust zu tauschen?.. Ich hab ihm das geschickt und jetzt antwortet er nicht mehr :(…

22:38 Ronald: Haha peinlich :D

22:39 Macy: Ja fail :D

22:39 Ronald: Romantischer geht's ja nicht oder?:`D

22:40 Macy: Maaannnn :D…:(

22:40 Ronald: Naja wenigstens hast du bald Klarheit! Wenn er dir ant-wortet siehst du vielleicht ob ihr zusammen kommt oder nicht!...

22:41 Macy: Ja hast recht……

22:41 Ronald: Wenn er kein Trottel ist sagt er ja. Und wenn er dumm ist, sagt er wie geht das? XD

Und dann wieder im Chat mit Johan...

22:43 Johan: Ich auch, nur dass ich Radio hör :D

Na super... Johan war gar nicht drauf eingegangen! Was brauchte er noch – eine PowerPoint Präsentation?! Er hat den Spruch einfach ignoriert... Später habe ich dann gemerkt, dass das für ihn typisch ist. Aber ihr werdet es noch selber lesen...

Jetzt schrieb ich wieder mit Ronald:

22:45 Ronald: Und?? Was hat er geschrieben??

22:45 Macy: Er ist darauf nicht eingegangen... Er hat nur gesagt, was er gerade macht -.-

22:45 Ronald: Eierloser Depp.

22:46 Macy: Wieso?

22:46 Ronald: Weil er dir auf so was keine Antwort gibt. Lächerlich.

22:47 Macy: Egal......

22:47 Ronald: Frag ihn noch mal. Er wird nie den ersten Schritt machen. Frag ihn jetzt oder vergiss ihn.

22:48 Macy: Nee ganz sicher nicht!! Vielleicht steht er einfach nicht auf mich?!

22:49 Ronald: Dann hätte er dir das gerade gesagt.

22:50 Macy: Hmmm…

22:52 Ronald: Ooooder:… Er ist Batman und will nicht mit dir zsm. sein, weil du dann in Gefahr bist :0

…

Ich folgte nicht dem Rat von Ronald, sondern chattete einfach weiter mit Johan, so als wäre nichts gewesen:

…

23:31 Johan: Was machst du in den Ferien noch so?:)

23:32 Macy: Freunde treffen und sou… du??

23:34 Johan: Freunde treffen, übernachten, Zimmer aufräumen, mit paar aus der Klasse in die Soccerhalle gehen, Kino + RMZ (shoppen), Schulsachen ordnen, alte Sachen ausmisten und joa.. da gibt´s so Einiges!;)

23:35 Macy: Haha okee:) was glaubst du was Mädchen so machen, wenn sie sich treffen?

23:39 Johan: Reden, Jungs versuchen zu verarschen und hübsche Bilder machen, hab aber ehrlich gesagt kp :D

23:40 Macy: Jungs verarschen? :D hahha?

23:41 Johan: Kp mir ist nix besseres eingefallen.. was macht ihr denn so?:D

*23:43 Macy: Über Jungs reden, Videos gucken… und das mit den Bildern hast du gut erraten!:D Und Jungs?? Zocken??^^*

23:44 Johan: Naja, die entstandenen Bilder auf Facebook anschauen, über Jungs und Mädchen reden, zocken, Videos schauen, die neusten Apps angucken, über Sport reden und ähm über sonst alles Neue reden! Des war´s ;)

23:45 Macy: Was erzählt ihr euch so Neues? :D

23:48 Johan: Sport oder andere Events, neue Beziehungen…usw!

23:49 Macy: Was gibt es für einen Tratsch zu neuen Beziehungen?:))

23:50 Johan: Z B. Wie´s mit Leon und Melissa aussieht:)

Leon war Johans bester Freund. Er sah total gut aus und viele Mädchen aus unserer Stufe waren in ihn verknallt. Seit Kurzem war er mit Melissa zusammen.

23:51 Macy: Jaa stimmt, ist ja klar!:D Leon ist schließlich dein bester Freund :D… noch ne Frage!! Nenn drei Dinge, die du auf ne einsame Insel mitnehmen würdest!

23:53 Johan: Kleine Frage: Gibt's da alles was man zum Überleben brauch oder brauch ich Essen+ Trinken?

23:54 Macy: Nein du hast alles zum Überleben!!;)

23:55 Johan: Mmmh also… 1. Bilder von allen Personen, die ich kenne, die mir nahe stehen…2. ein Buch (oder mehrere) 3. ein Boot (zum Nachhausefahren) und einen IPod zum Bilder schicken;)!!.. hmm ok.. der IPod ist sinnlos! Da ist iwann der Akku leer und hat kein Internet..! :S… Oder gibt´s da Wlan, des brauch man ja auch zum Überleben!:D

23:57 Macy: Nee da gibt's kein Wlan :P Überleg was anderes :PP

23:58 Johan: Sag du erstmal was du nehmen würdest! ;) Vlt. fällt mir dann auch noch was ein…

00:01 Macy: Ich würde 1. Buch 2. IPod ....und 3. ....dich :P

OK, das war irgendwie peinlich. Hatte ich eigentlich nicht schreiben wollen. Meine Finger machten sich ab und zu mal selbstständig auf der Tastatur. Ich zitterte, wie immer, wenn der Peinlichkeitsfaktor stieg. Dieses Zittern kann nur durch Nutellabrote etwas gemildert werden… Während ich mir drei davon in der Küche schmierte, summte ich gequält vor mich hin, was mein Vater, dem ich unterwegs begegnete, mit Kopfschütteln quittierte. Nach einem langen Blick auf die Brote und mein Gesicht verkniff er sich aber – danke Papa! – jeden Kommentar.

Zurück zum Chat. Ich traute mich kaum zu gucken, was Johan geantwortet hatte.

00:05 Johan: Darf man des?! Haha cool!! Ich dann auch!;)

Anschließend wusste ich immer noch nicht, was ich denken sollte. Der Junge verwirte mich einfach nur. Hatte sein „ich dann auch" überhaupt etwas zu bedeuten!? Oder war das nur eine Antwort aus Freundlichkeit? Die Befragung meiner Freundinnen fiel natürlich wie immer aus: Amira war der Meinung, dass er das geschrieben hat, weil er mich gut findet und Jada meinte, er schrieb das nur aus Nettigkeit.

Ich finde es sehr gut, wenn Freundinnen die ehrliche Meinung sagen und einem auch zeigen, wenn es kaum Hoffnung gibt. Aber rückblickend fällt mir auf, dass Jada meistens alles schlechter gemacht hat und Amira mir meistens Hoffnung gemacht hat!

30. März

Nachricht von Johan. Ich war unsicher, was ich davon halten sollte. Schließlich hatte ich ihm gestern verklickert, dass ich ihn gut fand. Naja, mal sehen, ob er darauf noch mal einging, oder ob er einfach tat, als wäre nichts geschehen. Wenn das der Fall wäre, würde ich ihn mir noch heute aus dem Kopf schlagen.

14:45 Johan: Hey! :)

14:45 Macy: Haaii :)

14:45 Johan: Willst du mit mir zsm sein??? <3333

Schockstarre. Und dann. Freude. Und Unsicherheit, ob ich mich in einem Traum oder der Realität befand. Es war tatsächlich Letzteres. Johan hatte mich gefragt. Was das ernst gemeint? Oder verarschte er mich? Doch das konnte ich mir bei ihm eigentlich kaum vorstellen.

14:46 Macy: Bist du alleine oder verarscht du mich? Eigentlich trau ich s dir ja nicht zu :3

14:50 Johan: Bin alleine und meine es 100% Ernst und love u!!! :D Willst du mit mir zsm. sein???<3333

14:50 Macy: Ja!!! :**

14:51 Johan: Yeeaahh!!!! :D :D :D <3 <3 <3

….

Ich war ziemlich glücklich in diesem Moment.

Es waren Osterferien, was bedeutete, dass erstmal keiner davon erfuhr. Außer die Personen, denen wir davon berichteten. Ich telefonierte sofort mit Amira, welche, wie ich, in Freudenschreie ausbrach. Jada hatte es schon von Amira erfahren, die ich gleich angerufen hatte.

19:40 Jada: Stimmt das – du bist mit Johan zsm???? :0

19:41 Macy: Jaaaaa*---*" er hat mich gefragt!!!!!

19:43 Jada: Wie geeeeeeil!!!!*---* per Chat??

19:45 Macy: Jaa.. Sooo geil!!!!!!!!!:3...Ich bin sooo happy!!!!

19:46 Jada: Verständlich!! Wieso ging das so schnell???? *-* ??
19:50 Macy: Kp.. ehm wegen der Insel gestern Abend!.... :D weil er ja deshalb schon wusste dass ich auf ihn stehe?!

19:52 Jada: Jooo stimmt :D

April

Ich wollte „es" nicht allen erzählen, weil ich genau wusste, dass Johan sehr wahrscheinlich erst mal nur mit seinem besten Freund Leon darüber redete. Aber Ronald sollte meiner Meinung nach davon erfahren, weil er bei dem Thema immer für mich da gewesen war. Einige Tage später chatteten wir.

01:22 Macy: Ich erzähl dir jetzt mal was! :3 Aber versprich mir dass du s keinem weitersagst!

01:24 Ronald: Auch nicht meinen Händen? :3

01:25 Macy: Neeein.

01:26 Ronald: Ok :(... Leg los.

01:27 Macy: Ich bin mit Johan zusammen :**

01:28 Ronald: Ohne fuck?

01:28 Macy: jap

01:29 Ronald: Ok hat er dich gefragt?

01:30 Macy: Jaaa

01:30 Ronald: Du Arme :´DDDD Nee Scherz freu mich für ihn :´DDDD

01:30 Macy: Alter? :D

01:32 Ronald: Sorry :DD: Ich würde gerne an meiner Stelle sein :3 Und ich beneide mich :3

01:36 Macy: Hä?

01:37 Ronald: Und ich danke mir. Ohne mich hätte ich das nie geschafft.

01:37 Macy: ?..

01:39 Ronald: Ich will noch mal speziell mir und meinem Ego danken. Ohne mich hätte ich das nie geschafft.

01:40 Macy: Was laberst du?!

01: 40 Ronald: Ich will damit sagen, dass ich mir danke so wie ich zu sein ....

Ich war mal wieder angetan von Ronalds Schreibstil und ich stellte fest, dass das der Grund war, warum ich so gerne mit ihm chattete. Das sollte leider einer unserer letzten Chats gewesen sein. Seitdem tat er so, als ob er mich nicht kannte...

Mit Johan chattete ich noch den ganzen Abend und wir verabredeten uns noch mal fürs Kino. Somit trafen wir uns zwei Tage später und guckten den Film „Der Nächste bitte".

22:16 Macy: Amiraaa!!!!!! Ich war heute noch mal mit ihm im Kino!!! Das war sooo geil!!! Ich bin sooo glücklich!!!

23:07 Amira: Ohaa wie geiiiilll!!!! Was habt ihr geguckt??? Sry, dass ich dir so spät geantwortet hab, mein Bruder und meine Mutter waren noch so lange hier am Pc... Ich freu mich sooo für dich!!!!! :)

23:20 Macy: Wir haben „der Nächste bitte" geguckt... Und er hat während dem Film meine Hand genommen;) !!!!Der ist soooooo süß!!! <3

*23:23 Amira: Ey wie geiiiiiiilllllll und süüüüüüüßßß!!!! *___* Ihr seid so ein süßes Paar!! ;) Und? Worüber habt ihr so geredet???*

*23:25 Macy: Verschiedenes!! Ach, mit Johan kann ich so toll reden... das war alles sooo Hammaaaaaa!! *-**

Alles süß, alles rosa, alles „hammer"...War ich nicht ein süßes kleines, verliebtes Mädchen?!...

Wir trafen uns noch einige Male und jedes Treffen war wunderschön. Ich war glücklich mit Johan und hoffte, dass es ewig so bleiben würde.

4. April

Die Ferien gingen dem Ende zu. Ich verbrachte noch ein langes Wochenende mit meiner Familie in Amsterdam und freute mich auf die Schule wie noch nie.

20:18 Johan: Ich vermisse dich :(((((((((:´(<3

5. April

10:51 Macy: Ich dich auch :(aber wir sehen uns am Montag oder??? <3

11:17 Johan: Jaaa!!!! : <3 Ich freu mich.*

Alles lief gut. Johan und ich sahen uns in den Pausen und saßen in Sozi jetzt nebeneinander. Jeder wusste nun, dass wir zusammen waren. Ich war glücklich. Meine Mutter riet mir diesen Moment zu genießen, da es auch wieder andere Zeiten geben würde. Sie behielt Recht...

Teil 2

Love is not about how much you say I love you but how much you prove that it is true

Die folgenden Tage vergingen und die Woche ging schnell dem Ende zu. Johan war eigentlich total süß… Aber es gab etwas, was mich schon länger beschäftigte: Ein Mädchen, Helena, aus unserem Sozi-Kurs, feierte mit ihren Freundinnen ihren 14. Geburtstag. Es sollte eine riesengroße Party werden und die halbe Stufe sprach davon. Helena gehörte einer „Coolen-Gruppe" an und ich konnte mit ihr irgendwie nichts anfangen. Schon lange hatte ich gehört, dass Johan auch zur Party eingeladen war. Es ist mir unerklärlich, warum ich ihn nicht darauf angesprochen hatte, aber ich wollte warten, bis er es tat. Vergeblich. So kam das Wochenende und Johan und ich hatten uns nicht verabredet. Ich war total unglücklich, als ich mich am Freitag, mit dem Wissen, dass er mir die Party verschwieg, von ihm verabschiedete.

Am Freitag schrieben wir dann noch eine Weile und ich spielte mit dem Gedanken, ihn auf die Party anzusprechen, tat es dann aber doch nicht. Am Samstag-Vormittag chatten wir nicht lange, weil er ja Haussiiiss machen musste. Und dann am Abend meldete er sich nicht…. Schließlich schrieb ich ihn an:

23:18 Macy: Hallo

23:29 Johan: Hi! :)

23:33 Macy: Hallo. Wie war dein Tag?

23:33 Johan: Naja geht so, deiner?

23:34 Macy: *Nicht so toll… was hast du soo gemacht?*

23:34 Johan: *Erst Hausis und abends Party! :s*

23:36 Macy: *Wieso „:S"?!*

23:37 Johan: *War irgendwie voll langweilig! Haben nur ne Kissen-schlacht gemacht und sind zum Rewe!:S*

23:38 Macy: *Why didnt you tell me?! :(*

Ich sollte später noch merken, dass ich dazu neige, in Englisch zu schreiben, wenn ich verunsichert bin – irgendwie eine absurde Angewohnheit!

23:38 Johan: *Was´n?*

23:40 Macy: *Party*

23:41 Johan: *Achso, ja war auch net so der Brüller, haben nur Scheiße gemacht! :S*

23:43 Macy: *Was hattest du erwartet??*

23:43 Johan: *Nicht viel mehr… :(hab überlegt ob ich überhaupt hingeh, aber man musste schon vor den Ferien zu/absagen! :S*

23:46 Macy: *Johan ich bin jetzt mal ganz ehrlich und uncool. Ich weiß es kommt dumm, aber ich hab schon die ganze Zeit darüber nachgedacht, was du jetzt wohl machst… Ich wusste ja von der Party, war dumm, dass ich dich nicht vorher drauf angesprochen hab… Und hab mich irgendwie gewundert, dass du nix erzählst…*

23:48 Johan: Oh sry, hätte ja auch was sagen können, hab mir aber net so viele Gedanken über die Party gemacht! Ja stimmt, tut mir leid, aber am Ende hab ich auch nur noch gedacht: Wann kommt meine Mutter endlich... :(...

23:49 Macy: Nein, ich finde es ganz egal, dass du hingegangen bist!! Du bist doch ein freier Mensch! Aber ich hatte einfach Bilder im Kopf... weil du nichts gesagt hattest

00:03 Johan: Ok, mach dir da mal keine Sorgen, haha, die Hälfte war betrunken und die andere Hälfte, die mit ner Flat, hat gechattet!

Na toll... lieber hätte ich gehört „mach dir mal keine Sorgen – ich habe sowieso nur an dich gedacht"!

00:05 Macy: Ich mach mir keine Sorgen... Ich wollte eigentlich heute Abend zu ner Freundin. Naja lass uns den nächsten Samstag einfach zusammen verbringen

00:06 Johan: Ja, schon, ich dachte du hattest heute keine Zeit? :O

Das stimmte, ich hatte ja eigentlich vorgehabt, mich mit einer Freundin zu treffen...

00:10 Macy: Das stimmt ja auch!! Ich mach dir ja keinen Vorwurf, sondern mir. Ich wollte dir den „coolen" Partyabend (von dem ich vorher wusste...) ja nicht verderben!! ... Nachdem die Partylocation circa 100 Meter von mir entfernt war, hatte ich keinen Bock mehr auf Freundinnenabend. EGAL!! Scheiß drauf!! Habe nur gemerkt, wie wichtig du mir bist...

00:19 Johan: Du mir auch... Iwie hab ich mich so bissi wie drittes Rad am Wagen gefühlt, ich liebe dich!! <3

Tja, das baute mich wirklich auf, haha! „I feel so loved now" hätte meine Freundin Lola grimmig gesagt...

00:23 Macy: Was wäre denn wenn du der Superstar auf der Party gewesen wärst?! Erzähl mir am Montag mehr von den Besoffenen haha... Muss jetzt gehen!! Gute Nacht! Schlaf gut... Und träum... nicht... von Helena!

Ich war an dem Abend ziemlich desillusioniert.... Hätte ich etwa noch dankbar sein sollen, dass er die Party blöd fand und sich wie ein drittes Rad am Wagen gefühlt hat?! Toll! Und wenn er der Star der Party gewesen wäre...?! Mädchen wollen in solchen Situationen lieber so etwas hören wie „hey, egal wie es da gewesen und ist wer da gewesen ist – ich liebe dich..." Wahrscheinlich kann man das von 13jährigen nicht unbedingt erwarten... - und von Johan schon gar nicht... er war generell nicht der Typ für Süßholzraspelei. Montag in der Schule entschuldigte er sich noch mal und damit war die Sache für uns beide gegessen.

Wir trafen uns am nächsten Wochenende in der Stadt. Dort liefen wir rum und redeten. Johan erzählte mir von seiner Familie, seinen Freunden und vielem mehr. Er vermittelte den Eindruck, die Schule und alles damit zusammenhing zu hassen. Seine Eltern schienen ihn bei diesem Thema sehr unter Druck zu setzen. Generell hatte ich das Gefühl, dass er ein schlechtes Verhältnis zu ihnen hatte.

So vergingen die Tage... Wir trafen uns meist in einer Pause an einer bestimmten Stelle des Schulhofs und verbrachten die Pause zusammen... Was mich etwas störte, war dass wir uns außerhalb der Schule kaum sahen. Er stellte es so dar, als ob seine Eltern seine Freizeit verplanten, er hatte drei Mal die Woche Sport, außerdem viel Nachhilfe und so... Ab und an kam es aber vor, dass er im Nachhinein begeistert von Festen, bei denen er gewesen war, erzählte. Es waren keine großen Partys, sondern eher nicht erwähnenswerte kleine „Dorffeste", trotzdem war ich irritiert. Johan berichtete mir selten im Vorhinein von seinen Plänen, sondern erzählte mir beispielsweise im abendlichen Chat, dass er den Nachmittag auf einem Pfarrfest verbracht hat. Ich fragte nicht nach, mit wem er dort gewesen war, weil mir dies kleinlich erschien und er selbst erzählte auch nichts Weiteres. Und außerdem – haha, es ging um ein Pfarrfest… Wahrscheinlich war er sowieso mit seinen Eltern dort gewesen…

Ich mochte ihn nach wie vor sehr gern. Aber irgendwas lief komisch. Mir ging generell total viel durch den Kopf.

22:34 Lola: So, is everything okay with you and Johan?

22:34 Macy: Well… Yes it is, but there are some things, that make me unhappy …

22:35 Lola: What the fuck did he do? :O

22:35 Macy: No plans with me, for the "better" time… no plans with me for the time during holidays, he doesn't miss me. Like NEVER...

22:36 Lola: If you think that he makes you unhappier than happy, then… fuck off and get someone who deserves you!!! But I guess he also misses and loves you, but he is a little stupid boy. They cant really show emotions!
…

Dazu muss ich jetzt noch etwas erklären. Johan sprach immer davon, dass wenn in der Schule die Arbeiten und der Stress, also das Schuljahr, vorbei wären, eine leichtere Zeit wäre. Allerdings war klar, dass er in den Sommerferien die ganze Zeit nicht da war. Ich bin keine Klette – auch wenn ich hier vielleicht so rüberkomme

- und ich gönne Jedem seinen Spaß! Auch ich hatte in den Ferien sehr viel vor und wusste mit meiner Freizeit Einiges anzufangen... Aber leider verstärkte sich dadurch mein Gefühl, dass er mir viel wichtiger war, als ich ihm. Ich wollte nie klammern, aber ich fand es normal, dass man auch mal gemeinsame Pläne machte.

Hier ein Auszug aus einem normalen, eigentlich nicht aus einer Streitsituation gezogenen Chat:

23:55 Macy: Weißt du, ich finde es zum Beispiel total schade, dass wir uns so lange nicht sehen werden... Ich find deine Pläne richtig cool und ich freue mich total für dich, dass du mal nach New York kommst!

23:55 Johan: Ja schon aber sorry tut mir leid, dass ich mich auf die Ferien freue.

Ihh! Verstand er es nicht, dass es um etwas ganz anderes ging!? Wie sollte ich es ihm denn noch erklären?! Auf Chinesisch?!

23:57 Macy: Jo verstehe ich schon......

23:58 Johan: Wmds?;)

23:59 Macy: Ich will versuchen meinerSchwester Fahrrad fahren beizubringen, aber glaub mir... schwierig

00:00: Johan: 00:00 ich liebe dich!!! :*

00:02 Macy: Hehe ich dich auch! <33

00:03 Johan: Haha kann deine Schwester es nicht? ;) Wie alt ist sie noch mal? Vier oder?? Da ist es ja noch nicht so dringend :D Meine Cousine ist sechs. Die kann s schon;)

15. April

Wir hatten öfter mal Streit und ich hatte immer mehr das Gefühl, dass er das mit uns eigentlich nicht so wirklich wollte.

An einem Wochenende wollten wir uns am Samstag oder Sonntag treffen, Johan war es aber lieber, dass wir den Tag erst kurzfristig ausmachten. Seine Eltern schienen ihn am Wochenende total einzubinden. Wenn man mit mir etwas verabredet, dann kann man sich auf mich verlassen. Ich bin total zuverlässig und halte Termine oder Verabredungen eigentlich immer ein. Somit hielt ich mir das ganze Wochenende für Johan frei. Ich sagte sogar meinen Freundinnen dass ich keine Zeit hätte, um die beiden Tage für Johan zu blocken. Buff, war ich doof! Nach diesem Wochenende habe ich das nicht mehr gemacht und hey - tut so etwas auch niemals!!! Nachdem sich Johan nicht meldete, schrieb ich ihn an....

26. April

15:39 Macy: Hey wie wollen wirs dann am Samstag/ Sonntag machen? :)

Johan sah die Nachricht und antwortete mir nicht. Ich wurde wütend und gleichzeitig total traurig. Was hatte er?! Ich machte mir den ganzen Tag Gedanken. Bis er dann endlich zurück schrieb. Allerdings erst einen Tag später.

27. April

22:57 Johan: Mmmh, glaub wir haben uns den ganzen Abend verpasst! :/ Des mit Treffen wird glaub nix, wir können morgen chatten! :) Ich liebe dich! <3

23:12 Macy: Wieso verpasst? Du hast mir einfach nicht geantwortet...

23:15 Johan: Sry, wollte warten bis du on bist…:/ hast du etwas Zeit?

HAHA. Noch lustiger. Warten bis ich on war?!

23:15 Macy: Ich schon.

23:17 Johan: Also erstmal, wieso ich net geantwortet hab: Freitagmittag wusste ich noch net, wann meine Schwester so genau ihren Geburtstag feiert usw.

Hatte seine Schwester dann irgendwann am Abend plötzlich den Einfall bekommen: „Oh! Ich feier genau jetzt mal meinen Geburtstag", oder was?! Das weiß man doch vorher… Mann Johan!

… und dann im Fußball hab ich Leon meinen IPod gegeben, weil ich mein Zeugs net in die Halle mitnehmen wollte, aber ich auch net wollte, dass er geklaut wird und danach hab ich s halt vergessen und Leon hat ihn mit zu sich genommen und deswegen hatte ich meinen IPod halt net! :S

23:19 Macy: Und heute Morgen!? Und das mit deiner Schwester hättest du mir doch auch sagen können?! Es ist kein Problem, dass es nicht klappt, aber es ist einfach nur Scheiße, wenn man ausmacht, dass man noch mal schreibt und sich dann bis Samstagabend nicht meldet.

23:22 Johan: Heut Morgen des tut mir auch leid weil ich den IPod noch net hatte… :/

23:22 Macy: Und dann?

23:23 Johan: Konnte ich den IPod nicht holen, weil ich………

DRAMAPAUSE

...mir wahrscheinlich nen Bänderriss geholt hab! :S Meine Schwester feiert gerad mit denen die sie vom Roten Kreuz kennt und da ist einer mit nem Medizinstudium dabei, der hat halt gesagt: Wahrscheinlich eins der drei Bänder gerissen! :/ Hatte heute Morgen auch ne faustgroße Schwellung und der Knöchel ist blau!

23:28 Macy: Heißt Band gerissen jetzt dass du zu schwach bist aufm I-Pod/etc. deiner Schwestern eine Nachricht an mich zu tippen?! Oder hast du es den ganzen Tag vergessen?! Wenn irgendwas ist (du keine Zeit oder kein Bock hast oder es irgendwelche anderen Probleme gibt- Eltern/etc. kannst dus mir jeder Zeit sagen!! Es ist alles besser als vergessen und ignoriert zu werden! Ich bin irgendwie voll enttäuscht von dir, weil ich das alles nicht gedacht hätte... Du hättest mich erreichen können, wenn du gewollt hättest...

23:30 Johan: Sry es tut mir echt leid!! Aber mein Vater hatte erst heut Nachmittag/ Abend zu Leon fahren können und ich hatte gehofft, dass du mal on bist und ich mit dir in Ruhe reden könnte :/

Ajo... Ich saß da und zerfieselte ein Blatt in kleine Schnipsel. Wenn er nicht wollte, warum sagte er es nicht einfach!

23:30 Macy: Ich war fast den ganzen Tag on?!

23:31 Johan: Ich eigentlich auch... sorry, sorry, sorry!!! :(...

23:32 Macy: Was hätte ich denn sonst machen sollen, als warten, dass du mir antwortest?! Hätte ich dir noch 7489243029 weitere Nachrichten schreiben sollen, damit du antworten kannst...?

23:34 Johan: Sorry und noch mal sorry, du hättest gar nix machen sollen!! Es tut mir echt leid und ich weiß, dass ich es falsch gemeint hab! Aber ich wusste einfach nicht wie ich dir das mit dem Knöchel erklären sollte! Echt schwer das zu erklären... „Ich habe einen Bänderriss", das sind meines Wissen nach vier Worte. *Ich dachte du reagierst ganz anders drauf! :*

23:35 Macy: Was meinst du mit reagierst ganz anders drauf?!
23:36 Johan: Keine Ahnung, bis der Typ drüber geguckt hat, dachte ich, dass ich kaum laufen kann! :S Dann hätten wir uns schlecht treffen können... und ich dachte du würdest vlt. Schluss machen oder so! :´(...

23:40 Macy: Es geht doch nicht ums Treffen!! Es geht darum, dass wir verabredet waren und du einfach nix gesagt hast?! Was?? Wieso sollte ich Schluss machen, weil du einen Bänderriss hast?! Johan ich liebe dich und das hängt nicht damit zusammen ob du einen Bänderriss hast oder nicht...! Du kannst mir alles sagen!!! Aber nicht hinterher und ich hasseeee Unzuverlässigkeit!! Ich mache höchstens Schluss, wenn du mich hängen lässt und ich denke, dass du mich verarscht!! Wenn ich an deiner Stelle gewesen wäre, hätte ich Leon Bescheid gesagt, dass er ne Nachricht mit deinem IPod schickt! Außerdem gibt es noch Telefone: 23146. ;)

23:43 Johan: Hast du nen Handy?

23:44 Macy: Jap.. Du kannst aber auch jeder Zeit bei uns anrufen^^ Frisst dich keiner auf... Gibt's irgendwelche Probleme mit deinen Eltern?! Leg mal die Karten auf den Tisch.

23:44 Johan: Nene, da ist alles ok, naja meine Mutter ist manchmal vlt etwas streng... aber sonst alles gut!!

23:45 Macy: Wissen deine Eltern von mir?

23:46 Johan: Nicht den Namen und auch nur meine Mutter

23:47 Macy: Hm und sie hat nicht weiter gefragt?! Name??

23:47 Johan: Ne, nicht wirklich... Vielleicht sollte ich dir sagen, dass mein Verhältnis zu meiner Mutter nicht sonderlich gut ist... :(...

23:50 Macy: Johan wir müssen mal öfter über so Sachen reden!! du kannst mir alles erzählen okay? ich bin nicht nur deine Nachbarin oder so!! du kannst mit mir über alles reden und ich hab das Gefühl dass ich dich gar nicht richtig kenne!!! am besten wir einigen uns darauf, dass wir nicht versuchen voreinander cool zu wirken(du weißt was ich meine o-der?) es ist mir lieber du bist ganz ehrlich zu mir - dann kann ich dich in vielen Situationen ja auch viel besser verstehen!!

23:51 Johan: Okay, danke des hat mir auch irgendwie gefehlt, aber ich wusste nicht wirklich was du willst... deswegen hab ich dir erstmal net alles erzählt!

23:53 Macy: Ok!! ;) dann reden wir am Dienstag vor Sozi mal über alles:)

23:55 Johan: Einverstanden! Nochmal Entschuldigung wegen allem!! Ich muss mal off, meine Mutter will dass ich Vokabeln lerne... :S Ich liebe dich! Bitte denk über alles noch mal nach und verzeih mir bitte bitte bit-te!!!!!!!!!!!!!!!!!!!!!!! Hab dich ganz doll lieb!!!!

23:56 Macy: Wir sehen uns Montag erste Pause vor der Cafeteria, wir kriegen das hin! Hab dich lieb, bis bald!! Und jetzt geh off! Ich will nicht, dass du Ärger bekommst!!

*00:01 Johan: Bye, ich liebe dich und bitte verzeih mir, lass dir es mal über Nacht durch den Kopf gehen!! Danke:**

00:02 Macy: Ja klar du gehst immer durch meinen Kopf... Ich war zwar ziemlich sauer, aber jetzt sieht das ja alles anders aus. Wir sagen ab jetzt immer alles so, wie es ist und das ist für mich auch kein Problem!

00:04 Johan: Ok danke!! Bin froh, dass ich jetzt beruhigt einschlafen kann, ich liebe dich, mein Sweetheart! <3 Bye, ich muss!!

*00:05 Macy: Dann geh mal!! Und schlaf gut!! Ich liebe dich auch:**

Nach diesem Abend ging mir sehr viel durch den Kopf. Ich machte mir Sorgen um Johan. Ich dachte die ganze Zeit darüber nach, was wohl los war, zwischen ihm und seiner Mutter. Er tat mir total leid und ich hatte auch irgendwie ein schlechtes Gewissen, weil ich ihm so einen Stress machte....

< Sie stand vor ihm und schlug mit dem Heft auf ihn ein. „Hast du Vokabeln gelernt?! Wir haben dieses Wochenende viel geplant und du hast keine Zeit um zu lernen! Also setz dich hin!!! Es ist elf Uhr! Nutze mal noch diesen Abend! JOHAN! MACH! Er rannte eine Treppe hoch, sie hinterher. „Mama ich will meine Ruhe. Ich will Freizeit. Ich will Zeit für Macy. Ich will Zeit für Leon. Lass mich!" Er sah so süß aus mit seiner karierten Schlafanzughose und seinem grauen Oberteil.... aber er starrte mit weit aufgerissenen Augen ins Leere. Er warf einen Blick über die Schulter, auf die steile Treppe... drehte sich um und sprang. Als er auf dem Steinboden aufschlug, gab es ein hässliches knackendes Geräusch. >

Ich wachte mitten in der Nacht auf und dachte, es sei Johans Mutter, die da schrie, aber es war mein eigener keuchender Schrei, der mich geweckt hatte. Ich rieb mir verschlafen die Augen. Mein schlechtes Gewissen vom Abend hatte sich über Nacht in Sorgen um Johan verwandelt.

In den nächsten Tagen war alles wieder gut. Es gab bestimmte Dinge, über die konnte ich nur mit Johan reden. Bei ihm war ich mir sicher, dass ich ihm total vertrauen konnte. Er würde nie etwas weitererzählen und hatte auf manche Dinge und auch Personen die gleiche Sichtweise wie ich. Er erzählte auch öfter davon, dass seine Mutter ihn immer total blamierte und vor Freunden total peinlich war. Mir war mittlerweile klar, dass Ronald mit seinen, für mich in der Situation lustigen, Erzählungen Recht gehabt hatte.

30. April

…

17:10 Macy: Wie kommt es, dass du jetzt on bist ;D?

17:11 Johan: Hä wieso? :O

17:11 Macy: Bist sonst nieeee tagsüber on ;)

17:11 Johan: Weil ich dich liebe… <3 :)

HAHA…

17:13 Macy: Was machst du morgen so? :) YAYYY Keine Schule! :D

Versuch 1 einer Verabredung mit meinem Freund

17:13 Johan: Glaub mein Vater oder Mutter wollte irgendwas… kp…!

17:15 Macy: Achso oke

17:15 Johan: Jaa! :S Regnets bei euch auch?

Gut abgelenkt…

17:16 Macy: Haha jaa glaub schon, kann man nicht richtig erkennen, aber ich glaub schon… Mannn nächste Woche macht das Freibad auf!! Und es wird nicht warm :(…

17:16 Johan: Jaa, voll scheiße! :s

17:19 Macy: Aber du kannst ja sowieso nicht hin :/… dein Bänderriss…

*17:20 Johan: Mhh… ja leider! :**

17:21 Macy: Gehst du morgen zum Radrennen?? XDD

Versuch 2 einer Verabredung mit meinem Freund

17:22 Johan: Ach so stimmt, des war ja morgen, glaub schon aber weiß noch net... du? :D

17:23 Macy: Kp vielleicht XD

Mai

Am nächsten Tag war ein Feiertag und wir hatten keine Schule. Wir hatten beide nichts Konkretes vor. Aber wie ihr am letzten Chat erkennen könnt, kamen von ihm nur irgendwelche komischen Erklärungen, von wegen „meine Eltern wollten irgendwas"... Bei meinem zweiten Versuch, dem Fahrradrennen, das bei uns in der Stadt war und wo eigentlich fast jeder hinging, machte er auch nicht die geringsten Anstalten, vorzuschlagen, dass wir uns ja dort treffen konnten. Ich verabredete mich dann mit Lola und ihren Leuten – mit denen war's wenigstens immer lustig!

Mittlerweile war mir klar, dass ich diejenige war, die mehr Interesse an einem „uns" hatte. Ich vermisste ihn, wenn er am Wochenende keine Zeit hatte. Allerdings sagte ich meist nichts, da ich nicht zu sehr rumnörgeln wollte. Meist erzählte er mir dann von den vielen Hausaufgaben, die er am Wochenende zu erledigen hatte. Aber wenn's ihm wichtig gewesen wäre... hätte er Zeit gehabt. Wenn ich das so lese, ist es schon alles ziemlich offensichtlich und man fragt sich, warum ich es nicht einfach gelassen habe... Glaubt mir, ich habe das auch sehr oft überlegt und habe mir oft den Kopf darüber zerbrochen, ob ich „einfach" Schluss machen sollte. Ich konnte es nicht... Vor allem, weil er immer wieder betonte, dass er das alles ja unbedingt wolle und immer wieder mal süß und aufmerksam war. In den Pausen war er meistens total anhänglich und kuschelig – er kam mir oft wie ein kleiner, anhänglicher Hund vor.

Trotzdem erschien mir alles immer komischer und ich versuchte des Öfteren mit ihm darüber zu reden. Ich sagte ihm, dass es mir wichtig wäre, dass wir uns öfter mal treffen und dass ein Zusammensein für mich sonst keins wäre. Am nächsten Samstag war er dann mal bei mir. Es war einer der schönsten Tage und alles, was sonst zwischen uns stand, war einfach weg. ...... Er erzählte mir, dass er, wenn wir demnächst elf Tage frei hätten, die ganze Zeit bei seiner Tante sei. In dem Moment genoss ich es einfach ihn bei mir zu haben. Später dachte ich noch mal darüber nach und mich machte es echt fertig, dass er mich nie erwähnte, wenn er von seiner „Freizeit" sprach. Auf mich machte es oft den Eindruck, als wolle er nur für die Schule (Pause) mit mir zusammen sein. Ich wollte an diesem Tag aber nicht länger darüber grübeln und ich war einfach glücklich, ihn zu haben.

Was mich aber im Nachhinein wieder stutzig machte, war, dass Johan seinen Eltern nicht erzählt hatte, dass er bei mir war, sondern ihnen statt dessen mal wieder eine Lüge auftischte, um nicht zu erwähnen, dass er eine Freundin hatte, die er besuchte. Er hatte mir an dem Nachmittag auch gesagt, dass seine Schwester und ihr Freund, wegen seiner Mutter mal einige Zeit getrennt waren. Hatte seine Mutter etwas gegen eine Freundin?

Honesty is a strong gift – don't expect it from weak people

Dann kam das Wochenende, das für mich eigentlich schon längst das Ende der „Beziehung" hätte sein sollen. Johan und ich hatten uns wieder nicht verabredet. Ich hatte nicht danach gefragt und Johan hatte davon gesprochen, dass er wieder mal sehr viel lernen musste. In der Schule hatte ich Johan erzählt, dass ich wahrscheinlich nicht mehr so oft chatten konnte, weil meine Eltern mir den IPod eine Zeitlang mal wegnehmen wollten, da in der Schule im Moment sehr viel los war. Dann durfte ich den IPod am Wochenende doch haben....

25. Mai

13:15 Macy: Hey :D Zur Info! IPod ist doch hier geblieben ;) (nur, dass du Bescheid weißt..!)

Keine Antwort

22:01 Johan: Hey sorry, darf des ganze Wochenende net an den IPod, erklärs dir am Montag, sehen wir uns 2. Pause? Ich liebe dich, ich hoff ich seh deine Antwort... Ly <333

22:24 Macy: Ja ok. Die ganze Situation hier ist irgendwie echt schwierig für mich. Gut, dass du mir Bescheid sagst. Ciao bis dann ;)

Darauf kam dann auch keine Antwort mehr. Er war dann aber das ganze Wochenende online. Könnt ihr euch vorstellen, wie es ist, nicht nur so krass angelogen zu werden, sondern den grünen Punkt als Beweis die ganze Zeit vor Augen zu haben?! Einige von euch können das wahrscheinlich, denn so etwas kommt ja leider öfter vor. Am Sonntagabend hielt ich es nicht mehr aus...

20:27 Macy: Was ist los?

20:28 Johan: Heyyy, online?!?? :D <3

Dieses scheinheilige „Heyyyy online?" hat später noch oft in meinen Ohren geklungen … Obwohl es ja nicht zu hören ist. Ich konnte mir aber genau den Unterton dazu vorstellen. Natürlich war ich online?! Den ganzen Abend. Genau wie er?! Daher ist es der Titelgeber für dieses Buch…

20:28 Macy: Ja und du?

20:29 Johan: Klar, wollte eigentlich gerade duschen, aber egal… Wmds? :)

20:30 Macy: Ich möchte morgen mit dir reden.

20:31 Johan: Okay, jetzt nicht? :)

20:32 Macy: Eigentlich hat das nie was gebracht, wenn ich dir irgendetwas über Chat geschrieben habe… Nur eine Frage… Du hattest den IPod das ganze Wochenende nicht?!

20:35 Johan: So ziemlich… Hab ihn mal kurz bekommen, aber sonst ja! :/ Du kannst mir ja schreiben und ich denk nach wenn ich dusche oder bis morgen…

Über was wollte er nachdenken? Darüber, ob er den IPod gehabt hatte oder welche Lügen er mir wieder erzählen würde….. <Ironie off>

20:35 Macy: Johan du warst gestern den ganzen Abend on. Lüg nicht rum. Sag doch einfach was los ist?!

20:38 Johan: Ja ok, hab mit jemandem wegen „Hausis" gechattet und habe geguckt, ob du on kommst, aber du warst am ganzen Abend net einmal on! :(...

20:39 Macy: Doch war ich. Und zwar auch tagsüber. Und am Abend auch. Kannst du dir vielleicht vorstellen, wie SCHEISSVERARSCHT ich mich fühle?! SAG WAS LOS IST??!?!!??!?

20:43 Johan: Ich geh mich mal duschen, erzähl mir's einfach morgen, ich glaub des wird jetzt nix... Lieb dich, bis morgen <3

Widerlich, oder?

20:44 Macy: NEIN. Hast du sie noch alle?! Johan mach jetzt Schluss, du schwanzloser Lurch!

Er war off... Ich tippte trotzdem weiter...Ich glaube für diese Zeilen habe ich maximal eine Minute gebraucht. Umso wütender ich bin, umso schneller tippe ich...

20:52 Macy: Du kriegst mit wie schlecht es mir geht!! Vergnügst dich auf Facebook. Hältst es nicht für nötig mich anzuschreiben und nennst dich dann auch noch FREUND. Ich habe dir immer geglaubt, aber nachdem, wie du dich die letzten Tage verhalten hast, kann ich dir gar nicht mehr trauen! Das hätte ich nicht gedacht, dass du mir sooo extrem zeigen würdest wie scheißegal ich dir bin! Das kannst du nicht wieder auf deine EL-TERN schieben!

21:11 Macy: Johan und wenn dich das alles nervt, dann brauchen wir nicht zusammen sein. Wir lassen das jetzt! Hab die Nase voll von dir. Schönes Leben noch!

Er antwortete mir nicht. Ich war einfach nur wütend, sodass ich bei ihm zuhause anrief (zum ersten Mal, hahaha!) Seine MUTTER ging ans Telefon. Ich entschuldigte mich, dass ich noch so spät anriefund sie gab mir Johan, welcher gerade in der BADEWANNE saß… Er war total überfordert und hatte scheinbar nicht damit gerechnet, dass ich anrief. Klar, eigentlich! Wir redeten nicht lange. Er entschuldigte sich und meinte, sein Vater wolle, dass er jetzt badete … und dass er deshalb off gegangen sei. Er würde mir schreiben sobald er aus der Wanne heraus sei… Also ich werde seit ich ungefähr fünf bin nicht mehr „in die Badewanne geschickt." Der Witz ist, dass das natürlich alles Ausreden waren… aber dass ich heute noch glaube, dass er damals „in die Badewanne" musste.

21:51 Johan: Hey! Du bist mir nicht scheißegal?!!!! -.- Ich will nicht dass Schluss ist…. Bitte nicht…

Achtung, Achtung, Hinweis für alle, die sich in Johans Situation befinden: Sagt hier „Du bist mir scheißegal" – denn das ist ehrlicher! Und besser für für beide!

22:02 Macy: Was bringt das noch mit uns!? Ich finde es echt krass wenn du merkst dass es mir schlecht geht und dann heute Abend on bist und mir nicht mal ne Nachricht schickst und stattdessen lieber mit anderen schreibst. Wenn es dir schlecht ginge wäre ich immer für dich da…

Oha, war ich geduldig, oder? Ok, ich war dumm. Aber bei allem was ich um mich herum gesehen habe und noch so sehe… so oft ist einer der Dumme…

22:04 Johan: Dass wir uns treffen, miteinander schreiben, füreinander da sind… aber wenn so viel in der Schule ist, es dann auch net immer geht!

22:07 Macy: „Nicht immer" ist gut…

22:13 Macy: Jetzt sind bald erstmal die Arbeiten einigermaßen rum und wir haben elf Tage frei. Jeder Freund würde sagen „Hey cool, wir können

uns endlich nach dem ganzen Scheiß mit den Arbeiten mal öfter sehen"
Du hast mir immer begeistert erzählt, dass du die elf Tage bei deiner Tan-
te verbringst. Danach bist du direkt beim dem England-Austausch und
dann sind Sommerferien. In diesen (wie du mir ja schon mitgeteilt hast),
du die ganze Zeit weg bist!!! Es hätte mir schon gereicht, wenn du nur
EINMAL davon gesprochen hättest, dass wir uns in den freien Tagen mal
KURZ sehen!! Sonst ist ja alles gut. In der Schule und so!! Ich will das
alles aber einfach mal klären. Weil es mich wirklich belastet! Gibt's ir-
gendwas was dich stört?

22:19 Johan: Ich find's blöd, dass wir uns so selten gesehen haben!! Wenn
dann war es immer wunderschön!!!! Und ja... dafür kann ich ja wohl
nix. Und sorry, dass ich immer in den Urlaub fahre!

22:20 Macy: Es geht doch nicht darum, dass du immer in den Urlaub
fährst! Ich freue mich doch echt für dich! Aber wenn ich dir null wichtig
bin dass du auch für mich Zeit hast, sollten wir es lassen... Und auch mit
dem Altstadtfest am Freitag... Warum hast du mir nicht Bescheid ge-
sagt?!

22:24 Johan: Du bist mir tooooootaaaal wichtig. Das mit Freitag war spon-
tan, soll ich dir das jetzt erklären?

22:26 Macy: Musst nix erklären. Ich will nur dass du verstehst, worum es
mir geht? Hey Junge, ich bin einfach gerne mit dir zusammen:D Ver-
stehst dus? Du musst dich ja auch in keiner Weise rechtfertigen!! Es war
nur ein Beispiel! XD

22:28 Johan: Hmm ok XD

Wow. Eine echt aufschlussreiche Antwort! Nein, eigentlich hätte ich spätestens jetzt nicht mehr schreiben sollen! Aber ihr kennt Johan nicht! Er konnte damals, wenn man ihm gegenüberstand, sehr überzeugend sein. Und dann machte er eben immer wieder alles vergessen, so dass ich mir auch diesen Chat antat...

22:42 Macy: Hmm okaaay. Wir sehen uns ja dann morgen!

22:45 Johan: Okay, ich muss jetzt weg! Hab dich gaaaaaanz doll lieb, wir sehen uns morgen, Ecke Schulkiosk, ok? 13.15/13.20? I love you :*** <333

22:46 Macy: Okay, ja bis morgen!! Ciao…

22:46 Johan: <333

Nach diesem Chat war es mir dann endgültig klar… Meine Einschätzung vom Anfang, damals, als ich ihn kennengelernt hatte… ich hatte gedacht, er sähe vieles so wie ich und ihm sei wie mir die Meinung anderer nicht so wichtig…. Die war komplett falsch! Oder: Er hatte sich seitdem krass verändert. Und rückblickend glaube ich an Letzteres! Johan war ein Mitläufer… Er hatte erst seit kurzer Zeit Internet… Seit er Dauergast auf Facebook & Co geworden war, war er wirklich anders geworden! Er likte und kommentierte zwanghaft alle möglichen Bilder auf FB (kaum eins aus der Stufe, das er nicht zumindest geliket hatte) und war absolut erpicht darauf, allen zu gefallen. Wie immer, wenn das bei jemand krampfhaft der Fall ist, klappte das nicht so…

Er würde auch gerne zu den „Coolen" gehören und ich war ihm fast gar nicht mehr wichtig. Auf vieles was ich Johan geschrieben hatte ist er gar nicht eingegangen. Eigentlich brachte er in letzter Zeit nur so was wie „hmm ok" raus… Und es war ihm offensichtlich egal, wie es mir ging. Ihn interessierte nur, was andere von ihm dachten.

23:20 Jada: Er verarscht dich total!!! Es gibt bei euch jedes Wochenende Stress und du bist kaum noch glücklich!!! MACY. MACH MAL DEINE AUGEN AUF. Mit dem Arsch willst du nicht länger zusammen sein!!!! Der ist ein totaler Vollidiot. Den hast du echt nicht nötig!

Ja ich weiß, Jada – du hattest Recht! Hätte ich mal auf dich gehört!

23:21 Macy: Ja ich weiß... Aber ich will es noch mal versuchen!! Und ich will noch mit ihm zusammen sein... er ist doch kein Vollidiot... Vielleicht ist er ja einfach nur ein bisschen überfordert oder so...

Ich war wirklich total verliebt in Johan. Wenn man verliebt ist, akzeptiert man die Person erstmal wie sie ist... Egal wie sehr sie einen verletzt oder behandelt, als wäre man Dreck. Ich bin sonst eigentlich gar nicht so! Genau das ist es, woran man dann merkt, wenn jemand nicht in einen verliebt ist. Ich war diejenige, die ihm bei jedem Streit hinterher rannte und alles klären wollte... Außerdem fand ich immer Ausreden für jedes Verhalten. Das ist falsch! Denn wenn du jemandem wirklich viel bedeutest, kümmert sich diese Person auch darum, wie es dir geht.

Meine Freundinnen rieten mir oft, dass ich mich von ihm trennen sollte, da er mich kaum noch glücklich machte. Aber wie schon gesagt, wenn man verliebt ist, redet man sich gerne viel ein und gibt nicht so einfach auf. Egal wie weit es einen runterzieht. „Akzeptiere das, was du nicht ändern kannst. Trenne dich von dem, was dich runterzieht und liebe das, was dich weiterbringt." Ich bin im Moment ein totaler Fan von solchen Sprüchen. Es gibt viele die meine Situation beschreiben. Aber daran sieht man auch, dass ich nicht die Einzige bin, die in so einer Lage war.

15:29 Amira: Hey Macy! :)

15:32 Macy: Hey

15:33 Amira: Wie geht´s dir? :)

15:35 Macy: Jou geht... Bei dir?

15:36 Amira: Was ist denn passiert?? :O Ja mir geht es gut:)

15:37 Macy: Mit Johan läuft´s nicht so gut...

15:38 Amira: Ich dachte ihr hättet euren letzten Streit geklärt?

15:41 Macy: Es geht doch nicht um den Streit... Er ist einfach komisch... Und verhält sich nicht so, wie man es normalerweise in einer Beziehung macht! Das nervt mich irgendwie und ich habe auch ein komisches Gefühl bei dem Ganzen...

15:44 Amira: Was genau meinst du damit? Also was ist komisch an seinem Verhalten und was ist denn so passiert, dass du ein komisches Gefühl hast?

15:50 Macy: Es gibt so viele Dinge... Ich hab echt das Gefühl der Idiot hält mich aus seinem ganzen Leben raus... Ich weiß gar nicht, ob seine Eltern überhaupt von mir wissen und so. Und ich glaube dass er mich auch mit Absicht von Leon weg hält! Er ist sein bester Freund und ich habe noch nicht einmal mit ihm geredet oder so... Ist komisch alles...

15:51 Amira: Ach so ja stimmt! Ich verstehe diesen Jungen irgendwie nicht... Aber wir haben jetzt bald elf Tage frei! Da seht ihr euch doch bestimmt ;) Vielleicht kannst du dann mal mit ihm über alles reden!

15:52 Macy: Ich weiß nicht... Ach ich muss ihm doch dann bestimmt sowieso wieder total hinterher rennen, damit wir uns einmal sehen -.- ! Ach kp vielleicht hat er auch einfach kein Bock

16:02 Amira: Doch bestimmt hat er Lust!!

Nö, hatte er nicht so richtig, das hatte ich verstanden. Mittlerweile war ich mir sicher, dass er außer auf Leon, Pizza, seinem I-Pod und Chatten bis nachts (immer heimlich, dass die Mama nichts merkte) auf Nichts Lust hatte...

Die ersehnte freie Zeit, elf Tage keine Schule, stand bevor. Johan fuhr ja zu seiner Patentante... Wann und wie lange wusste ich nicht! Ich dachte mir, dass es so in der Art nicht weitergehen konnte. Bevor ich endgültig aufgab, wollte ich versuchen, ihn ein bisschen eifersüchtig zu machen. Da kam es mir gerade recht, dass ich kürzlich auf Facebook auf einen Typen gestoßen war, den ich von aus dem Kindergarten kannte: Mit Fred hatte ich vor ca. neun Jahren immer gerne gespielt, haha – und er sah immer noch süß aus. Außerdem war er im Chat schon mal sehr unterhaltsam – er schien nichts und niemanden wirklich bierernst zu nehmen. An Treffen mit anderen Jungs hatte ich zu der Zeit null Interesse, da ich nur auf Johan konzentriert war – aber Freds lockere Art tat mir ziemlich gut und so schrieb ich neuerdings öfter mit ihm. Außerdem hatte ich ja was mit ihm vor....

An diesem Abend war ich lange bei Lola. Es ist einfach toll, eine gute Freundin direkt nebenan zu haben! Oft klettern wir einfach über die Mauer zwischen unseren Häusern. Irgendwie hat das so einen „Bullerbü" Touch! Gewisse Hipster-Girls finden das sicher total uncool, aber mir tut jeder Leid, der nicht so eine Freundin hat! Bei Lola ist es immer total lustig – sie hat immer eine gute Geschichte auf Lager und einen genialen Humor. Sie kann sich nicht nur über andere, sondern auch über sich selbst lustig machen. Wir tanzten mit „Just dance", sangen Karaoke und hatten einfach Spaß. Wir redeten aber, wie so oft, auch über unsere Wünsche und Träume und wie wir uns unser Leben vorstellen, wenn wir erwachsen sind. Ich liebe Abende bei Lola! Irgendwann kam ich gutgelaunt nach Hause. Ich hatte es vermieden, an Johan zu denken und es hatte funktioniert. Er hatte irgendwann geschrieben, ich hatte ihm aber nicht geantwortet und getan, als habe ich seine Nachricht nicht gesehen (Wie oft er das wohl bei mir gemacht hat...) Später abends schrieb er mir nochmals und da brachte ich Fred ins Spiel. Am nächsten Abend erzählte ich Jada davon.

1. Juni ...

20:58 Macy: „Ich war gestern Abend bei Lola ... Wir dachten man müsste Johan mal bisschen auf die Sprünge helfen!-.-XD"

20:58 Jada: „haha aso was habt ihr gemacht? :D"

20:59 Macy: „Ich habe ihm erst relativ spät geantwortet! Vorher hatte ich mich für ihn off gemacht ... Er hat mich schon früher angeschrieben und ich habe ihm mit den Worten „warte, ich spring mal gerade über den Zaun XD" geantwortet... du weißt ja, Lola ist meine Nachbarin!

20:59 Jada: oha :D XD Was dann?

20:01 Macy: er fragte mich was los sei, ob ich was getrunken hätte;) Hab ihm erzählt, dass ich bei einer Party bei Lola war und da ein Typ war, der mir einen blauen Cocktail gegeben hatte...

20:30: Jada: haha wie geil :DDDD und wie hat er reagiert? Hat ers geglaubt?!

20:43 Macy: Ja ;) er hat genauer nachgefragt und so und dann haben wir irgendwie lustiger weiter geschrieben... Also so wie man halt schreibt wenn man ein bisschen angetrunken ist :D Und er hat noch paar Mal interessiert nach dem Typ und dem Cocktail gefragt haha!

20:45 Jada: Haha ok! Aber wenn du Johan eifersüchtig machen willst, warum nicht mit Benni?

20:47 Macy: Nee, das wär irgendwie fies...

(Benni gehörte zu Lolas Clique, mit der ich ab und zu mal etwas unternahm – er stand auf mich, aber ich nicht auf ihn. Hätte es irgendwie blöd gefunden, ihn für eine solche Aktion zu „benutzen".)

Ich hatte Fred bei Johan gestern Abend nicht direkt erwähnt, aber die Andeutungen hatten gereicht, dass Johan nachfragte. Genauer gesagt, dass er seeeehr interessiert nachfragte. Ich berichtete sehr ausführlich von einem blauen Cocktail, den „Fred" angeblich für mich gemixt hätte, lies aber offen, ob ich diesen getrunken hätte. Versuchte aber, den Anschein zu machen als ob! Natürlich hatte es an dem Abend weder eine Party (es sei denn, man zählt Lolas und meinen Abend als Party!) noch einen blauen Cocktail gegeben. Es gab nur Fred, der mich dazu inspiriert hatte, den ich aber nicht mehr gesehen hatte, seit ich ungefähr viereinhalb Jahre gewesen war.

Johan ärgerte das Ganze anscheinend ein bisschen und Lolas und mein Plan schien ein Erfolg.

Am nächsten Tage postete ich auf Facebook „Schön zu wissen, dass ich auch als Kind schon einen guten Geschmack hatte:D" und markierte Fred auf dem Eintrag. Natürlich tat ich das mit Hintergedanken an Johan und in Bezug auf die „Party". Johan tat so, als hätte er den Eintrag nicht gesehen (ich merkte später, dass er das sehr oft tat.) und sprach mich nie darauf an.

Lola, ich und Jada hatten das Gefühl der Plan sei richtig gut aufgegangen: Johan schien wieder mehr an mir interessiert zu sein - dies ließ sich noch weiter ausbauen!

Am nächsten Tag war der letzte Schultag vor den freien Tagen. Johan hatte am Abend Fußball. Mittags nach der Schule schrieb er mir eine lange Nachricht. Darin erwähnte er, dass er eventuell am Nachmittag vor dem Fußball unbedingt noch bei mir vorbeikommen wollte. Aha! Ich ließ die Nachricht ungesehen, rief stattdessen sofort Lola an und berichtete ihr vom „Fred-Effekt". Auf einmal wollte Johan mich vor seinem Urlaub doch noch sehen. Hahaha…. Ich ließ die Nachricht lange „ungesehen" und antwortete auch nicht. Johan klingte am Abend tatsächlich bei mir, aber ich „war nicht da". Ja, ich fing jetzt auch an, Spielchen zu spielen… Ich hasse so was total und habe mir eigentlich immer vorgenommen, das nicht zu machen. Aber die letzten Wochen schienen mir keine andere Wahl zu lassen…. Johan schrieb mir abends, meinte er hätte mich heute so gerne noch gesehen und betonte, dass er bei seiner Tante viiiiiiel mehr Zeit für mich haben würde und sich schon darauf freue, abends lange mit mir zu schreiben. Nebenbei bemerkt: wir skypten und telefonierten nie….

In den nächsten Tagen überlegte ich mit Lola, noch mal so eine „Aufmerksamkeitsaktion" abzuziehen und schlug Johan für den Abend eine „Chatpause" vor. Ich wollte ihm zeigen, dass ich auch ohne ihn Spaß hatte und meinte, ich wolle „eventuell mit Lola und ein paar ihrer Leute" ins Kino. Johan sprang wieder direkt darauf an. Ich hatte mir vorgenommen, es so zu machen, wie er es ganz oft tat: Auf Fragen nicht antworten und direkt auf was anderes überleiten. Interessanterweise reagierte er total misstrauisch und beleidigt auf ein Verhalten, welches er selbst ganz oft an den Tag legte…

14:30 Macy: Ich geh dann morgen ins Kino… Wir können ja vlt mal eine Chatpause machen, kommt doch bestimmt bei deiner Tante und so auch mal ganz gut an :)!

14:31 Johan: Mit wem?

14:32 Macy: „Und was machst du heute noch so?;)"

14:32 Johan: Mit WEM????

14:34 Macy: Lola und sou....:)

14:35 Johan: Auch Fred?...

14:36 Macy: Och kann sein... Mehrere von ihren Freunden kommen mit ;)

14:37 Johan: Aha

Der Chat endete dann zum Schluss so, dass es doch keine Chatpause und kein Kino gab. Er sagte dann, ich könne ja doch gerne gehen, er fände das aber komisch, weil er mit einer Person, die einen angemacht hätte entweder Kontakt abbrechen oder zusammen kommen würde... Nun ja, es war ja auch gar kein Kino vorgesehen gewesen, zumindest kein Kinobesuch mit Fred.... Dieser Kinobesuch, der nie wirklich geplant war, sollte bei Johan noch lange im Kopf bleiben. Ich wusste da noch nicht, wie oft er ihn noch aus dem Hut ziehen würde...

3. Juni

....

22.37 Macy: „Was habt ihr gemachtheute? XD

22:38 Johan: Haha du warst im Kino oder?!

22:39 Macy: Nein ich hab dir doch gesagt... wieso fragst du XD? Wo warst du??

22:41 Johan: Achso, dachte du wolltest ins Kino & chatpause... deswegen bin ich auch ins Kino;)

22:43 Macy: Hab dir doch gestern gesagt, dass ich nicht gehe, außerdem haben wir doch schon heute Morgen "ausgemacht", dass wir heute Abend chatten...und ich will keine Chatpause Mann!...-.- in welchem Film?;)

22:44 Johan: Star trek into darkness:) kennst du den?
22:45 Macy: Ne XD mit deiner Tante?

22:45 Johan: Ne alleine, war aber ganz geil im Gegensatz zum Schwimmbad...; ein Kino nur für mich!*

Am vorherigen Tag hatte mir Johan erzählt, dass er alleine im Schwimmbad war und sich Gedanken darüber gemacht hatte, worüber wir am Abend schreiben würden. Ich fand das total süß, mir vorzustellen, wie er alleine auf einem Handtuch im Schwimmbad lag und nachdachte… Da sah ich wieder, wie ich ihn am Anfang kennengelernt hatte…

*22:46 Macy: Oha tut dir bestimmt mal gut, von zu Hause weg zu sein oder? :***

*22:47 Johan: Der einzige Urlaub ohne Stress... Sonst gibt s immer Sehenswürdigkeiten oder sonst was!;) aber hier kann man einfach mal machen was man will! ;**

Hier war wieder ein Punkt, den ich bei Johan so süß fand… Ich kannte kaum einen anderen Jungen in unserem Alter, der sich darüber freute, zu seiner Tante zu fahren, die irgendwo „auf dem Land" wohnt und schon älter ist. Andere halten so was vielleicht für total „opfermäßig", ich wusste aber solche Dinge an ihm total zu schätzen. Allerdings war immer noch das Thema mit dem Fest offen, wo wir geplant hatten, gemeinsam hinzugehen… Ich Depp fragte natürlich nach, oh Mann!

23:24 Macy: Gehen wir jetzt eig zusammen zum Lichtfest oder was?

23:28 Johan: Ja, ok.! Ausgemacht? ;)

23:28 Macy: Oki XD
23:29 Johan: Ich glaub ich muss in 10 min. schon los... warte mal kurz!
XD

23:29 Macy: Wohin? XD off?

23:30 Johan: Ne, ich bleib noch bis um 12! xD (00:00) ;*

23:31 Macy: Sagt deine Tante du musst off? ja das ist gut!! Ich muss
morgen auch früh aufstehen, fahr mit Amira nach Frankfurt du kannst
mich ruhig mal bremsen!! also wenn ich zu lange on bin!!

Duuuuumme Macy...

23:31 Johan: Wieso soll ich dich bremsen?! :O

23:32 Macy: Ich bin ne Nachteule und vergesse mal die Zeit .. wenn s dir
mal irgendwie zu spät ist oder so, dann sag s einfach ;)

23:33 Johan: Achso haha, ich bin immer traurig wenn du oder ich off
muss! Naja obwohl dann kann ich auch länger von dir träumen! xDD
;*ich eig. auch aber des wirst du schon noch mitbekommen! ;) :**

23:33 Macy: Hehe geht mir genauso ;) :**... na hoffentlich^^:D

So schrieben wir die nächsten Tage ganz normal weiter, z. B.
darüber, wie wir unsere Haare stylen. Wir haben „Wahrheit oder
Pflicht" gespielt und haben uns gegenseitig Bilder im Schlafanzug
geschickt. Im Rahmen von „Wahrheit oder Pflicht" kamen wir na-

türlich auch auf „andere" Themen und an einem Abend wollte Johan ein Foto von mir mit „weniger als Schlafanzug" haben.

Vor ein paar Wochen hat ein Mädchen, einer Stufe unter mir, so ein Bild an ihren besten Freund geschickt und der schickte es weiter, sodass es jetzt jeder auf seinem Handy hat. Mittlerweile redet die ganze Schule über sie. Ihr könnt auch vorstellen was für ein Spießrutenlaufen das für sie ist, wenn sie durch die Pausenhalle läuft und sich alle Köpfe umdrehen. Ich dachte immer, wie dumm muss man sein, solche Bilder zu verschicken, aber jetzt weiß ich, dass solche Themen eigentlich in jedem Chat irgendwann aufkommen. Ich sag euch, macht es nicht. Bin so froh, dass ich es gelassen hab. (Und das Bild von Johan im Schlafanzug war jetzt auch nicht soooo hot).

Es war schön, so lange mit Johan zu schreiben, allerdings kam um zwölf Uhr nachts immer seine Tante rein, nachdem sie geduscht hatte, weil er ihr den Nacken massieren sollte. Nee Quatsch! Sie bat ihn, off zu gehen. Wenn unser Gespräch anderer, sprich versauter Natur war, konnte er länger schreiben. Das fand ich schon komisch, aber ich dachte mir zu der Zeit nicht wirklich was dabei. Naiv? Ja schon!

An einem Abend fragte ich ihn, was er an seinem besten Freund (Leon) alles gerne mochte. Er konnte mir viel sagen und daran merkte ich, dass Leon ihm sehr wichtig war. Allerdings hatte ich das Gefühl, dass Johan mit Absicht vermied, dass Leon und ich Kontakt zueinander hatten. Hatte er mir also doch was zu verheimlichen? Log er mich an und Leon wusste davon? Es war doch eigentlich normal, dass die Freundin den besten Freund ihres Freundes kennt oder?

Soviel Positives Johan zu seinem Schatzi Leon einfiel, so wenig Positives fand er anscheinend an mir – zumindest sagte er selten was. OK, er war einfach nicht so der Typ für Komplimente, er konnte das nicht! Wenn ich verglich, wie Benni mit mir redete, hörte sich Benni viel „verliebter" an, aber er hatte in solchen Dingen auch mehr Übung als Johan … Und daher war es mir eigentlich auch eher egal.

Einmal ist Johan während eines abendlichen Chatten off gegangen, weil er „für mich" Fotos von sich und dem Sonnenuntergang gemacht hatte. Ich fand die Bilder total süß und hätte nicht gedacht, eins davon bald an anderer Stelle wiederzusehen.…

Als Johan dann einige Tage später wieder zuhause war, wollte ich mich, wie schon verabredet, mit ihm treffen. Johan meldete sich nicht mehr. Ja, anscheinend war ihm das alles nicht wichtig. Hatte er unsere Verabredung schon vergessen? Wollte er eigentlich gar nicht…? Er war in diesen letzten zwei/ drei freien Tagen nicht online und ich vermutete, dass seine Mutter ihm, wie so oft, den I-POD weggenommen hatte. Ich schickte ihm z. B. den Link zu einem Youtube-Video, das ich mit Lola gedreht hatte. Darauf antwortete er wie auf anderes aber nicht. Das erschien mir komisch, aber ich dachte nicht länger darüber nach.

Allerdings bekam ich dann, als Jada mir schrieb, später einen so großen Schreck, der meine Finger fast dazu brachte, selbstständig Johan eine Nachricht zu schreiben, dass mit uns Schluss sei.

7. Juni

17:30 Jada: Macy… Ich war gerad auf Instagram… Weißt du eigentlich, dass Johan da einen Account hat!?

17:34 Macy: Was ist Instagram?

17:35 Jada: Oh scheiße, du weißt noch nicht mal, was das ist?!!?!??!...

17:35 Macy: Haha :D wieso ist das so schlimm? Erklär´s mir einfach?

17:36 Jada: Mhh also da postet man einfach Fotos... Und dein bescheuerter Freund hat einen Account.

17:37 Macy: Ok? Was ist daran so schlimm? Und er ist auch nicht bescheuert!! In den letzten Tagen schreiben wir total normal und er ist eigentlich echt süß XD

17:38 Jada: Wenn du meinst er ist süß... Guck dir mal seinen Account und seine Kommentare an.

Konnte sie nicht sagen was los war? Mann, sie machte es aber wirklich spannend.

17:59 Macy: JADA. Kannst du mir nicht mal sagen was los ist?! Ich hab jetzt hier dieses Instagram ... Und weiter?

17:40 Jada: Such seinen Account: Johanmueller... Dann freust du dich sicher-.-

17:43 Macy: Ohmeingott.. Ja hab ihn gefunden.

Was ich dann sah, trieb mir Tränen in die Augen... Instagram war ein neues soziales Netzwerk. Man hatte einen Account, auf dem man Fotos postete, es gab Follower – das waren die Leute, die einen abonnierten und man „folgte" selbst anderen. Die geposteten Bilder konnten „geliket" und kommentiert werden... Johan hatte einen Account und schon über 100 Follower.

Ich fand viele Mädchen und Jungen aus meiner Stufe. „Omg o-haa was ein schönes Bild!!", „du Hübsche!!!!!", und ähnliche Kommentare fand ich von Johan unter jedem zweiten Foto. Das Bild, von dem ich dachte, dass es er damals „für mich" gemacht hatte, hatte er dort auch gepostet. Als ich dann mir die Uhrzeiten anschaute, verdrehte es mir den Magen: Seine Kommentare wurden meistens nach Mitternacht abgesetzt. Sein Instagramkonto hatte er in der Zeit, als er bei seiner Tante war, erstellt und was ich erkennen konnte: Er musste natürlich nicht um 12 Uhr offline, weil seine Tante ihn darum bat, sondern weil er dann auf Instagram ging und dort likte und kommentierte...

Ich war schockiert und enttäuscht... Nicht über die Likes und Kommentare (die ja irgendwie der Sinn von Instagram sind...), sondern über die Tatsache, dass er mir so was verschwiegen hatte! So sehr er mich bisher schon aus seinem Leben rausgehalten hatte, so tat er es hier wieder! Er teilte mit ganz vielen anderen Leuten etwas, das er mir verschwieg. Ich fühlte mich wie vor den Kopf geschlagen... Warum hatte er mir davon nichts erzählt? Was tun? Am Besten gleich Schluss machen! Oder vielleicht mal lieber abwarten, ob es noch schlimmer wurde und das Ganze mal von außen beobachten?! So wie bei einem Spiel? Wir hatten schon mal darüber gesprochen, dass er auf Facebook sehr viel herumkommentierte, was teilweise echt peinlich rüberkam. Das war letztlich seine Sache, aber das Außen-Vor-Lassen fand ich echt übel... Ich entschied mich dafür, das vereinbarte Treffen auf dem Fest abzuwarten.

Johan sprach das Fest nicht mehr an. Als er sich dann länger nicht meldete, war ich mir fast sicher, seine Mutter hätte ihm seinen IPod abgenommen. Wäre das Ganze einer Freundin passiert, hätte ich dieser schlaue Ratschläge gegeben, von wegen „Ey der will nicht mehr, hat aber keinen Mumm, dir das zu sagen und lässt das einfach langsam auslaufen..." Ich war mir aber sicher, dass

Johan nicht so einer wäre… Wenn er gar nicht mehr wollen würde – er würde Schluss machen! Oder? Ich entschloss mich dazu, Leon anzuschreiben. Irgendwie kam ich mir blöd vor. Leon und ich hatten während der ganzen Zeit kein Wort miteinander gesprochen. Aber eigentlich wirkte er ziemlich sympathisch, mal sehen, wie er reagieren würde.

8. Juni

11:50 Macy: Hey

12:01 Leon: Hey Macy. Wie gehts?

12:04 Macy: Ganz gut, … also… wegen Johan… weißt du vielleicht, ob er seinen IPod abgenommen bekommen hat? Weil ich kann ihn nicht mehr erreichen :(

12:06 Leon: Mh, ich hatte auch schon länger nicht mehr mit ihm geschrieben, er hat sich bei mir in den letzten Tagen nicht gemeldet. ich kann dir nur sagen, dass er mal paar Tage bei seiner Tante war.

Ähm ja, ich weiß…

12:08 Macy: Okay, das weiß ich haha… Da haben wir ja noch jeden Abend geschrieben. Wir waren eigentlich für morgen verabredet… Und dann hab ich seit er von seiner Tante wieder zuhause ist nichts mehr von ihm gehört o.O

12:09 Leon: Also das letzte Mal als ich was von ihm gehört hab, haben wir was ausgemacht, dass wir nächsten Freitag zusammen ins Kino gehen, danach haben wir nicht mehr gechattet! Ich glaub, der hat seinen IPod momentan nicht, der kann dann auch nicht ins Internet. Ruf ihn doch an;)

Ha! Leon war ein normaler Typ – „ruf ihn doch an" schrieb er, ja – das wäre normal gewesen...

12:09 Macy: Trau mich irgendwie nicht.... vielleicht hat er Ärger zuhause und dann komme ich noch...

12:11 Leon: Ich kann ihn anrufen, wenn du willst... warte kurz, ich melde mich dann wieder bei dir!

Immerhin hatte Johan auch mit Leon jetzt nicht mehr geschrieben, also stimmte es wohl wirklich, dass er nicht chatten durfte. Leon schrieb mir nach zehn Minuten wieder – er hatte nur kurz mit Johan sprechen „dürfen". Johans Mutter war am Telefon gewesen und hatte betont, dass Johan jetzt mal lernen sollte und nicht gestört werden sollte. OK, an den Geschichten war also wirklich was dran. Irgendwie komisch, alles... Leon hatte ihn dann gebeten, mich anzurufen. Ob er sich melden würde?

Am Abend klingelte dann tatsächlich das Telefon. Johan entschuldigte sich, dafür, dass er sich nicht mehr bei mir gemeldet hatte. Er hatte den IPod wirklich nicht. Wir verabredeten uns für den nächsten Tag, bei ihm zu Hause. Die Sache mit Instagram lag mir immer noch schwer auf dem Herzen und es machte mich fertig, sie bei Johan nicht anzusprechen. Ich war aber entschlossen, noch abzuwarten bis wir uns sahen. Vielleicht würde er es mir morgen von selbst erzählen. Haha wobei, wieso sollte er!?...

Um drei Uhr fuhr ich los. Johan und ich wollten uns an der Ecke zu seiner Straße treffen. Ich schloss mein Fahrrad an eine Laterne und sah schon, wie Johan von weitem auf mich zugelaufen kam. Eigentlich konnte ich die Wut noch spüren, aber als er mich dann so fest in den Arm nahm, mich küsste und nicht mehr los ließ, fingen die schlechten Gefühle an zu verfliegen, wie es eigentlich immer gewesen war... Hand in Hand liefen wir zu seinem Haus und ich war neugierig. Wie sein Zimmer wohl aussah? Wie er wohl lebte? Wie seine Familie wohl war? Ob seine Schwester auch zuhause war? Ich war gespannt, als er den Schlüssel im Schloss drehte und wir gemeinsam den Flur betraten. Wir gingen zuerst nach oben in sein Zimmer. Es war ein kleiner Raum. Die Wände waren kahl und es hing nur ein Bild: Johan, mit circa drei Jahren, in einer blauend Mülltonne sitzend, mit seinem Opa im Hintergrund. Er deutete mit dem Finger auf eine Mülltonne, die unten im Hof stand und lächelte. In dem Moment tat er mir irgendwie leid. Es gab in dem Zimmer nichts. Einfach nichts, womit man diesen dreizehnjährigen Jugendlichen identifizieren konnte. Keine Poster. Keine weiteren Bilder. Keine persönlichen Dinge. Ich sah nur ein kleines Hochbett (das wird in der Geschichte hier noch mal auftauchen...), einen kleinen Schrank und einen Schreibtisch. Der Raum an sich wirkte leer und verlassen. Ich habe dieses Zimmer später noch oft vor Augen gehabt und vieles damit entschuldigt.

Wir gingen runter ins Wohnzimmer und legten uns auf die Couch. Was wir da dann gemacht haben könnt ihr euch bestimmt vorstellen. Wir lagen geschätzte zwei Stunden einfach da, haben geredet und geknutscht. Während ich in seinen Armen lag und er mir „Ich liebe dich" ins Ohr flüsterte, hatte ich das Thema Insta schon fast vergessen. Vielleicht hatte es sich jetzt ja auch erledigt... Irgendwann klingelte es an der Tür. Wir standen auf, Johan strich sich seine verstrubbelten Haare glatt und ich versuchte, mein Top nicht ganz so verknuddelt aussehen zu lassen.

Seine Mutter betrat den Raum. Es überraschte mich, dass sie gar nicht so wirkte, wie Johan sie hingestellt hatte. Ich fand sie eigentlich nett. Sie war mit der Situation allerdings ein wenig überfordert „Och Johan, du hättest mir doch mal sagen können, dass du Besuch hast", sagte sie. Wusste seine Mutter überhaupt, wer ich war? Ich gab ihr die Hand „Ich bin Macy"… Sie lächelte mich an und gab Johan Geld, damit wir uns später Pizza holen konnten. Wir gingen nicht mehr wie geplant auf das Fest. (Johan war der Meinung, das sei nur für Omas. Haha!)

Anschließend kam seine Schwester zur Tür rein. Mir war sie sofort unsympathisch. Sie guckte mich mit einem komischen Blick an. Sollte das etwa cool wirken? „Du kannst mir ruhig die Hand geben. Ich beiße nicht.", sagte sie. Ich streckte meine Hand aus und meine Augen verengten sich. Sie war (wie ihr sicher noch wisst) gerade achtzehn geworden, trat mir aber entgegen, wie eine 70jährige Benimmlehrerin in einer Mädchenschule einem kleinen Kind, dem man von oben herab Manieren beibringen musste. … Ich kann mich schon benehmen, aber ich würde nicht als Achtzehnjährige erwarten, dass eine Dreizehnjährige mich HÄNDE-SCHÜTTELND begrüßt.

Ich trat einen Schritt zurück und suchte nach Johans Hand… Er zog mich zurück ins Wohnzimmer und irgendwann musste ich nach Hause. Er begleitete mich zu meinem Fahrrad und wir umarmten uns geschätzte dreihundertvierzig Mal. Ich stieg auf und radelte los. Meine Gefühle waren schwer einzuordnen. Der Nachmittag war wunderschön gewesen, zu schön um das böse „I-Thema" anzusprechen… aber Instagram ging mir natürlich nicht mehr aus dem Kopf. Ich würde ihn innerhalb der nächsten Woche darauf ansprechen.

Am Montag war zwischen uns beiden eigentlich alles total normal. Wir verbrachten wie immer eine große Pause zusammen. Am nächsten Tag war es total komisch: Wir hatten Sozi und vor der Stunde wie immer die 30-minütige Mittagspause, die Johan und ich jedes Mal, auch schon bevor wir zusammen waren, gemeinsam verbrachten. Doch diesen Dienstag war es anders. Er war nicht mehr da. „Ach ja der Johan ist nach Hause gegangen, der kommt glaub ich später zum Unterricht wieder, sollte ich dir noch sagen!", rief mir ein Klassenkamerad von Johan im Vorbeigehen auf der Treppe zu. Pünktlich zum Gong kam Johan zum Unterricht und setzte sich auf den Platz neben mir. Ich verhielt mich den Rest der Stunde ganz neutral und nahm mir vor, später mit ihm darüber zu schreiben.

Am Abend meldete sich Johan nicht. Das erschien mir total merkwürdig. Mein komisches Gefühl bestätigte sich, als ich mich bei Instagram einloggte. Meine Finger zitterten, als ich auf den Button drückte, an dem man erkennen konnte, was eine andere Person gerade likte bzw. kommentierte. Johan war aktiv. Alle neuesten Bilder der Mädchen hatte er bereits mit ziemlich schleimigen Kommentaren versehen.

Ich war noch sehr lange wach und als er um ein Uhr immer noch aktiv war, schrieb ich ihm. Ja ich weiß, was ihr denkt! Und wäre eine Freundin von mir in dieser Situation, ich hätte auch….. blablabla…… Ich hörte eine Stimme in meinem Kopf „Macy! Mach Schluss. Er hat dich nicht verdient! Er will nicht! Du merkst es doch selbst! Beende das Ganze! Du leidest sonst nur noch! Und machst dich nebenbei noch lächerlich" Es gab auch noch eine zweite Stimme. Sie nannte sich Hoffnung und flüsterte ganz leise: „Nein! Warte! Mach das nicht! Versuch es mit ihm zu klären!"

Mein Bauchgefühl riet mir, das Ganze noch nicht aufzugeben. Ich war in Johan verliebt und somit wollte ich nicht einsehen, dass dieses Buch eigentlich hätte zugeklappt werden sollen. Aber vielleicht hätte ich es später bereut? Möglicherweise wäre das Buch dann wieder von mir aufgeschlagen worden… An einer unpassenden Stelle…?

Nachdem ich drei Nutellabrote in mich reingestopft hatte, schrieb ich Johan an:

01:02 Macy: Hey

01:05 Johan: Ohhhhh heyyyy <3 noch wach?!

Nee nicht mehr wach. Ich schrieb im Schlaf. >Ironie off<

01:07 Macy: Ja. Und wie ich sehe du auch...

01:09 Johan: Häää wie siehst du das?? :OO

01:10 Macy: Ok ich sag es dir gleich. Ich bin total sauer und enttäuscht. Hab diesen Abend auf Insta verbracht.

01:11 Johan: Ahhhhh hast du auch Insta?!!

01:12 Macy: Ja und dass du Insta hast wusste ich bisher gar nicht und habe ich von Dritten erfahren. Ich werde von Leuten angeschrieben und gefragt, was mein behinderter Freund auf Instagram macht...

01:13 Johan: Ohh... Wieso? Was mach ich denn? :O :

Oh Mann.

01:15 Macy: Ach nachdem du jetzt auf Facebook deine Kommentare lässt, machst dus jetzt auf Insta wo ich es nicht sehen kann... Das finde ich total arm, weil du ja dachtest, ich wüsste nichts von Insta.

01:16 Johan: Ok ich kann dich verstehen :(((((Ich lösch die Kommis, ja?

Es ging schon lange nicht mehr um die Kommentare. Und wie arm von ihm, jetzt scheinheilig zurückzurudern... Ich glaube, das war auch ein Grund, warum ich immer noch auf ihn hereinfiel. Er war einfach nicht klar. Hätte ich keine Lust auf jemanden, hätte ich geschrieben „Ich kommentiere wo ich will und leider geht dich das nichts an". Dazu hatte er keinen Mumm, anscheinend.

01:18 Macy: Mir geht es nicht um die Kommis! Und du brauchst auch nix löschen… Mir geht es darum, dass du heimlich auf Insta bist, mir sagt, du kannst nicht schreiben, mir von Insta nichts erzählst und mich wieder aus deinem Leben total ausschließt.

01:20 Johan: Ohhhh sorry :(((((Das war mit unserer Klasse ein Insider://///!!!!!! Also auch die Kommis! Ähm und dass ich dir nicht schreibe… glaubst du ich denk, meine Freundin ist um halb zwei noch wach…

01:22 Macy: Johan wenn du nicht mehr willst, dann sag es!!! Jetzt!

Ok, ich hätte es ja auch sagen können. Aber ich habe es ihm echt leicht gemacht, Schluss zu machen. Er hätte nur sagen müssen „Ja ok, vielleicht lassen wir es besser…" Das hätte auch ein Lappen wie Johan hinbekommen!

*01:23 Johan: Dooooooooochhh -.-<3333 Ich liebe dich doch!!! :**** Und es tut mir leid! :(Sorry sorry sorry! Ich kann dich total verstehen!*

01:25 Macy: Pass auf… Ich muss nachdenken. Ich werde morgen vielleicht lieber nicht in die Schule gehen… Wenn ich gehe möchte ich keinen Kontakt. Wenn du noch mit mir zusammen sein möchtest, kommst du morgen Nachmittag zu mir. Wenn du nicht kommst, dann ist Schluss.

01:26 Johan: Nein ich komme natürlich!!! Wann bist du da?? Ich liebe dich…

01:29 Macy: Eigentlich die ganze Zeit. Bis (hoffentlich…) morgen.

Mit dem Ärmel meiner Kapuzenjacke wischte ich mir die Tränen aus dem Gesicht. War jetzt endgültig Schluss? Würde er morgen kommen? Und was, wenn nicht? Wie würde die Sache mit uns beendet werden? Würde sich dann alles von selber erklären? Würden wir dann nie mehr miteinander reden und hatte er dann gelogen wenn er sagte, dass er mich liebte?! War er überhaupt jemals in mich verliebt gewesen? Wollte ich es eigentlich überhaupt selber noch? Was brachte mir ein Freund, der mich aus allem raushielt und mir solche Dinge verheimlicht?! Und warum konnte ich nicht einfach alles beenden? Ich konnte in der Nacht schlecht schlafen und meine Gedanken drehten sich die ganze Zeit um Johan. Was würde ich tun, wenn er nicht kommen würde?!

Ich schlief erst um vier ein und als ich um halb sieben von dem Klingeln meines schrillen Weckers aus dem Schlaf gerissen wurde, dröhnte mein Kopf und ich quälte mich aus dem Bett. Mir war schwindelig und ich ließ mich sofort wieder in die Decke sinken. Alles drehte sich und vor meinen Augen flimmerte es. Meine Mutter kam ins Zimmer und ich erzählte ihr, warum ich heute nicht in die Schule konnte und dass es mir total miserabel ging. Sie verstand mich und erlaubte mir ausnahmsweise, Jada zu schreiben, dass ich heute zuhause bleiben würde. Was sie zum Thema J. sagte, erspar ich euch... Sie hatte auch so einiges mitbekommen und nannte ihn nur noch den online-J.

06:50 Macy: Jada!! Mir geht's scheiße... Stress mit Johan und mir ist richtig schwindelig und so!! -.- Kannste mich entschuldigen? Schreiben später!!!!

Ich legte mich wieder hin und trank den Tee, den meine Mutter mir gebracht hatte. Bevor sie zur Arbeit fuhr hatte sie auf meine Bitte hin noch drei Nutellabrote geschmiert und sie neben mein Bett gestellt... Ich schlief schnell wieder ein und hatte wirre Träume... Einmal stand Johan mitten auf dem Schulhof und rief jedem

Mädchen lauthals hinterher, wie hübsch sie war. Immer wenn ich kam verstummte er. Ich flüsterte „Hi." Und er antwortete mir nicht. Irgendwann wachte ich auf und der Schwindel war weg. Hatte wohl am Schlafmangel gelegen...

Es war 14 Uhr und wenn Johan direkt von der Schule zu mir gefahren wäre, hätte er schon längst da sein müssen. Würde er noch kommen? Ich war eigentlich schon fast dazu entschlossen Schluss zu machen, aber ich hing einfach noch zu sehr an ihm. Um die Zeit zu vertreiben nahm ich mir einen Zettel und einen Stift, setzte mich an meinen Schreibtisch und schrieb alles auf, was mir auf die Nerven ging: Dass er mich in mehreren Arten aus seinem Leben raus hielt, mir viel verschwieg, mich oft schon angelogen hatte, kaum Zeit oder Lust auf Treffen hatte und mir insgesamt einfach den Eindruck vermittelte, keine Lust mehr zu haben. Dass er ein schleimiger Lappen war, der sich bei den Coolen anbiederte – by the way, leider erfolglos – peinliche Kommentare auf FB und jetzt Insta abließ, über die die halbe Schule lachte. Und so weiter...

Ich war kurz vorm Ausrasten. Er würde doch bestimmt nicht mehr kommen. Mein Wecker zeigte: 17 Uhr und ich schaltete den Laptop ein. Ich würde ihm jetzt schreiben. „Es ist Schluss" Ich loggte mich in mein Facebook ein und schreckte im nächsten Moment zusammen: Es klingelte an der Tür. Ich rannte zum Fenster und unten stand Johan.

Ich lief so schnell ich konnte die Treppe hinunter, riss die Tür auf und stürzte auf ihn zu. Sein Fahrrad hatte er an die Hauswand gelehnt. Johan nahm mich in den Arm, küsste mich und ließ mich nicht mehr los. „Ich liebe dich Macy. Bitte glaub mir! Ich liebe dich über alles und will dich nicht verlieren!!!!", flüsterte er in mein Ohr. Ich nahm seine Hand und ging mit ihm in mein Zimmer. Wir setzten uns auf mein Bett. Ich wartete auf eine Erklärung, auf irgendwas....Er bat mich nur darum, ihm zu verzeihen und versuchte mich zu küssen. Ich drehte meinen Kopf weg und schaute ihn ernst an. Ich hörte die Stimme hinten in mir drin: „Mach es jetzt. Mach Schluss. Er hat noch nicht einmal eine richtige Erklärung für alles! Das reicht doch nicht... Bei der nächsten Gelegenheit verkackt er es wieder alles." Leider ließ ich die andere Stimme gewinnen: „Nein. Er ist doch gerade so süß. Gib ihm noch eine Chance."

Ich stand auf und schaute aus dem Fenster. Draußen im Nachbargarten saß Lola und winkte mir zu. Ich winkte zurück und zog Johan zum Fenster. Lola formte ein Herz mit ihren Händen. Ich musste einfach lächeln und Johan nahm mich fest in den Arm. Lola rief irgendwas rüber, was ich nicht verstehen konnte, da Johan noch einmal anfing mir zu versichern, dass alles okay sei. „Macy ich liebe dich über alles und viel mehr. Ich will achthundertdreimillionen-fünfundzwanzigtausend Prozent mit dir zusammen sein und es tut mir leid." Wir lagen noch eine Weile in meinem Bett und Johan erzählte mir, dass er sein Judo hatte sausen lassen und heimlich gekommen war. Ich verstand es einfach nicht... Warum war er zu seinen Eltern nicht ehrlich? Warum erzählte er ihnen nicht, dass er zu seiner Freundin ging? Sie wussten doch jetzt von mir? Er musste ihnen das doch nicht verschweigen? Oder doch?

Irgendwann war es für ihn Zeit zu gehen. Wir liefen zusammen runter und als er sich von mir verabschiedet hatte und gerade losfahren wollte, hörten wir von oben meine kleine Schwester Ida rufen. Sie stand auf dem Balkon und schaute äußerst interessiert auf uns runter. „Tschüüüüüsss Johaniiiii", rief sie. „Tschüss Ida!", antwortete Johan, lächelte mich an und fuhr los.

Ich ging mit gemischten Gefühlen wieder zurück in mein Zimmer und zehn Minuten später kam eine neue Nachricht von Lola...

19:51 Lola: Saaaww your boyy ;) :D

19:53 Macy: Haha yess I know (; <3

19:55 Lola: HAHAH :D Did you guys see me? I was so weird. :D :P

19:56 Macy: Yepp hahaah what did you do? ;D

19:57 Lola: I was like eating and making weird noises and faces bahahah :D

20:00 Macy: Yeaa hahahhaha I saw your faces hahah :D<3

20:01 Lola: Did I creep him out? :O :P

*20:04 Macy: A bit^^*

20:06 Lola: OMG U GUYS R SOO CUTE <3 We need to go an a double date! Me and John and u and Johan :D <3

20:07 Macy: Yea we need to do that! :D

Am nächsten Morgen ging es mir um Einiges besser. Ich war zwar total ausgelaugt von den letzten Tagen und dem wenigen Schlaf, fuhr aber mit den zuversichtlichen Gedanken, dass alles gesagt war, in die Schule. In der Pause gab ich Johan einen Zettel, den ich am vorherigen Nachmittag geschrieben hatte, als ich auf ihn wartete und ihm als er bei mir war, vorgelesen hatte. Darauf stand im Wesentlichen, dass ich so wie bisher nicht mehr weitermachen wollte und was ich anders haben wollte! Johan steckte den Zettel in seine Hosentasche, versprach mir, ihn noch mal zu lesen und versicherte mir wie am Vortag mehrmals, dass alles okay sei und er mich über alles liebte.

Als er sich am Abend meldete, war ich eher kurz angebunden.

22:05 Johan: Hey<333

22:07 Macy: Hey ich bin gleich wieder off <3

22:08 Johan: Ich liebe dich, ich weiß du mich nicht. Ist aber auch egal...

Och Johan, das ist lächerlich. Ich weiß doch, dass du das nur sagst, weil du willst, dass ich das dir versichere, dass das natürlich doch der Fall ist...

22:09 Johan: Und schlaf bitte gut<3

22:09 Macy: Jo ich bin müde und geh schlafen... Bis morgen!

22:11 Macy: Und ich dich auch <3 ... schrieb ich noch hinterher.

Auf langes Chatten hatte ich momentan keine Lust mehr. Da ich wirklich müde war, ging ich schlafen – mit dem Gefühl, dass vielleicht doch alles (wieder?) gut werden würde...

Don´t fall in love. Fall off a bridge, it hurts less.

14. Juni

Heute war Freitag. Der Tag an dem Johan und ich uns das letzte Mal vor seinem Englandaustausch sahen. Wie jeden Freitag hatten wir in der ersten Stunde gemeinsam Sozi und anschließend eine Freistunde, die wir wie immer zusammen verbrachten. Johan war merkwürdig. Ich hatte mir eigentlich vorgenommen, nicht, wie jedes Mal, Hausaufgaben mit ihm zu erledigen, sondern einfach die letzte gemeinsame Zeit miteinander zu genießen. Johan aber teilte mir mit, dass er noch ein Bild für Kunst fertig machen musste. „Du kannst ja mit den anderen was machen.", murmelte er und schaute auf den Boden. „Nö. Die anderen sind nicht die ganze nächste Woche weg!", antwortete ich. Wir setzten uns in den „Ruheraum". Ich half ihm bei seinem Bild und wir redeten wenig. Er wich meinen Blicken aus und versuchte langsam zu zeichnen, um Zeit zu schinden. „Johan was ist los?..." Er antwortete nicht. Es gongte. Wir standen auf und gingen die Treppe hoch. Unsere Klassenräume lagen damals nebeneinander. Er verabschiedete sich mit einer kurzen Umarmung und lief in seine Klasse. In der nächsten Pause sagte Johan, dass er wieder an seinem Kunstbild weiterzeichnen wolle und es echt nicht nötig wäre, dass ich mitkäme. Ich bestand aber darauf.

Als der Gong zum Pausenende erklang, stand Johan auf, zog mich von der Bank, nahm mich fest in den Arm und schaute mir mit einem traurigen Blick tief in die Augen: „Macy… Es tut mir leid, aber … ich habe deinen Zettel noch sehr oft durchgelesen und die ganze Nacht darüber nachgedacht. Ich glaube es ist besser wenn erstmal Schluss ist!" Ich war fassungslos. Warum hatte er mir in den letzten Tagen bestätigt, dass alles gut sei? Warum hatte er mich in Sicherheit gewiegt?! Ich konnte meine Tränen nicht zurück halten. Wieso hatte er gestern noch „Ich liebe dich" geschrieben? Johan wischte mir die Tränen aus dem Gesicht und küsste mich auf die Stirn. „Ich werde in England noch mal über alles nachdenken, okay?", er lächelte mich an (mit Hundeblick). „Mh. Einverstanden.", flüsterte ich.

Okay. Obwohl ich selbst viel in die Richtung nachgedacht hatte – wenn man es dann hört, ist es ein Schock! Ich fühlte Wut, Trauer, Verzweiflung, Hass und Entsetzen und noch viel Weiteres, das ich nicht benennen konnte. Zuhause angekommen warf ich mich mit ca. sieben Nutellabroten auf mein Bett und schlang alle in mich herein. Würde er sich melden?! Was würde er schreiben? Ich war zwar noch in ihn verliebt aber es hatte wirklich keinen Sinn mehr, wenn er es nicht mehr wollte und mir das auch zeigte... Wie oft hatte ich ihm gesagt, dass ich das Gefühl hatte, es hätte keinen Sinn mehr und ob er wolle, dass Schluss sei?! Er hatte mir immer heftig widersprochen! Warum?

In England schrieben Johan und ich noch ab und zu. Er erklärte mir, dass er nach langem Nachdenken über unsere Situation verstanden hatte, dass es keinen Sinn mehr mache... Ich glaube echt, dass er nie gespürt hatte, dass er selbst es garnicht will und kanneine Freudin zu haben. Johan sah in erster Linie sich selbst und nichts anderes. Er brauchte eigentlich nur eine Pizza, seinen IPod und evtl. noch Leon, den er irgendwie vergötterte. Mehr nicht.

Die Zeit verging relativ schnell. Ich muss sagen, dass auch ich noch eine Aktion brachte, die nicht so nötig gewesen wäre. Ich postete einen Screenshot von unserem Chat, dass er einen Tag vorm Schlussmachen noch geschrieben hatte wie er mich liebte, auf Facebook. Es hatte mich einfach geärgert, dass keiner wusste, wie falsch er war und er sich sicher noch als der coole tolle Johan darstellte, der die dumme, naive kleine Macy abserviert hat.

Das Instagram-Konto, das ich mir seinerzeit nur erstellt hatte, um Johan an diesem Abend zu „stalken", hatte ich in einen echten Account umgewandelt. Es machte einfach Spaß, als Macy_8899 Bilder zu posten und die Bilder der anderen zu sehen. Außerdem ist Insta irgendwie auch eine Scheinwelt und indem ich Bilder von meinen Unternehmungen mit Lola und anderen postete und mit passenden Sprüchen versah, konnte ich mir selbst vormachen, dass es mir besser ging. Nicht nur mir selbst. Auch anderen. Auch Johan, der mir auf Insta „folgte" wie ich ihm auch. Auch Johan postete ein paar Bilder. Unter anderem ein Foto seines England-Austauschs, worauf er einige Mädchen als seine „bff"s (also best friends forever, hahaha) markierte. Na klar, auch Johan wollte zeigen, welch eine coole Zeit er gerade hatte. Das war so offensichtlich auf mich gemünzt und verletzte mich. Diese Mädchen kannte er nicht besonders gut und bezeichnete sie als BFF. Es war allerdings auch irgendwie lächerlich, da BFF eher ein Ausdruck ist, der von Mädchen benutzt wird. Fail, Johan…

6. Juli

Die Freundschaft zu Jada war in dieser Zeit wahrhaftig nicht mehr die beste… Wir stritten uns immer öfter, dafür traf ich mich neuerdings gerne mit Cora, Kathi und Emma. Fred und ich hatten in der Zwischenzeit auch oft etwas zusammen unternommen und uns angefreundet. Obwohl er am Anfang ja nur „Mittel zum Zweck" war- wir hatten uns kennengelernt und verstanden uns echt richtig gut. Das, was ich Johan damals vorgemacht hatte, war tatsächlich irgendwie wahr geworden. Und es hatte auch wirklich noch eine Party bei Lola gegeben… zu der ich Fred mitgenommen hatte.

Die Sache mit Johan belastete mich natürlich doch mehr als ich es je gedacht hätte. Jetzt lagen noch weitere fünf Wochen Sommerferien vor mir. Meine Eltern meinten, ich bräuchte Ablenkung (Ja!) Und auch sie mal endlich Ruhe... vor Johan... Ich sollte raus hier, sollte was anderes machen, etwas Neues! Etwas, was den Kopf frei machte... Sie hatten mich in einem Sommercamp angemeldet, bei dem kurzfristig noch Plätze frei waren. In drei Tagen sollte es losgehen.

Vorher traf ich mich allerdings nochmal mit Johan. Ich wollte ein letztes Treffen, um richtig Frieden zu schließen.

Mit dem Fahrrad fuhr ich hinunter ins Nachbardorf. Die warme Sommerluft war angenehm und meine Haare flogen im Wind. Ich schloss das Rad an einen der Fahrradständer und steckte den Schlüssel in die Tasche meiner Hotpants. Es waren 30 Grad im Schatten und auf meiner Schulter brannte der Sonnenbrand von gestern. Fred und ich waren im Schwimmbad gewesen und anschließend hatte ich Amira zum Eis essen im Park getroffen. Nun lief ich zum Rathaus und lehnte mich dort an die Schaukel des daneben liegenden Kinderspielplatzes. Es war vollkommene Stille, die Blätter rauschten im Wind und zwei kleine Jungs ließen am Bach Schiffe schwimmen... „Was ist?!" unterbrach eine Stimme die Ruhe. Ich drehte mich um und schaute in Johans leicht angenervt guckendes Gesicht. Naja, eher gesagt in sein „angenervt-zu-gucken-versuchendes Gesicht" Wir setzten uns auf eine Bank und fingen an zu diskutieren. Darüber, warum wir nicht einfach normal zueinander sein konnten. Warum er mich nicht behandeln konnte wie eine normale gute Freundin. „Ich habe keine „normale" Freundin", meinte er – was ich ja eigentlich auch wusste. Er wäre sich gar nicht im Klaren was ich „erwarten" würde, da er noch nicht viel mit Mädchen freundschaftlich gemacht hätte. Ich fragte ihn, warum er dann auf seinem Englandpost die ganzen Mädchen als „BFF" bezeichnet hatte, worauf Johan meinte, er habe mich damit nur ärgern wollen. Die Diskussion wurde immer heftiger und ich konnte irgendwann das Weinen kaum zurückhalten. Johan hatte tatsächlich auch Tränen in den Augen, versuchte aber, das zu verbergen. Nach einer längeren Weile schien dann aber alles geklärt. Johan wollte wissen, ob ich etwas mit Fred am Laufen hätte. (Haha Johan... Was denkst du? – Bin nicht wie du und nutze jede Gelegenheit...) Er versicherte mir hoch und heilig, er würde „natüüüürlich nur aus reinem Interesse" fragen. „Nein. Wir sind Freunde und dabei bleibt es.", antwortete ich. „Ich versuche, dich über die Ferien zu vergessen...", sagte ich dann traurig und schaute ihm dabei tief in die grünen Augen. „Ok... Na gut ich nehme mir das auch vor.", entgegnete Johan mit leiser Stimme... Was?!... Meine Gedanken und Gefühle fuhren Achterbahn... Wir hatten uns gegenseitig versprochen einander zu vergessen? ER hatte mich doch schon längst vergessen?! Ich verstand diesen Typen echt nicht mehr. Dieser Typ – dessen Laune sich scheinbar innerhalb von einer halben Stunde so drastisch verändern konnte – stand nun von der Bank auf. „Eine freundschaftliche Umarmung?" Er nahm mich in den Arm und drückte mich fest an sich. Ich ließ ihn schnell wieder los. Ich starrte auf den Boden um seinen Blick zu meiden und überlegte, ob es besser wäre, jetzt zu sofort gehen.

Doch nein! Ich blieb... Wir liefen ein Stück in die Richtung seines Hauses und unterhielten uns überunsere Ferienplanung. Johan erzählte mir begeistert, dass er für zwei Wochen in die USA gehen würde und dafür dann die zwei Amerikaner eine Woche zu ihm nach Deutschland kämen. Ich freute mich auch schon riesig auf das Sommercamp und den Familienurlaub an der Nordsee...

Irgendwann griff Johan nach meiner Hand. Wir blieben stehen, er zog mich in den Hof eines Hauses, schlang die Arme fest um meine Hüften und flüsterte „Ich kann dich hochheben" Dabei schaute er tief in meine Augen. Was war das hier? Freundschaft? Haha! Oder einfach ein kleiner Dreizehnjähriger, der keine Ahnung hatte, was er wollte?! Wir liefen weiter und blieben in einer Seitenstraße in der Nähe seines Hauses stehen. Dort lehnte er sich an die Wand einer großen Scheune und ich kann euch sagen: Noch nie hatte ich mit Johan so viel Spaß. „Haha die Macy postet jetzt immer schöne Instabilder und posierrrtttttttt schöööön". Er grinste und warf sich in Pose. Ich musste lachen, weil er mich irgendwie gut nachmachen konnte. „Der Johaaaan sieht meine Bilder alle, tut aber so als würde er sie nicht sehen, weil sie ihn nicht interessieren und liket sie nichttttttt" gab ich zurück. Er versicherte mir, mich nicht mehr auf Instagram zu ignorieren und wir redeten weiter. „Macy ist eine ganz Liebe und Braveeee und würde nieeeemals Alkohol trinken, aberrrr sie geht gerne auf Partys und lässt da die Sau raus".

So wie an diesem Tag hatte ich Johan selten erlebt und diesen Johan fand ich wieder mal toll. Er wirkte ziemlich ehrlich und erzählte mir Dinge, die nicht so wirklich cool waren, wie er in letzter Zeit hatte wirken wollen. Mit ihm konnte ich einfach super reden. Und ich wusste genau, dass er mit anderen Mädchen nicht so ehrlich war, wie jetzt mit mir. War das die Freundschaft?! MOMENT! War es Freundschaft, Händchen zu halten?! Nö! ... Wir verabschiedeten uns mit einer sehr, sehr langen Umarmung. Mir fiel es schwer, ihn loszulassen. Diesen Johan hätte ich gerne als Freund gehabt, so oder so. Jetzt war ich zuversichtlich, dass das auch klappen würde!

***

Teil 3

The boy who ruins my lipstick – not my mascara

9. Juli

16:04 Fred: Macyyyyyyy<3 :D Du fährst doch morgen weg oda???! Lass mal heute Abend noch ne Runde joggen gehn!! Kann ich um fünf bei dir vorbei kommen? :)

Fred kam mir genau recht. Wir verabredeten uns, wie in letzter Zeit öfter, für eine Runde laufen im Wald. „Macy der Idiot hat mir auf Facebook ne Freundschaftsanfrage geschickt ahahhahaha", sagte er als wir auf die letzte Steigung im Wald zusteuerten. „Was?! Wann?" „Keine Ahnung weiß nicht mehr genau... Aber ihr wart schon nicht mehr zusammen... Irgendwann kurz nachdem Schluss war..." Fred ist schon ein typischer Junge, jedenfalls das, was ich mir so darunter vorstelle – irgendwann platzte er mit so einer Nachricht raus ...– fast allen Mädchen wäre das einen Anruf wert gewesen. Es tat aber gut, dass Fred alles ein wenig herunterspielte.

10. Juli

Zwei Wochen Südfrankreich, Zelten, Mountainbiken, eine dreitägige Kanutour und einfach viel Freiheit und Natur...Und Ruhe. Ruhe vor Johan. Ohne Internet. Ohne mein gewöhnliches Leben, was mir langsam anfing, gewaltig auf die Nerven zu gehen... Mit einer Gruppe von dreizehn, mir unbekannten Jugendlichen und vier Betreuern.

Eigentlich war ich von der Sache total begeistert. Ich freute mich auf die Zeit und packte meinen Koffer. Als ich dann drei Tage später in den Bus stieg, hatte ich doch ein etwas mulmiges Gefühl... Die Mädchen sahen alle richtig nett aus und die Jungs wirkten total cool und lustig. Alle kannten sich aber schon untereinander und ich fühlte mich ein bisschen alleine. Ich setzte mich im Bus erstmal neben den Betreuer und beschloss, mir alle mal genauer anzuschauen... Es war ein großer Bus und die vordere Hälfte der Sitze war leer. Wir saßen im hinteren Teil des Fahrzeugs. Hans, der Betreuer erzählte mir, dass in Freiburg eine andere Gruppe zusteigen würde.

Als wir losfuhren, unterhielt ich mich mit den anderen Mädchen. Nach kurzer Zeit fühlte ich mich gar nicht mehr alleine und an einer der Raststätten tauschte ich den Platz mit einem anderen Mädchen, Lilli, die mit ihrer Schwester, Lisa zusammen saß. Lisa war ein Jahr älter als ich und erzählte mir, dass sie zum neuen Schuljahr auf meine Schule kommen würde! Lilli, Lisa und ich verabredeten uns, im Camp zusammen in einem Zelt zu schlafen. Die Gedanken an Johan waren für den Moment verflogen und ich merkte schon da, wie gut die Entscheidung für das Camp war... Wir spielten Karten und redeten und redeten!

Nach zwei Stunden Fahrt hielten wir zum zweiten Mal und die andere Gruppe stieg ein. Ich schaute aus dem Fenster und mein Blick fiel sofort auf einen Jungen. Er war sehr groß, blond, hatte strahlende Augen und ein wunderschönes Lächeln. Eine Gruppe von Mädchen stand um ihn herum. Ein blondes Mädchen fiel mir besonders auf: Sie schüttelte die ganze Zeit ihre langen Locken und blinzelte ihn mit ihren großen, blauen Augen an. Er lächelte sie an, versuchte sich aber dann durch den Pulk zum Bus durchzukämpfen. Um mich herum fingen alle Mädchen zu tuscheln an. „OMG hast du den Typen da drüben gesehen?!" .... „Ach du scheiße!! Schaut euch an, wie der aussieht!!!" ..... „Ohaaa.. der ist so was von hübsch!!!" ... „Der sieht so gut aus! Wie alt er wohl ist!? Er wirkt wie achtzehn!!"

Ich lehnte meinen Kopf ans Fenster und schloss meine Augen... Der Bus setzte sich langsam wieder in Bewegung und ich nickte ein. Ich wurde erst wieder wach, als es um mich herum lauter wurde. Der gut aussehende Junge hatte sich zwei Reihen vor mich gesetzt und unterhielt sich gerade mit Lena, die vor mir saß... „Wie heißt du?", fragte er. „Lena, und du?", antwortete sie. „Ich bin Sam... Wie heißen die anderen von euch? Und woher kommt ihr?"... Er hatte eine richtig süße Stimme, doch ich beschloss, weiterzuschlafen. Das konnte ich aber nicht, weil Lilli mich in die Seite stieß: „Guck mal nach vorne!!" .... „Wie heißt die dahinten?", hörte ich den Jungen mit einem Blick zu mir fragen. Er zwinkerte mir zu und lächelte mich an. „Ich bin Macy", sagte ich leise. „Macy, ich bin Sam!", rief er mir zu und fragte dann seine Klassenkameraden nach Zettel und Stift, um sich meinen Namen zu notieren. Von dem blonden Mädchen bekam ich komische Blicke zugeworfen. Ich drehte mich zu Lisa und die erzählte mir, dass Sam sich mit seinen Freunden darüber unterhalten hatte, wie hübsch ich sei und dass er mich kennenlernen müsse. Ha! Ich hätte nichts dagegen!

Wir fuhren in die Nacht hinein und es wurde dunkel. Der Busfahrer spielte einen Film ab und Stille kehrte ein. Ich kuschelte mich in meine Kapuzenjacke. Hier im Bus war es gemütlich und ich fühlte mich wohl. Allerdings konnte ich mich kein bisschen auf den Film konzentrieren: Sam drehte sich die ganze Zeit zu mir um und schaute mich an. Ich schaute zurück und wir lächelten beide. Irgendwann wurde ich müde und lehnte mich in meinem Sitz zurück. Eine halbe Stunde später war der Film vorbei und einige waren eingeschlafen. Sam auch. Ich versuchte auch zu schlafen, doch es gelang mir nicht. Meine Gedanken ließen das nicht zu. Was Johan wohl gerade machte? Würde es mir gelingen, nicht mehr so viel an ihn zu denken? Dachte er eigentlich auch mal an mich? Ich nahm mir vor, diesen Urlaub in vollen Zügen zu genießen und alles, was in den letzten Monaten war, zu vergessen! Was wohl die nächsten zwei Wochen im Camp passierte? Ob Sam und seine Gruppe im gleichen Camp wie wir blieben? Ob ich ihn vielleicht näher kennen lernen würde? Er sah echt mega gut aus! Er war so ein Typ, den alle hübsch fanden. Aber ob er auch sympathisch war? Allerdings, wenn Sam lächelte, war es das süßeste Lächeln, das ich je gesehen habe. Wenn er nicht lächelte, setzte er einen coolen „Killerblick" auf, der einem wirklich Angst einjagen konnte.

Ich schaute noch mal zu ihm. Er trug eine blaue Hose, ein weißes Shirt mit einem aufgedruckten „like" - Daumen und eine schwarze Kapuzenjacke. Seinen Kopf lehnte am Fenster und er hatte die Kapuze aufgesetzt.

Irgendwann muss ich dann aber doch mal kurz eingeschlafen sein. Wir hielten um cirka zwei Uhr an einer Raststätte. Die Busfahrer tauschten ihre Plätze und langsam wachten alle auf. Manche stiegen aus und gingen auf Toilette oder kauften sich kleine Snacks. Ich blieb im Bus sitzen. Mein Kopf lehnte noch immer an der Fensterscheibe. Ich starrte raus in die stockdunkle Nacht. Plötzlich stand Sam vor dem Fenster und grinste mich an. Ich erschrak, fing aber dann doch an zu kichern. Er lächelte noch mal kurz, drehte sich dann um und lief in Richtung Raststädte zu seinen Klassenkameraden zurück. Lisa stupste mich an: „Wow, der sieht so gut aus!", flüsterte sie. „Jo, ganz süß ist er schon...", entgegnete ich. „Süß? Er sieht aus wie ein Männermodel!!!", unterbrach mich Lilli lachend.

Schließlich stiegen alle wieder in den Bus ein und er fuhr wieder los. Die meisten schliefen wieder ein. Doch ich blieb wach. Sam auch. Ich lehnte mich nach vorne, er drehte sich um und wir lächelten uns weiter an. Wir fuhren noch bis neun Uhr weiter. Dann erreichten wir nach einer kurvigen Fahrt durch ein Natur belassenes

Tal endlich die große Schlucht: Unter uns lag ein Fluss, die Tarn. Auf der anderen Seite erkannte ich bunte Zelte. Über die enge Brücke konnte der Bus nicht fahren. Deshalb stiegen wir alle aus, luden die Koffer auf einen Wagen. Und tatsächlich: Die Hamburger Klasse zeltete im gleichen Camp wie wir.

Meine Gruppe versammelte sich um Hans, unseren ältesten Betreuer. Wir liefen zusammen über die Brücke und durchquerten einen kleinen Wald, zum Camp. Auf der anderen Seite der Brücke war ein ganz kleines Dorf: Ispagnac.

Wir packten unsere Sachen aus, verteilten uns auf die Zelte und liefen mit Bikini und Handtüchern runter zum Fluss. Das Wasser war angenehm warm und wir schwammen alle zusammen zur Strömung, an der man kaum stehen konnte... Als ich mich umdrehte, stand hinter mir eine Gruppe Freiburger. Mit ihnen Sam! Er hatte mich noch nicht gesehen. Ich schwamm mit Lisa zurück ans andere Ufer und gemeinsam legten wir uns auf einen großen Stein in die Sonne. Ich erzählte ihr davon, wie froh ich war, hier mitgefahren zu sein. Es war ein wunderschönes Gefühl, alleine von zuhause weg zu sein und einfach mal die Ferien genießen und die Probleme vergessen zu können. Vor ein paar Jahren hätte ich ein eher ungutes Gefühl gehabt, alleine weg zu fahren, nur mit fremden Jugendlichen. Aber ich merkte schon, dass das genau das war, was ich gerade brauchte und was mir gut tat und was mich – langfristig gesehen- total verändert hat.

Als wir dann einige Zeit gelegen und geredet haben, gingen wir noch mal kurz ins Wasser: alle anderen waren schon wieder beim Zeltplatz. Wir blieben noch am Fluss. Ich tastete mit meinen Füßen durch den warmen Sand und vernahm hinter mir eine bekannte Stimme. Ich schaute zum Ufer und sah dort Sam mit einem dunkelhäutigen Mädchen. Sie unterhielten sich und beide sahen zu mir. Er strahlte mich an und sie sah ihm auffordernd entgegen.

Nun gingen Lisa und ich auch zu den anderen den kurzen, steilen und steinigen Weg zurück zum Camp. Dort setzten wir beide uns auf die große Wippe. Es war ein großes Gestell aus festem und stabilem Holz. Die Wippe wog sich und die Sonne schien mir ins Gesicht. „Guck mal wer da kommt", sagte Lisa und deutete mit den Augen zum Steinweg. Sam und das dunklhäutige Mädchen waren uns gefolgt. Sie ging zu ihrem Zelt und Sam lief in die andere Richtung zu seinem Zelt. Dort setzte er sich vor den Eingang und blickte in unsere Richtung. Lisa und ich standen auf und legten uns ins Gras. Kurz darauf stand Sam auf und nahm mit einer Zeitschrift unseren Platz auf der Wippe ein. „Was er wohl liest?!", fragte mich Lisa. „Vielleicht den Playboy? Hahaha" Wir lachten und als Sam nach einiger Zeit zurück zu seinem Zelt gegangen war, legten wir uns wieder auf die Wippe. Einen kurzen Moment später kam er langsam auf die Wippe zugelaufen. Lisa flüsterte: „Oh er kommt zu uns!!!!" Und das tat er auch. Er setzte sich neben mich und wir fingen an, uns zu unterhalten. Lisa ließ uns irgendwann alleine.

Sam war ganz und gar nicht unsympathisch, er hatte eine total unkomplizierte Art. Wir saßen eine Weile auf der Wippe und schwiegen. Er fing mit seiner Hand die Fliegen, die sich auf dem Holz sonnten. Dann berührten seine Hände immer wieder meine Hand und wir schauten uns tief in die Augen. Seine Augen waren grün. Genau wie die von Johan… Immer wenn wir uns anschauten, musste ich an Johans Augen denken. Mist! Warum konnte ich die Gedanken an ihn nicht einfach aus meiner Erinnerung löschen?!

Ich legte mich mit ihm in eine der Hängematten und wir redeten. Ich erzählte ihm von Johan und seiner für mich sehr undurchsichtigen Art. Sam hörte mir zu und beteuerte, dass Johan sicher nicht ganz klar im Kopf sei, und ich ihn schleunigst vergessen solle, wobei er versprach mir zu helfen. Hahah. Sams Vater kam aus Polen, er lebte aber jetzt mit seiner Mutter, seinem Stiefvater, seinem Bruder und seinem Halbbruder in einem Haus in Hamburg. Wir kamen uns immer näher und es stand fest, dass wir an den nächsten Tagen im Camp viel Zeit zusammen verbringen würden. So war es dann auch.... Trotzdem unternahm ich auch mal was alleine mit meiner Gruppe. Die Leute waren toll! Wir lernten uns alle besser kennen und abends gingen wir in das kleine Dorf oder spielten „Werwolf". Die Kanutour machte riesig Spaß. Auch waren wir Klippenspringen und auf verschiedenen Märkte in unterschiedlichen kleinen französischen Dörfern einkaufen.

Bei Sams Klasse stand eine neuntägige Kanutour auf dem Programm, was bedeutete, dass wir uns in der Zeit nicht sehen würden. Ich musste ihm aber versprechen, dass wir auf der Rückfahrt im Bus nebeneinander säßen und dass wir weiter im Kontakt blieben.

Nachts im Zelt mit Lilli und Lisa war es total lustig. Mit Lisa verstand ich mich besonders gut - sie erzählte mir von dem Jungen auf den sie stand und ich erzählte ihr von Johan. Sie riet mir, mich mit Sam abzulenken. Mir war allerdings auch bewusst, dass Sam ungefähr 300 Kilometer weg wohnte und es fast unmöglich war, dass wir uns noch mal wieder sahen. Das war mir aber nicht so wichtig, denn die vier Tage mit ihm waren toll! Er wirkte irgendwie verknallt und seine Komplimente gaben mir so viel Selbstbestätigung, wie ich sie von Johan innerhalb von zwei Monaten nicht erhalten hatte... Und nach den Ferien wollte ich erst mal keinen Jungen mehr um mich haben!

Sams Mitschüler rieten mir mit hämischem Unterton, vorsichtig zu sein, da in Hamburg die Mädchen haufenweise vor seiner Tür stünden und er dort für seinen Ruf als „Player" bekannt sei. Das konnte ich mir gut vorstellen - trotzdem fand ich ihn total süß und er schien einfach nett und normal! Von den anderen Mädchen aus seiner Klasse erntete ich nur neidische und arrogante Blicke, außer von dem dunkelhäutigen Mädchen, die, wie sich herausstellte, Lea hieß und Sam dazu motiviert hatte, mich anzusprechen.

Die wunderschöne Zeit in Frankreich ging allerdings viel zu schnell zu Ende. Es war der 23. Juli und somit der letzte Tag im Zeltlager. Ich lag mit Lisa in einer der Hängematten. Wir hörten laute Musik und sahen den anderen beim Volleyball spielen zu, als ich auf der anderen Seite des Tals sah, wie sich der Bus der Freiburger durch die Natur schlängelte. Ich wusste: In ein paar Stunden würde ich im Bus nach Hause sitzen. Wie es wohl mit Sam weiter ging? Er würde sich sicher nicht mehr bei mir melden... Und was war mit Johan? Wie waren eigentlich seine Ferien? Ich wusste nur, dass er gerade mit einer anderen Jugendgruppe auf einer Jugendfreizeit in Dortmund war.

Lisa und ich liefen zur Slackline. Die Slackline wackelte, ich setze einen Fuß vor den anderen und Lisa hielt meine Hand fest, damit ich nicht sofort runter fiel. „Dreh dich mal um", flüsterte sie mir zu. Ich machte einen kleinen Satz von dem Seil runter und drehte mich um. Vor mir stand Sam und nahm mich in den Arm.

Zwei Stunden später stand der Bus abfahrtbereit an der engen Straße. Lena fragte, wie wir uns hinsetzen sollten, und ob die Hamburger wieder im vorderen, wir im hinteren Bereich saßen. „Ihr könnt euch das diesmal aussuchen. Macy, du wirst bestimmt nicht bei uns sitzen, oder?", schmunzelte unser Betreuer und zwinkerte mir zu. Ich lächelte und stieg in den Bus, wo Sam schon zwei Plätze für uns freigehalten hatte. Die Rückfahrt war merkwürdig. Ich war traurig und glücklich gleichzeitig:

Traurig - weil diese Zeit zu Ende sein würde. Weil ich Sam nie wieder sehen würde und weil ich Frankreich, die Leute, das Camp, den Fluss, das kleine Dorf mit dem leckersten Eis und dem besten Crepe, das Leben mit den Anderen, die tolle Gemeinschaft, das

Freiheitsgefühl und einfach den ganzen Urlaub total vermissen würde.

Glücklich - weil ich endlich wieder mein eigenes Zimmer mit einem richtigen Kleiderschrank hatte, ich nachts nicht mehr wach würde, weil es so kalt war oder mich eine Spinne am Fuß kitzelte, weil ich wieder warmes Wasser hatte. Weil ich für eine Weile einfach mal hatte abschalten können und in vielen Momenten keinen Gedanken mehr an Johan verschwendet hatte, weil es mit Sam so schön und normal gewesen war, weil ich gemerkt hatte, dass das komische Gefühl, das ich in der Beziehung mit Johan die ganze Zeit hatte, berechtigt gewesen war.

Wie es bei uns gewesen war, das war nicht „normal". Oft hatte ich gedacht, es hätte an mir gelegen. Ich wusste jetzt, dass das nicht der Fall war. Johan war generell ein sehr verschlossener Mensch, der auch wenig über seine eigenen Gefühle wusste und eigentlich, meiner Meinung nach, keine richtige Persönlichkeit mit einer eigenen Meinung besaß, sondern sich wie ein Chamäleon seinem Umfeld anpasste. Außerdem kreiste sein Denken immer nur um ihn selbst. Na gut, er war 13…

Wir fuhren in die Dunkelheit und Sam und ich schliefen beide sehr schnell ein. Als ich aufwachte blickte ich in sein wunderschönes Gesicht, er grinste mich breit an und sagte, dass er mich die ganze Zeit beim Schlafen beobachtet hatte… Peinlich! Ich schaute auf die Uhr und erschrak bei der Feststellung, dass wir in weniger als einer Stunde Freiburg erreichen würden. Sam erzählte mir von seiner Mutter, zu der er ein eher schlechtes Verhältnis hatte und von seinem besten Freund Chris, den er über alles liebte.

Schließlich fuhren wir in den Hamburger Bahnhof ein. Ich erkannte tatsächlich Tränen in Sams Augen und sein Freund Paul flüsterte mir von der Seite zu „Was hast du mit dem gemacht? Der hat noch NIE wegen einem Mädchen geweint oder auch nur annähernde Anzeichen gemacht, wegen einem Mädchen zu leiden." Mir tat er ein wenig leid, weil er eigentlich ganz genau wissen sollte, dass das nichts Ernstes war. Ich winkte ihm, als der Bus sich wieder in Bewegung setzte und die Richtung nachhause einschlug. Mir ging es auch nicht sehr gut. Würde jetzt wieder alles von vorne anfangen? Mit Johan... Würden alle Gedanken und Gefühle wieder aufkommen, wenn ich in meiner gewohnten Umgebung ankam? Wir erreichten zwei Stunden später endlich den Treffpunkt mit den Eltern. Nachdem ich mich von allen verabschiedet, meinen Eltern in den Arm gefallen war und mein Gepäck in den Kofferraum unseres Hondas geladen hatte, fuhren wir nach Hause und es gab erstmal ein langes Frühstück, bei dem ich alles vom Urlaub berichtete.

Anschließend packte ich meine Sachen aus, duschte, zog mir meine gemütlichsten Klamotten an und verkrümelte mich mit dem Laptop im Bett... Als erstes loggte ich mich in Facebook ein und sah mit einem kurzen Freudenstich im Bauch, dass mir Sam schon eine Freundschaftsanfrage gesendet, alle meine Bilder gelikt und kommentiert hatte und mir auch schon geschrieben hatte. Also würde doch weiterhin Kontakt bestehen?!

Sam und ich schrieben dann jeden Tag. Wir hatten direkt unsere Handynummern ausgetauscht. Er rief mich sehr oft an und bald skypten wir jeden Abend. Währenddessen waren meine Gedanken aber oft wo anders... Ich überlegte mir zum Beispiel schon einen Post an Johans Pinnwand, für seinen Geburtstag! Ich wollte es so schreiben, dass man es freundschaftlich, aber auch anders verstehen konnte.

Ich hatte mir vorgenommen, zumindest solange, bis mit Johan alles geklärt war und ich mir meiner und seiner Gefühlen bewusst war, nicht mit Sam zusammen zu kommen. Johan und ich- Waren wir jetzt Freunde? Oder vielleicht doch mehr! Ich musste wieder öfter an das letzte Treffen denken… Ob Johan sich in den Ferien noch mal bei mir meldete? Vielleicht hatte er das doch alles freundschaftlich gemeint und den Vorsatz, mich zu vergessen, ernst genommen.

Sam fragte mich sehr oft, was das zwischen uns sei. Ein paarmal geküsst hatten wir uns im Camp ja schon…Aber wir hatten uns unsere Geschichten ja schon im Camp erzählt und ich hatte ihm ehrlich gesagt, wie es bei mir aussah. Ich hatte es einfach nicht fair gefunden, etwas Neues anzufangen, bevor Altes nicht wirklich geklärt war. Immer öfter kam mir aber der Gedanke, jetzt mal mit Johan darüber zu reden, was los war. Wobei – es gab ja nichts zu klären, wir hatten uns beide versichert, uns vergessen und Freunde sein zu wollen. Aber da war dieses Gefühl …und unser Verhalten an diesem Nachmittag.

Am 24. fuhr ich mit meiner Familie in den Urlaub: drei Wochen Nordsee… Eigentlich sehr entspannend. Wir hatten ein Ferienhaus direkt am Deich gemietet. Der Strand war nicht weit und ich liebte die Seeluft über alles! Das Wetter blieb – wie schon den ganzen Sommer – einfach traumhaft.

Auf Instagram hatte ich eine neue Sprücheseite **Teenquotesandfeelings** entdeckt. Sie gefiel mir total gut. Es gab täglich Sprüche, die jedes Mädchen nachvollziehen konnte… Ich postete auch weiter Bilder, zum Beispiel von mir am Strand oder auf dem Deich sitzend.

30. Juli

21:08 Johan: Hey!

Okay. Er hatte sich doch gemeldet. Morgen war sein Geburtstag und ich feilte immer noch an einem Text... Ich versuchte ganz normal zu schreiben. Ob er ein konkretes Anliegen hatte? Oder sich einfach so meldete?

21:10 Macy: Hey!

21:11 Johan: Wie geht s?

21:11 Macy: gut dir? Duuuu ich wollte dir morgen sowieso schreiben, weil du ja Geburtstag;))))))) haha hast

21:13 Johan: haha ja ;) bin gerad im Stadion

21:13 Macy: Wo? Du bist doch in New York oder so oda?

Johan hatte mir vor den Ferien erzählt, dass er in den Sommerferien einen privat organisierten Austausch mit einer amerikanischen Familie machte. Er war über seinen Geburtstag in New York...

21:14 Johan: Ja im Stadion von NYC

21:15 Macy: Cool! Wer spielt? :D

21:15 Johan: Mets (die von NYC) gegen Braves (sagt dir die Stadt Atlanta was?) ;))

21:17 Macy: Aso! Jaa ich glaub schon! Haha kenn ich vom Englischunterricht; D

21:17 Johan: Is ganz gute Stimmung...

21:18 Macy: Kann ich mir vorstellen XD Hä? Wieso hast du da Internet:O

21:21 Johan: Keine Ahnung, die haben WLAN im Stadion ;D (hab ich gemerkt als mein IPod nur noch 10% hatte... :( )

21:21 Macy: Oh also ist der Akku geich weg oder? :S

21:25 Johan: Ja keine Ahnung, die Anzeige ist irgendwie bissi komisch kp... Wunder dich halt dann net, wenn ich weg bin!

21:27 Macy: Okii :)) Klappts mitm Englisch?

Eigentlich war das nur eine ganz normale Frage weil Englisch jetzt nicht gerade Johans Spitzenfach war..., doch Johan interpretierte das schon wieder als blöden Angriff... Herrje. Man musste bei ihm eben doch immer noch vorsichtig sein, bei jedem Wort das man sagte:

21:27 Johan: Ähm ja wieso nicht?

21:28 Macy: War Spaß!!! Hast du schon viel gelernt? ^^ :D

21:28 Johan: Weiß jez auf jeden Fall, wie n guter Hot- Dog schmeckt ;)

21:29 Macy: Mh das ist ja schon mal was! ;)

21:30 Johan: haha und nach dem Urlaub bin ich ein Tennis Pro:D

21:31 Macy: Cool warum?

21:33 Johan: Die haben zwei private Tennisfelder!!

21:35 Macy: Luxus- Johan; DD

21:40 Johan: Jaaaa, Spiel aus muss los sry bye

21:40 Macy: Ciao viel Spaß noch byee

Ich klappte den Laptop zu und schaute mit verträumtem Blick aus dem Fenster: Der Deich, dahinter die Nordsee und vorne der kleine Garten, der zu unserem Ferienhaus gehörte. Es war schon fast komplett dunkel. Ich legte mich auf einen der Liegestühle und gerade als ich es mir bequem gemacht hatte, rief Sam an. Wir redeten sehr lange. Er war mit seinem Freund Paul in Berlin bei seiner Tante. Die zwei schienen eine gute Zeit zu haben. Wir telefonierten zu dritt, was sehr lustig war, da wir über verschiedene Themen sehr lange diskutierten und später auf Facebook einen lustigen Gruppenchat machten. Warum ging das mit Johan nie?! Warum hatte er mich so aus seinem Leben ausgeschlossen?!

Währenddessen schrieb ich mit Lola: …

22:01 Lola: Omg but… I hate him. He is a dick… He lied to you :// Forget him, really. Start over with Sam. Now. Johan is an asshole. Ignore him. Dont look at him. Dont talk to him. Dont … aaahhh I hate him for doing that to you. He is not nice, he does not look good, he is not funny, he is nothing at all…. You deserve someone better!!

22:02 Macy: I know… But… I will wait. Tomorrow is his birthday and im gonna send him the song „Your song"- by Ellie Goulding

22:03 Lola: Yea aww it is so cute how you like him *-*

22:05 Macy: :(Well… I dont know… I always have to think about thisss one day we met… At the first week of holidays :(

22:06 Lola: :((U will survive!

22:09 Macy: hahhaha :(-.-

22:15 Lola: Stay strong <3

22:18 Macy: …Haha… Im just talking to Sam!:D

22:22 Lola Awwww :D<33

Nachdem das Telefonat mit Sam und der Chat mit Lola beendet waren, las ich noch ein letztes Mal über den Text, den ich Johan am nächsten Tag posten wollte. Ich hatte mir vorgenommen, so zu schreiben, dass er es als freundschaftlich oder auch - … naja, als mehr verstehen konnte.

31. Juli

Wir machten uns auf den Weg zum Strand. Mein Handy hatte ich im Haus gelassen. Ich legte mich in den warmen Sand, schloss die Augen und lies mir die Sonne ins Gesicht scheinen. Ich würde noch abwarten. Abwarten wie alles weiterging. Wie Johan wohl reagierte? Ob er an meinen Geburtstag dachte? Als wir wiederkamen, schaute ich auf mein Handy und sah: drei unbeantwortete Anrufe von Sam, zwei Nachrichten von Sam, eine von Paul und … zu meiner Verwunderung eine von Johan:

16:37 Johan: Thx bye:)

Huch? Ich hatte ihm doch noch gar nicht geschrieben? Aaaach so! Das „Thx" war auf unser gestriges Gespräch bezogen. Vielleicht wollte er mich nur darauf hinweisen, dass heute sein Geburtstag war?! Haha, das war süß! Eine Stunde später kopierte ich den Text auf seine Pinnwand. Ich stellte es so ein, dass nur er es sehen konnte und hing ein Lied an: „Your song", von Ellie Goulding. Ich fand, dass das Lied total auf ihn zutraf und dass man es so oder so verstehen konnte!

@Johanmüller:DDDDD Eintrag ist nur für dich sichtbar ;) Johan!!!
Happy Birthday und nur das Beste für dich <3 ! Hab einen super Tag
und genieß die Zeit- Der Stress kommt wieder früh genug :PPP Sehr cool
dein Besuch bei den Mets ;)! Was hast du noch so vor?:)
Hope to see you soon, lots of hugs
Macy

Ps. Mein Camp in Frankreich war sehr schön und lustig, ich wünschte du
wärst dabei gewesen! Hätte dir sicher auch gefallen!!
PPS. Wenn du WLAN hast geh mal gelegentlich auf Insta und like mein
*Bild, du Dooooofiieee XD;)))) :****
PPS. Ich schenke dir ein Lied :DDD XD <33

Johan reagierte nicht. Wieder mal ging ich in Küche des kleinen Hauses um mir ein Nutellabrot zu machen. Da nur noch wenig Marmelade da war und auch sonst Einiges fehlte, radelte ich zum nächsten Supermarkt. Der Wind wehte mir mit einer salzigen Brise durch meine Haare. Angekommen schloss ich das Rad an den Fahrradständer und kaufte Nutella, Orangen-, Kirsch/-Vanille- und Erdbeermarmelade und andere leckere Sachen. Ich stand einige Zeit an der Schlange, bezahlte und fuhr wieder zurück. Ich schmierte mir drei Brote, aß sie auf einem der Liegestühle und schaute meiner kleinen Schwester zu, wie sie versuchte ihrer Puppe meinen Bikini anzuziehen. Ich schloss die Augen. Eigentlich war das Leben schön und spannend. Es war wunderbar, eine fast 14-jährige zu sein, in deren Leben etwas passierte! Jeder Tag, jede Sekunde war spannend! Ich wollte mein Leben nicht anders, als es jetzt war… naja, vielleicht bis auf eine Kleinigkeit…

In den nächsten Tagen kam weiterhin keine Reaktion auf meine Glückwünsche. Sam sorgte mit seinen Guten-Morgen-Nachrichten, seiner süßen Art und seinen lieben Gute-Nacht-Anrufen dafür, dass meine Laune trotzdem gut war. Ich versuchte das Ganze mit Johan nicht allzu wichtig zu nehmen, aber leider war es doch wichtig für mich. Warum meldete er sich nicht? Warum antwortete er nicht auf den Post?! Eigentlich hatten wir doch vereinbart Freunde zu sein... In Gedanken entwarf ich Antworten, die ich an Johans Stelle gegeben hätte, wenn ich a) nur Freundschaft wollte: *Hey danke Macy! Hier in New York ist's toll! Hoffe du hast ne schöne Zeit:) Bis bald;) Johan* b) Gar nichts mehr mit mir zutun haben wollte: *Danke Macy! Schöne Ferien noch!* c) mehr als Freundschaft wollte: *Hey Macy!! Danke:) Das Lied ist total schön<3 Hier in NY ists cool! Hoffe bei dir auch;)! Wollen wir uns noch mal treffen?! Würd mich freuen - meld dich mal wieder! Johan*

Alle Antworten wären nicht schwierig... Warum konnte er mir nicht einfach schreiben!? Ich war total traurig und enttäuscht. Vielleicht hatte er Sams Kommentare auf meinem Facebook-Account gesehen – aber wenn ja, wo war dann das Problem? So unter Freunden...?

An einem der nächsten Abende sah ich zufällig, dass er auf Instagram viele Bilder likte, meine neuen aber wieder mal ignorierte. Gesehen hatte er sie, da war ich sicher! Warum machte er das?! Wollte er mir damit demonstrieren wie egal ich ihm war? Wenn ja, warum, nach unserem „sehr freundlichen" Abschied? Ich war ziemlich geladen und schrieb ihn an.

30. Juli

23:24 Macy: Bäää du likest andere Bilder und meins nicht:PP Warum? Was los? Dachte alles wär klar? Kalte Seite? :(

Das „kalte Seite" bezog sich darauf, dass wir darüber gesprochen hatten, dass er mir im Chat oft eine ganz andere, kalte Seite zeigte und „in echt" eher seine warme, liebe Seite, die angeblich die echte war.

23:30 Johan: Du hast nen Bild gepostet? :O Fb oder Insta?

Schade. Er stellte sich wieder dumm. Ich wusstewusstewusstewusste, dass er sehr genau beobachtete, was online passierte. Dafür kannte ich ihn zu gut. Störte es ihn vielleicht doch, dass Sam unter fast jedes meiner Instabilder süße Kommentare schrieb? Es wäre typisch für Johan, darauf hin den Verdräng-Modus einzuschalten (ich könnte so was niemals!). Aber nein – er hatte ja mit mir Schluss gemacht und war sicher froh, wenn ich mich mit anderen Jungs beschäftigte – so hätte er mich von der Backe... und wir wollten ja sowieso nur Freunde sein.

*23:41 Macy: Hab dir auch zum Geb. geschrieben... Siiiiicher hast du beides nicht gesehen ;)^^*

23:46 Johan: Wann genau hast du mir zum Birthday geschrieben?! :O :D

Er schickte mir einen Screenshot unseres Chatverlaufs, auf dem sein (einen Tag später, also am Tag seines Geburtstags geschriebenes „Thx" gefolgt war von meinem „Bääh du likest...")

23:47 Macy: Auf der Pinnwand! Und du hasts auch gesehen... Aber alles easyy... ;)

23:48 Johan: Haha du bist witzig... Ich komm nicht mehr in mein Facebook rein... Und wieso hab ich's gesehen?! :D ??

23:50 Macy: Asou ich will nicht streiten... Aber du kennst mich doch ;)

*23:51 Johan: Haha ich war nur mit dir zusammen^^*

23:51 Macy: Haha?! ^^ XD

23:53 Johan: Vergiss es. Also was habe ich dir jetzt getan? :OOO 1. Hab mich net für n Bday Gruß bedankt. Ist da noch einer von jmd anderem??... Den hab ich auch net beantwortet?... 2. Hab ein Bild von dir nicht gelikt. Sry tut mir leid. Habs nachgeholt...

Auf die Glückwünsche auf seiner FB-Pinnwand hatte er auch nicht reagiert – das war aber auch kein Text, sondern nur etliche „alles Gute"...

00:00 Macy: Oki alles easy. War doch gar nicht böse gemeint. Will doch kein Streit. Ist doch alles gut... Hä wieso kommst du nicht auf dein Fb?! ;OO

00:07 Johan: Hab mein Passwort vergessen... Messenger funktioniert auch ohne Passwort:DD

Wenn das stimmte (ich traute Johan nicht mehr über den Weg), war die Idee, ihm nur für ihn sichtbar auf die PW zu posten, ein echter Fail gewesen. Er hatte somit gedacht, dass ich ihm gar nicht gratuliert hatte. Das würde auch das am Nachmittag seines Geburtstags geschriebene „thx" erklären. Es tat mir sofort wieder leid. Hatte er gedacht, ich hatte ihn und seinen Geburtstag vergessen?! Wie könnte ich?! Wenn er wüsste, wie lange ich an der Nachricht herumformuliert und nach einem passenden Lied gesucht hatte....

00:10 Macy: Hmmm asou^^ Konnte ich ja nicht wissen:DD Willst du meine Message noch mal privat haben? ;D (Schreib nicht nein XDDD)

00:13 Johan: Ja XDDD

00:16 Macy: @Johanmüller:DDDDD Eintrag ist nur für dich sichtbar ;) UNDSOWEITER...

Soll ich dir auch noch die anderen von deiner PW schicken? Wenn du ja nicht auf deine Seite kommst:DDDD

00:21 Johan: Nene passt schon die meisten haben mir sowieso privat gratuliert...

Na klaaaaaar....!

00:27 Macy: Na klar ;)) Konnte ich ja nicht

00:33 Johan: Was konntest du nicht?

00:35 Macy: Ich konnte ja net über Privatnachricht! Dachte Pinni wäre besser... Fail? XD

00:37 Johan: Wieso konntest du nicht über Privatnachricht? Ja Fail :)))

Natürlich hätte ich ihm über Privatnachricht schreiben können... ich hatte das auf der Pinnwand, nur für ihn sichtbar, irgendwie origineller gefunden...

00:38 Macy: Woher sollte ich denn wissen was besser passt und außerdem haben dir die meisten per Pinnwand gratuliert?! Sogar deine BFF ;)))) Deshalb dachte ich, dass wenn sogar DIE per Pinni, dass es dann besser passt. Über Nachrichten kann ich dich ja nicht mehr erreichen XD

00:44 Johan: Welche BFF?! Achso Anna?! Oder wer? Haha wieso kann man mich über Nachrichten net mehr erreichen?! :O

Ja, ich hatte Anna gemeint – sie war ja damals mit ihm in England gewesen und er hatte sie ja damals – wie er später gesagt hatte, um mich zu ärgern – als bff auf seinem England-Post markiert. Natürlich hätte ich gerne gehabt, dass Johan mir widersprochen hätte. Tat er aber leider nicht.

00:47 Macy: Ich kann dich nicht mehr anschreiben, da kommt so ne komische Message… Dachte du hast mich gelöscht. Ja Anna. Ich dachte deine BFF wär ich :(Awas ;D <33

00:49 Johan: Tut mir leid für dich… Gelöscht hab ich dich jetzt net… Und Anna hat sich wenigstens die Mühe gemacht mir über beides zu gratulieren. Naja egal.

OK. Das war doch das LETZTE! Annas Geburtstagspost an seiner Pinnwand war: Alleeees alles Liebe:)<3 Auch wenn wir das mit dem Mitgefühl noch mal üben müssen ;) Haha aber trotzdem alles alles Gute :*<3 Was war denn daran Mühe? Sie hat wahrscheinlich irgendeinen Insider gemeint und das fand Johan toll. Ach er wollte mich wahrscheinlich mit der Bemerkung dass Anna sich „MÜÜÜHEE GEGEBEN" hätte einfach nur verletzen, weil er genau wusste, dass ich mir auch Mühe gegeben hatte. Ich beschloss, ihm darauf nicht mehr zu antworten. Ich schmierte mir ein Nutellabrot und als ich wieder zurückkam, war eine neue Nachricht von Johan aufgepoppt:

00:54 Johan: Wo bist du eig gerade?

Er wusste eigentlich genau wo ich bin! Ich hatte sowohl auf Insta als auch auf FB ein Bild vom Urlaub gepostet. OK. Ich spielte das Spiel mit und tat so, als wüsste ich auch nicht, dass er gerade in New York war:

00:56 Macy: Bin an der Nordsee… Und du?

00:56 Johan: NY

00:57 Macy: Asou cool! Immer noch:))! Wollen wir in der letzten Woche mit Leon und Lola (^^) aufs Sommerfest gehen? Oder was anderes machen, wozu du Lust hast...?

Zu aufdringlich? Ich konnte es halt nicht lassen. Wir waren ja Freuuuuunde... hatten wir zumindest vereinbart.

01:00 Johan: Ja können wir machen... Kleine Frage: Kann die Deutsch? ;O

01:02 Macy: Nö kann sie schon aber sie spricht eher Englisch... Haha das ist voll süß wenn du kleine Frage schreibst:DDD

Hatte er früher öfter gemacht. Nach „kleine Frage" kamen sonst aber eher andere Fragen als die von oben...

01:05 Johan: Total :DD... Ich denk mal drüber nach, bzw. warte bis Leon wieder Internet hat...

*01:06 Macy: Haha Leon schreibt doch manchmal mit Lola^^*

01:08 Johan: Ja mal schauen... Über Skype oder Nachrichten?

DAS hatte Johan sicher nicht gewusst, dass Leon und meine Freundin Lola (die er gar nicht kannte) chatteten. Ob er wusste, dass Leon und ich auch oft schrieben neuerdings?

01:10 Macy: Skype haha

01:15 Johan: Ich muss dann auch mal wir gehen gleich Pizza essen:DD

01:20 Macy: Oki XD Melde dich... Ciaoi :)

01:21 Johan: Ciaoi :))

Puh. Das war eines der wenigen Male, dass Johan und ich am Anfang des Chats „gestritten" haben (Ja. Ich habe mich aufgeregt darüber, wie er schrieb und wie dumm er sich stellte...) und wir trotzdem am Schluss normal auseinander gegangen sind. Ob er sich noch mal wegen des Liedes meldete?! Sicher nicht. Er würde darauf nicht reagieren! Na super.

Der Urlaub und Sam lenkten mich relativ gut ab. Ich ging surfen, reiten und oft waren wir einfach stundenlang am Strand und genossen die Sonne.

4. August

Heute schrieb ich mal wieder mit Jada, zum letzten Mal, wie sich später herausstellte.

18:01 Jada: Ehm... Dieser Sam hat mich angeschrieben XDDDDDDDDDDDDDD

18:03 Macy: Jaja ich weiß -.- :D

Das gefiel mir an Sam – so wie er mich in Chats und Gespräche mit Chris und Paul einband, so sehr war er interessiert, auch meine Freunde kennenzulernen. Daher schrieben wir öfter in Gruppenchats mit Lola, was sehr lustig war, da Sam zwar sehr gut Polnisch und, als Waldorfschüler, auch ziemlich gut Russisch sprach, sein Englisch aber ziemlich mittelprächtig war – das war auch das Einzige, was er mit Johan gemeinsam hatte.

18:04 Jada: Woher?

18:05 Macy: Ehm... Ich telefoniere jeden Tag ungefähr fünf Mal mit ihm und wir schreiben uns die ganze Zeit... ich schreibe auch mit seinen Freunden ... Hab ich dir doch erzählt?! :D

18:06 Jada: Okeeeeeeee aber wieso schreibt der mich an, wenn er mich nicht kennt?!

18:08 Macy: Haha weil er mich gefragt hat, wer meine besten Freunde sind :***

18:09 Jada: Haha was ein Lauch… Stehst du auf den?!

18:09 Macy: Kp… Johan…

18:10 Jada: Trefft euch mal oder soo…

18:12 Macy: Er wohnt doch in Hamburg!! ://

18:14 Jada: Ja und?!?! Es sind doch Ferien?

18:15 Macy: Ich bin im Urlaub? :`D Und er auch XD

18:15 Jada: Achso

18:16 Macy: Und er wollte einfach meine Freunde kennen lernen… Er hat auch Lola angeschrieben und ich hab auch schon oft mit seinen Freunden telefoniert… Bist du wegen irgendwas angepiekt?! :O :S

Jada war total komisch.

18:19 Jada: Haha neee XD

18:19 Macy: Okee gut… Hätte auch iwie nicht gewusst warum, aber du verhältst dich iwie komisch…:O

18:20 Jada: Haha nee mir geht s superrrrr! Bin nur bissi verwirrt…

Und neidisch? (ich weiß, so etwas darf man nicht sagen – aber so war's wohl)

18:21 Macy: Ok... Ja kann ich verstehen. Bin ich selber auch...

18:22 Jada: Also liebst du noch Johan?!

18:24 Macy: Diese Frage hätte ich dir vor zwei Wochen noch mit Ja beantwortet... Ich glaube jetzt ist es eigentlich langsam mal vorbei. Mal sehen ob er sich an meinem Geb. meldet und sou... Vlt. können wir ja Freunde bleiben

18:26 Jada: Alsoooo..... Ist dieser Sam nur ne Ablenkung oder ernst?!

18:30 Macy: Das kann man iwie alles nicht so genau sagen. :((. Auf jeden Fall hab ich ihm im Camp gleich am Anfang gesagt wie das alles ist mit Johan und so...und dass ich ihn nicht liebe... er sagt es halt und will dass ich es sage. Ich würds ja auch gern – er wär viel besser für mich, aber das lässt sich nicht erzwingen, mal sehn was die Zeit sagt.

18:31 Jada: Hmmmm...

18:32 Macy: Ja? Was hätte ich deiner Meinung nach machen sollen?
18:35 Jada: Weiß nicht... Es hat ja schon in diesem Camp angefangen... Nichts gegen dich, aber ich hätte nicht mit ihm den Kontakt gehalten... Weil KP er sich dann vlt Hoffnungen macht. Ich weiß dass du ihm schon gesagt hast, dass du ihn nicht liebst aber ja

18:37 Macy: Jo... Naja er ist ja auch nicht gerade einer der sich verarschen lässt, da brauchst du dir keine Sorgen machen ;) Ist in Freiburg so eher als Player bekannt ;) Wollen wir uns noch mal treffen in der letzten Ferienwoche oder so? :)

18:40 Jada: Nee sorry ich komm erst am Sonntag

18:41 Macy: Ok schade, bb.

Das war wie gesagt, der letzte Chat zwischen uns... Nach den Sommerferien war Jada ziemlich komisch zu mir und ich hörte später, dass sie zu dieser Zeit herumerzählte, ich sei eine „bitch". Dabei weiß Jada genau, dass ich kein Mädchen bin, das mit jedem rummacht, auch wenn sie mich wegen der Johan- und dann Sam-Sache so hinstellte... Man sieht ja, wie lange ich insgesamt an Johan hing...Sie hatte sich auf andere Mädchen in unserer Klasse konzentriert. Ich machte nun mehr mit Cora, Emma und Kathi. Wir waren auch in der sechsten und fünften Klasse schon mal gut befreundet gewesen und jetzt verstanden wir uns wieder so gut, wie damals. So über mich reden wie Jada würden sie nie. Die drei meinten, sie sei nur eifersüchtig, weil sie noch nie einen Freund hatte. Könnte das der Grund für ihr Verhalten gewesen sein?

8. August

Am 8.8. war mein Geburtstag. Ich bekam ein neues Handy und durfte mir aussuchen, was wir heute machten. Ich entschied mich dafür, ausreiten zu gehen. Es war ein tolles Gefühl, durch den Wald zu galoppieren und frei zu sein. Nur das Pferd und ich. Kein anderer Gedanke – das war wunderbar!

Als wir wieder nach Hause kamen, sah ich, dass Johan mir geschrieben hatte.

10:12 Johan: Hey alleees Liebe zum Geburtstag!! :D <3 <3 <3 :) Mach dir nen schönen Tag und feier den ganzen Rest der Ferien! : :* :* ;) <3 Wie s jetzt mit Leon und Sommerfest aussieht kann ich leider jetzt noch nicht sagen... :// Wie war s in Frankreich in dem Sommercamp? Was habt ihr da so gemacht? PS Ich kann kein Französisch haha hust ;***

Okay. Johan hatte mir zwar sehr nett zum Geburtstag geschrieben, war aber auf das Lied nicht weiter eingegangen. Ich hoffte, dass wir es schaffen würden, Freunde zu werden.

11. August

*13:54 Macy: Dankö :D <3 Haha im Camp ging s gar nicht um Sprache lernen… Wir haben in einer Schlucht am Fluss gezeltet, sind Kanu gefahren, geklettert usw! ;) Es war einfach Fun und Freiheit! :D Da brauch man kein Französisch haha du wärest gut klargekommen.) Wir waren da ja mit ner Gruppe … vom Jugendcafé :)) Aber du hattest ja bestimmt auch ne coole Zeit in NY ^^*

12. August

17:47 Johan: Ja!... Leon weiß noch net genau aber ich denk mal schon, dass des was wird… (: Ich melde mich nochma und wir machen dann Details aus.

Fail, Johan – Leon hat mir schon geschrieben, dass es von ihm aus klappt, dass DU dich aber noch nicht geäußert hast…

21:17 Macy: Jo wär cool ;)

22:19 Johan: :))

Wieder zuhause! Als ich den Briefkasten öffnete flogen mir einige Geburtstagsgrüße entgegen. Von meiner Tante, den Verwandten aus Berlin und Hamburg und eine Postkarte von Emma, die gerade in der USA bei ihrer Oma war. Außerdem fand ich einen kleinen gelben Zettel: „Hey! Alles Liebe und Gute zum Geburtstag Macy! Ich dachte ich komme mal vorbei, warst aber leider nicht zuhause. :(Naja trotzdem einen schönen Tag dir noch :D" Und auf der Rückseite: „P.S. Der Zettel ist von der 4a XD (Nachbarn ;))" Im Haus 4a, bei uns gegenüber, wohnte ein Mädchen, mit dem ich mich früher öfter getroffen hatte. Sie war ein Jahr älter als ich und in letzter Zeit hatten wir keinen Kontakt mehr. Naja, ich würde mich vielleicht demnächst mal bei ihr melden.

Ich schrieb öfter mit Leon, den ich ja erst kennengelernt hatte, nachdem mit Johan fast Schluss gewesen war und ich ihn an diesem einen Samstag angeschrieben hatte. Ich fand Leon sehr sympathisch – er war ein sehr ruhiger, sachlicher Typ und ich konnte immer besser verstehen, warum Johan ihn so sehr mochte. Im Gegensatz zu manchen Hipstern aus unserer Stufe, die die meisten Leute total herablassend behandelten und sich aus mir nicht ersichtlichen Gründen cool fühlten, hatte Leon wirklich was vorzuweisen. Er war schlau, ziemlich nett und sah ganz gut aus. Und er hatte eine richtig nette Freundin gehabt, die vor kurzem mit ihm Schluss gemacht hatte. Daran hatte er anscheinend ziemlich zu knabbern – das machte ihn noch sympathischer. Am Anfang des Sommers hatte er vorgeschlagen, Johan doch ein Lied „Sorry" von der Band Stanfour zu schicken – das hatte ich so süß von Leon gefunden. Johan würde wohl nie ein Lied verschicken, zumindest nicht an mich... Ich hatte ihm damals gesagt, dass ich wünschen würde, ich hätte dieses Lied zu schicken, aber dass es von Johan kommen müsse. Das zeigte auch, dass selbst sein bester Freund nicht wusste, was bei Johan so abging.

Johan war ab und zu mal Thema mit Leon, aber oft ging es um ganz andere Dinge. Leon hatte mich damals, nach dem Treffen im Sommer mit Johan mehrmals gefragt, wie ich zu Johan stand und ich hatte mich immer ziemlich neutral geäußert. War mir auch nie sicher gewesen, inwieweit sich die beiden austauschten. Sie waren ziemlich gute Freunde, schienen sich aber – im Gegensatz zu uns Mädchen – nicht alles und auch nicht besonders viel darüber zu erzählen, was bei ihnen so lief. Schrieb mich Leon in Johans Auftrag an? Irgendwie vertraute ich Leon. Es war komisch – während der ganzen Zeit mit Johan blieb Leon in einer halbwegs neutralen Position – bei einem Mädchen wäre das nicht gegangen, das hätte sich eindeutig auf die Seite ihrer besten Freundin schlagen müssen.

Leon erstellte einen Gruppenchat, in dem wir die Details klärten und am nächsten Tag trafen wir uns dann auf dem Sommerfest…

Lola und ich liefen zusammen ins Dorf. Am Treffpunkt warteten die beiden auf uns. Ich nahm erst Leon, dann Johan in den Arm und wir liefen in den Park. Lola und Leon begannen eine Unterhaltung, was lustig war, da Lola bekanntermaßen nur Englisch spricht. Leon kann vieles sehr gut – aber Englisch sprechen gehört definitiv nicht dazu… Ich redete mit Johan über die Ferien. Er wirkte irgendwie verunsichert. Mir schien es so, als würde er zittern. „He is flirting with you soo much!", flüsterte mir Lola zwischendurch zu. Ja, das war wahr… Er war tatsächlich flirty drauf. Wir liefen hinter Leon und Lola, und Johan – es klingt bescheuert, aber ich kann es nicht anders ausdrücken – nahm seine Hand die ganze Zeit nicht von meinem Rücken.

Irgendwann holten wir uns gemeinsam Pommes und Getränke und setzten uns auf einen großen Hügel, etwas abseits vom allgemeinen Trubel. Wir unterhielten uns bis zum Einbruch der Dunkelheit. Johan war total gut drauf und machte ständig Anspielungen auf die Zeit als wir zusammen waren, dies aber in einer harmlosen und lustigen Weise. Wir spielten Wahrheit oder Pflicht und alles war ganz easy und entspannt. Mist – ich merkte wieder, wie gerne ich mit Johan zusammen war! Als wir aufbrachen und den Hügel herunterliefen, versuchte er, meine Hand zu nehmen – ich ließ dies aber nicht zu. Warum? Ich wäre gerne auf ihn eingegangen, das wurde mir währenddessen wieder einmal klar. Aber etwas hielt mich zurück. Einmal wahrscheinlich die Angst, dass er es nicht ernst meinte und es danach wieder so unverbindlich wäre wie nach dem letzten Treffen. Aber auch das Gefühl, es ihm nicht so einfach machen zu wollen – wenn er doch mehr als Freundschaft wollte, sollte er das doch bitte auch sagen. Um zehn mussten Johan und Leon gehen, wir erzählten ihnen, dass wir noch ein bisschen bleiben würden. Beim Verabschieden wollte ich Johan kurz über die Räder hinweg umarmen, worauf er meinte „nicht mit dem Rad zwischen uns" und mich für eine längere Umarmung zu sich zog. Lola erzählte mir danach, dass Johan und Leon einen merkwürdigen Blick gewechselt hatten, Leon fragend geschaut und Johan den Kopf geschüttelt hatte.

Eigentlich war der Abend für mein Gefühl gut verlaufen. Mir war im Nachhinein immer noch nicht klar, warum Johan anfangs unsicher war, ob er mitgewollte. Er schien doch eigentlich mehr als versöhnt mit mir zu sein. Was wäre eigentlich gewesen, wenn ich seine Hand genommen hätte? Wären wir dann knutschend in einer Ecke gelandet, ohne dass Leon etwas davon mitbekommen hätte und hätten uns nach dem Fest wieder ignoriert? Oder meinte Johan den Abend eher freundschaftlich und die dumme Macy bewertete alles über? Lief Johan mit allen Mädchen, mit denen er befreundet war, händchenhaltend durch die Gegend? In diesem Moment war mir dies erst einmal egal - wichtiger als alles andere war mir nach wie vor, dass Johan und ich Freunde blieben… oder erst mal wurden, wie auch immer!!!

Lola und ich liefen noch einmal über das Fest. Als ich zuhause war, erzählte mir Fred im Chat, er habe Johan um Mitternacht bei der Schaumdisko gesehen (sich selbst fotografierend). Na toll! … Er hatte gemeinsam mit Leon das Fest verlassen und Leon musste auch definitiv gehen, das wusste ich. Wollte Johan etwa nicht ohne Leon mit uns dort sein? Oder nicht nach dem Verlauf des Abends? Warum war er noch einmal zurückgekommen? Was hätte er gemacht, wenn wir uns nochmals getroffen hätten?

Wieder mal hatte Johan 1000 Fragen hinterlassen. Das tat er immer. Da er noch den ganzen Abend online war, beschloss ich, ihn anzuschreiben, vielleicht sagte er dann noch etwas...

01:36 Macy: Hi

01:38 Johan: Hey

01:39 Macy: Wie fandst du s heute?

01:39 Johan: Schön

01:41 Macy: Stör ich dich bei irgendeiner Konversation? ;D Dann können wir irgendwann anders schreiben

01:43 Johan: Nene passt schon

01:47 Macy: Aba erst hattest du KB mit mir zu gehen oder? Mal ehrlich warum eig nicht? ;) Ich unterhalte mich einfach so gerne mit dir:33 XD

01:49 Johan: Wieso hatte ich erst KB mit dir zu gehen?

Da musste ich mich ein wenig rauswinden.

01:52 Macy: Weil du nachdenken musstest und ich das Gefühl hatte du hättest Leon lieber alleine losgeschickt... Komm wir machen ne Übung im ganz ehrlich sein! ;)

Wieder einmal hatte ich das Bedürfnis, Johan zu verstehen. Warum wollte er erst nicht kommen, machte mich dann mehr oder weniger an, verabschiedete sich überaus nett von mir – und war dann im Chat wieder nicht so ganz, wie ich mir den freundschaftlichen Johan vorstellte?

01:53 Johan: Nene passt schon mir war sowieso langweilig...

01:53 Macy: Heute?

01:54 Johan: Ne eig. Net

01:58 Macy: Ich bin gerad iwie raus :) Hab den Faden verloren :D

02:01 Johan: Ich geh gleich pennen

02:04 Macy: Oki...... War iwie nicht so ne gute Idee dich anzuschreiben.. Wir können eher reden als schreiben... Ich hoffe dies (reden) können wir mal iwann wieder tun(; .... Ciao dann gute Nacht

02:05 Johan: Jo byemye good night. Sleep well

02:06 Macy: Noch ne kleine Frage, was ich dich schon IMMER fragen wollte! Was heißt byemye;D?

02:06 Johan: Kein Plan. Was glaubst du?

02:07 Macy: Weiß ich net XD

02:07 Johan: Wie bye bye nur byemye

02:08 Macy: Oku schlaf gut!

02:09 Johan: Jo you 2 bye

Sam rief mich am nächsten Morgen an und wir telefonierten. Nach dem Fest hatte sich der Johan-Knoten in meinem Herz irgendwie gelöst und ich dachte mir – manche nannten mich ja dafür „bitch" - dass es gut wäre, mit Sam „richtig" zusammen zu sein, der so süß und aufmerksam und unkompliziert war und der mir täglich zeigte, wie wichtig ich für ihn war. Das tat mir und meinem

Ego einfach gut. Es wurde eine schöne Zeit. Wir besuchten uns so oft es ging, telefonierten oder skypten jeden Abend. Wenn wir unterwegs oder bei Freunden waren, telefonierten wir oft mit dem anderen und mit dessen Freunden. Sam gab mir so, ganz von selbst, das, was ich bei Johan so vermisst hatte – das normale Eingebundensein in den Alltag des anderen. Und das bei jemandem, der hunderte von Kilometern weit weg war... Sam und ich skypten manchmal stundenlang! Einmal, am Wochenende, brachen wir unseren Rekord: In der Nacht skypten wir sechs Stunden und telefonierten danach noch sehr lange. Er war so süß und tat mir gut. Seine Familie hatte ich auch schon total ins Herz geschlossen: Sam hatte zwei Brüder, Samuel und Michel. Samuel war dreizehn und ich verstand mich mit ihm total gut. Michel war fünf. Er war richtig niedlich und wollte mich, wenn ich in Hamburg war, nie gehen lassen. Ich versprach ihm jedesmal, dass wir uns bald wieder sehen würden und damit ließ er sich dann beruhigen. Einmal verbrachten wir das ganze Wochenende mit Sams bestem Freund Chris. Er total nett, ich mochte ihn auch sehr und es machte Spaß mit den beiden zusammen was zu unternehmen.

Außerdem war Sam lustig und manchmal total verrückt. Er hatte aber natürlich auch seine Probleme... hauptsächlich mit seiner Mutter, die er viel zu streng fand (ich lernte sie ja auch kennen und fand das gar nicht!). Er war ziemlich aufsässig zuhause und das machte es manchmal schwer für uns, da an unsere Treffen natürlich viele Bedingungen geknüpft wurden. Auch war er oft traurig wegen seiner restlichen Familie und hatte das Gefühl, immer nach seinen beiden kleinen Brüdern zu kommen. Ich versuchte ihn dann so gut es geht zu trösten und aufzubauen. Auch in solchen Situationen war es schon schwer, so weit auseinander zu wohnen und den anderen nicht spontan trösten zu können. Andererseits... oft schlich sich dann der Gedanke in meinen Kopf, dass ich mich mit Sam trotz fast 300 km Entfernung öfter getroffen habe als mit Johan, der vier Kilometer Luftlinie von mir weg wohnte....

Chris und Paul lernte ich ebenfalls gut kennen – Paul ist heute noch einer meiner liebsten Chatpartner. Chris erzählte mir, dass Sam sich durch mich total verändert hätte. Er war eigentlich in Hamburg als Player bekannt, hatte aber seit er mit mir zusammen war, mit einigen seiner Freunde den Kontakt abgebrochen. Das machte mir ein wenig ein schlechtes Gewissen: Er war derjenige, der das Ganze hier mehr wollte. Hatten Sam und ich einen kleinen Streit, dann rief er mich durchgehend an, bis alles geklärt war. Ehrlich gesagt, manchmal nervte es mich ein wenig. Er meinte, daran merke er, dass ich ihm wichtiger sei als seine (und davon gab es schon ein paar...) bisherigen Freundinnen: Bei denen hätte ihn ein Streit nicht wirklich gestört und er hätte das so stehen lassen können. Wenn wir Streit hätten, könne er das nicht ungeklärt lassen und schon gar nicht einschlafen. So gab es einige Situationen, in denen ich ihn schon vergessen hatte, ein Gespräch beendet war, er aber noch mehrmals schrieb oder anrief. Ja... da musste ich kurz an Johan denken: Ich war es, die nie im Streit mit ihm auseinander gehen konnte - er schon. Ich musste alles sofort klären, er nicht.

Ihr kennt es sicher auch – meistens fühlt einer von beiden mehr für den anderen. Ganz ausgewogen ist es wohl selten und das ist dann anscheinend ein echter Glücksgriff! Ich habe mich allerdings oft gefragt, was letztlich schöner ist - derjenige zu sein, der mehr verliebt ist oder der, der mehr geliebt wird? Auch wenn es toll ist, jemanden zu haben, der total verliebt in einen ist und einen auf Händen trägt und so weiter – das schönere Gefühl ist es doch, jemanden so unglaublich toll zu finden, dass man alles für ihn tun würde. Und dieses Gefühl würde ich auch immer vorziehen. Ich würde lieber jemanden von ganzem Herzen lieben, der mich nicht zurückliebt als von jemandem geliebt zu werden, für den ich nicht das Gleiche empfinde. Auch wenn das sehr viel Leid bedeutet.

20. September

Mit Sam und mir wurde es alles komplizierter. Wir konnten uns nicht mehr regelmäßig sehen, nachdem keiner mehr Ferien hatte (durch versetzte Sommerferien hatte acht Wochen lang immer einer von uns frei gehabt) und hatten, wie es dann normal ist, auch die eine oder andere kleine Streiterei. Ich beschloss gegen Ende September, Schluss zu machen. Es tat mir weh, aber ich hoffte, wir könnten weiter Kontakt halten... Ich merkte, dass er mir bei Weitem nicht so wichtig gewesen war, wie es damals bei Johan der Fall war.

22:01 Sam: Okay. Ich sehe ein, dass es keinen Sinn mehr hat. Es geht einfach nicht mehr. Ich verstehe dass du Schluss machst. Hatte es auch schon überlegt. Ich bin nicht so ein Typ für Fernbeziehungen. Aber du warst es wert<3! Danke für eine hammer Zeit... Auch wenn es manchmal nicht so leicht war, es war immer mega schön mit dir und ich weiß jetzt, ich hätte so was wie dich nie verdient gehabt... Es tut mir leid, dass es jetzt zuende ist, aber ich hoffe dass wir immer weiter Kontakt haben werden und... Du mir wenigstens als Freunde eine zweite Chance geben kannst... ...<333

Ich war irgendwie erleichtert. Es war ein süßer Text und wie ich ihn kannte hatte er dafür sicher eeeewig gebraucht! Haha! Vielleicht könnt ihr euch denken, dass dann trotzdem nicht alles in Butter war. Es ist normal, dass, wenn man sich trennt, immer die eine oder andere Diskussion oder der mehr oder weniger große Streit folgen. Trotzdem lief es relativ gut ab und wir hatten uns bald beide beruhigt.

Alles war gut! Ich war froh, dass Sam und ich friedlich auseinander gegangen waren. Auch die ständigen Gedanken an Johan waren weg. Lola hatte recht gehabt... so ist das Leben... "RIP to the people lost in our thoughts"... - ich liebte diesen Spruch sehr! Wer braucht schon Jungs?! Ich hatte die besten Freundinnen der

Welt und über meine Familie konnte ich mich auch nicht beklagen. Ich freute mich... auf das neue Schuljahr, auf neue Erlebnisse, neue Leute, die ich kennen lernen würde und alles, was in meinem Leben noch geschehen würde. Das Leben ist schön... auch wenn's nicht immer einfach ist. Aber wer will's schon langweilig!?

So hätte diese Geschichte und die Sache mit Johan enden können. Das Buch wäre zugeschlagen und ins Regal gestellt. Eine Story im Tagebuch einer 14-jährigen. Wenn... ja wenn ich schlauer gewesen wäre, oder nicht so gutgläubig oder eben nicht 14... Aber ich glaube auch Erwachsenen passiert es noch, dass sie sich einlassen auf Dinge und Menschen, die ihnen nicht gut tun und eben erst im Nachhinein erkennen, was hinter den Situationen steckt. So schlug jemand für mich die Seite um und schrieb weiter, hielt den Stift für mich und schlug die Tasten an. Ich hab's verpasst, das Buch zuzuklappen, den PC auszuschalten und den Stecker zu ziehen. Aber lest selbst....

***

Teil 4

Hope ist the little voice whispering „maybe" when it seems the entire world is shouting „no"

4. Oktober

23:06 Johan: Hey:)

Es war ein Monat lang kein Kontakt. Außerhalb des Sozi Unterrichts hatten Johan und ich seit einer langen Zeit kein Wort miteinander geschrieben geschweige denn gesprochen. Nach wie vor hätte ich gerne ein gutes und am liebsten ein freundschaftliches Verhältnis zu Johan gehabt.

23:10 Macy: Hey:)

23:12 Johan: Wie geht's?

23:13 Macy: Dass du mich das in diesem Leben noch mal fragst, darauf muss ich mal einen trinken XD ;) joo gut dir?

23:14 Johan: Was trinkst du so? mir auch, in einer Woche Ferien ...

23:15 Macy: Nichts ;)

23:17 Johan: Biste immer noch mit der Lola dicke?

Huch? Bei dem Thema Alkohol dachte Johan immer sofort an Lola... Dabei wusste er doch genau, dass ich noch nie betrunken war und dass ich damals auf der Party keinen Schluck Alkohol intus hatte... (also, wenn es denn überhaupt eine Party gegeben hätte, haha)

23:18 Macy: Jaaa :D Wieso?

23:19 Johan: Und hast noch net angefangen? XD

23:20 Macy: ich kann auch ohne Lola NICHT trinken ;P

23:21 Johan: Respekt :D

23:22 Macy: Ja schon (:`D)

23:22 Johan: Hut ab vor dir ;)

23:24 Macy: Vor dir nicht :33 ;) <3

23:25 Johan: Danke, weiß ich zu schätzen ;)

23:26 Macy: Hast DU ein wenig Alkohol zu dir genommen? ;))

23:27 Johan: Wieso sollte ich denn sonst auf die Idee kommen dich anzuschreiben...?!

23:28 Macy: Da fallen mir tausend Gründe ein XD

23:29 Johan: Nenne einen. XD

23:32 Macy: 1.du willst dich entschuldigen. 2. Sam hat dich angeschrieben. 3. Jenny hat dich angeschrieben. 4. Du willst mir erklären warum du so komisch zu mir bist xD. 5. Du willst, nach dem dir Jada nicht so richtig geantwortet hat, von mir wissen ob ich mit denen verstritten bin. 6. Irgendwas wegen Sozi... Enough so far? XD

23:35 Johan: 1.Nein. 2. KP wer des is! 3. welche Jenny 4. Ja hatte ich nicht so direkt vor musst mir nur noch kurz erklären inwiefern komisch... 5. Jada hat mir iwas erzählt dass ihr zerstritten seid..

23:37 Macy: Haha oki ;) ja zu 4 wollte ich dich sowieso ansprechen, aber nicht per Chat.

23:39 Johan: Ok dann mach das mal ;)

23:42 Macy: Jaa findest du, dass du normal zu mir bist? :3

23:43 Johan: Ne wieso? ;3 Sag du erstmal was du paranormal findest... (Dieses Wort :D! I <3 it)

Er war schließlich nicht normal - er ignorierte mich nach wie vor irgendwie und war komisch.... Mir war irgendwie nicht klar, warum. Für mich gab es dafür eigentlich keinen Grund mehr.

23:46 Macy: Das machst du jetzt mal selber, wenn du selbst findest, dass du dich nicht ganz normal mir gegenüber verhältst XD ... Dann bin ich erfreut, dass deine geistige Gesundheit jedenfalls nicht in Zweifel zu ziehen ist ;)

23:49 Johan: Ignorieren & Akzeptieren ?

Was sollte das heißen? Ignorieren? Mich ignorieren? Klar! Akzeptieren? War das darauf bezogen, dass ich bis vor kurzem einen neuen Freund hatte? Oder meinte er etwa, dass ich akzeptieren sollte, dass er nicht mehr in mich verliebt war? Das hatte ich doch schon längst akzeptiert? Alles war doch prima. Er war der, der sich nicht „normal" verhielt. Ich verstand gar nichts...

23:51 Macy: Mich ignorieren? ;) Oder was? Und warum eigentlich? :O ist echt paranormal! Und was meinst du mit akzeptieren?
23:52 Johan: KP ist mir grad so eingefallen...

23:53 Macy: Stimmt, das Ignorieren ist schon mal ein Treffer! :D ... aber das Akzeptieren? Auf was ist das bezogen?

23:56 Johan: Insider. Vergiss es...

Da war wieder Johans Art, die ich an ihm hasste. Erst Andeutungen machen und wenn die kleine Macy dann interessiert nachfragte, abwiegeln und nichts mehr sagen?! Billiges interessant machen oder Unfähigkeit? Meine Finger schlugen so laut und schnell in die Tastatur meines Laptops, dass man es sicher bis ins Nebenzimmer hören konnte. Ich spürte wie Wut in mir aufkochte...

00:00 Macy: Such dir ne Antwort aus: Antwort a) Boa bist du cool!!!!!!!*-* (- nimm deinen Insider und fick ihn dir ins Knie) Antwort b) Wolltest du mir jetzt erklären warum du so komisch bist oder nicht...?! (dafür ist deine Antwort mit dem Insider übrigens ein gutes Beispiel)

00:02 Johan: a) gute Nacht. Schreiben und ficken mach ich ungern gleichzeitig.

00:03 Macy: Ich hätte vorhersagen können, dass du das schreibst... Und tschüss...

Eigentlich hätte ich es mal machen sollen wie Johan – etwas andeuten und dann von etwas anderem reden... Ich wette, er wäre dann tödlich beleidigt gewesen – so wie damals, mit Fred als ich es auch mal so gemacht hatte wie Johan und nicht auf seine Fragen eingegangen war. Aber das ist nicht meine Art. Fürs Schweigen fehlen mir die passenden Worte... Leider.

5. Oktober

Johan schrieb mir wieder. Ich antwortete neutral und ganz nett, und trotzdem fing er irgendwann wieder an, total komisch und blöd zu schreiben. Ich beendete die Konversation dann relativ schnell wieder. Fragte mich echt, was er hatte! Das war mal wieder einer der Abende, an denen ich mich in mein Bett verkroch, mir Musik in die Ohren steckte und versuchte, alles zu vergessen. Trotzdem konnte ich es nicht verhindern, dass meine Gedanken weiter um Johan kreisten... Warum war er von einer Minute auf die andere so komisch geworden? Was hatte ich ihm getan? Was war sein Problem? Warum diese Stimmungsschwankungen? War Johan nicht mehr ganz klar im Kopf oder nahm er Medikamente? (haha.)

Irgendwann musste ich eingeschlafen sein, denn ich wachte am nächsten Tag mit Kopfhörern in den Ohren auf. Es war ein verregneter Samstagmorgen. Ich kochte mir einen Kakao und drehte eine Runde auf Insta. Ich hatte langsam eine totale Liebe für Instagram entwickelt.- Natürlich war das Thema im Bezug auf Johan immer noch ein No-Go! Irgendwie gefiel es mir aber auch, dass ich aus Insta – damals der Auslöser für unsere Trennung – was für mich Schönes gemacht hatte. Mein Account machte mir Spaß und ich schaute mir gerne die neuesten Bilder von anderen an. Außerdem liebte ich die diversen Sprücheseiten – **Teenquotesandfeelings** war nach wie vor eine meiner liebsten Seiten mit Sprüchen, die immer genau auf mich oder meine Situation zu passen schienen! Das heutige Post war auch wieder klasse: *Jemand fragte mich, ob ich dich kenne. Millionen von Erinnerungen schossen mir durch den Kopf, doch ich flüsterte nur „nicht mehr..."*

Am Nachmittag kamen wieder Nachrichten von Johan. Ich antwortete ihm diesmal nicht. Keine Lust auf einen weiteren Abend, an dem ich an meinem Verstand zweifeln musste und mit ihm rumdiskutieren wollte ich auch nicht.

6. Oktober

Vor ein paar Tagen hatte mich Leon angeschrieben und gefragt, wie es denn so mit Sam lief. Ich hatte mit ihm noch nie über Sam geschrieben?! Und dass mit Sam Schluss war, wussten eigentlich alle ... Einen Tag später hatte sich dann ja Johan gemeldet... Ob das zusammen hing?! Naja, vielleicht war das ja Zufall gewesen. Vielleicht aber hatte Leon Johan erzählt, dass Sam und ich nicht mehr zusammen waren und deshalb hatte Johan mich angeschrieben?

An einem der nächsten Abende geschah etwas Doofes: Ich hatte Fred von Johans und meinem letzten Chat berichtet und er war total wütend auf Johan gewesen. Und jetzt...

20:03 Fred: Macy... Ich muss dir was beichten :(

20:05 Macy: Hey Fred! Was los?

20:06 Fred: Naja als du mir gestern von eurem letzten Chat erzählt hast... Ich war so sauer auf den Wichser und hab versucht sein Facebook zu hacken :((((

20:10 Macy: Na ist doch cool:D Findet man bestimmt interessante Informationen ;))

20:11 Fred: NEIN. *Ich habe nicht ihn gehackt, sondern war plötzlich in dem Facebook von so nem andren Typen... Weil ich s irgendwie über die falsche Email gemacht habe...-.-:((*

20:12 Macy: *Ohhhh fuck! Und dann?*

20:14 Fred: *Dann hat der Typ damit gedroht, zur Polizei zu gehen. Und ich hab das FB von dem Typen mit... der Email vom Idioten gehackt... Das heißt... Naja... Johan würde angezeigt werden:(Und dabei war ich das...*

20:16 Macy: *Ok Fred, das ist echt mega scheiße...:/ Und auch peinlich für dich, ne? Aber... Wenn du willst kann ich die Sache versuchen wieder grade zu rücken...*

20:17 Fred: *Wie?*

20:20 Macy: *Ich hab morgen reiten... Und ich könnte danach bei ihm vorbei fahren und ihm das erklären. Also, ich würde sagen, dass ich es war – und sagen, dass ich die Sache regele... Er wohnt ja gleich neben dem Feld...*

20:21 Fred: *Oha wenn du das machen würdest hättest du sooo viel gut bei mir <333!!!! Vorm Idiot blöd dastehn und mich entschuldigen müssen, das wär echt schlimmer als..*

20:22 Macy: *Jo...ich nehms auf meine Kappe! Die Frage ist nur, wie ich ihm das erkläre und was ich sage!*

20:26 Fred: *MH du könntest einfach sagen, dass du total angepisst warst, wegen der letzten Konvo... Und dich rächen wolltest...*

20:28 Macy: *okay ich versuchs:)*

20:31 Fred: *Danke Macy!! Du bist die Beste<33:**

11. Oktober

Nach dem Reitunterricht fuhr ich zu Johan. Ich sagte ihm, ich habe sein Facebook gehackt. Mir war das Ganze schon echt unangenehm.... Johan kaufte mir die Geschichte offensichtlich gut ab. Wütend wurde er nicht, eher neugierig. Das erste, was er mich fragte war: „Wie geht's denn eigentlich deinem Freund?!" Ich sagte nur „Wir sind nicht mehr zusammen", was er eigentlich sicherlich durch schon wusste, z B von Leon... „Schön.", antwortete er daraufhin. „Wir haben nicht mehr so viel Kontakt im Moment", sagte ich. „Schön", entgegnete er wieder. „Warum hast du das gemacht, versucht, mein Facebook zu hacken?" „Weil ich wütend auf dich war" meinte ich.

Ich merkte allerdings sehr schnell, dass etwas nicht stimmte... Johan fummelte die ganze Zeit an seinem IPod herum, der in seiner Hosentasche war! Nahm er mich etwa auf? Ich bildete mir ein, das Geräusch zu hören, das am Anfang einer Aufnahme kam. Sicher sein konnte ich mir zwar nicht, aber naja, ich wars zu 98 %. ich verabschiedete mich dann relativ schnell, froh, dass die Hack-Aktion von Fred wohl keine Folgen haben würde.

15. Oktober

Herbstferien! Die Facebook-Sache hatte sich dann eigentlich gut erledigt: Fred hatte sich bei dem Typen, der, wie sich herausstellte, total nett war, entschuldigt. Johan hatte mich zwar aufgenommen (Warum?!?!), war aber auch nicht weiter wütend... Ich musste aber wegen den ganzen Themen: Facebook, Hacken, das Aufnehmen unseres Gespräches und die Fragen nach meinem Ex, an Sams aktuelles Lieblingslied denken: Guten Morgen NSA. Haha, das passte irgendwie! Eigentlich wollte ich Johan doch gerne nochmal wegen der Sache mit dem Aufnehmen pieken bzw. rausfinden, ob das wirklich stimmte. Ich nahm unsere Facebook-Konversation, die ich nach seinem letzten blöden Chat abgebrochen hatte, wieder auf und schickte ihm das Lied:

20:40 Macy: Hier ein Lied für dich ;)

20:45 Johan: Dankeschön

16. Oktober

Heute hatte ich Lust, ein neues Bild auf Insta zu posten. Ich schaute durch die Bilder auf meinem Handy und suchte eins der letzten Woche aus. Da mich die Aufnehmaktion von Johan doch noch beschäftigt hatte, wählte ich einen passenden Spruch *The best way to find out if you can trust somebody is to trust them.* Haha! So hartnäckig er vorgab, meine Instabilder nicht zu sehen, natürlich würde er das wieder mal sehen und würde wissen, dass es an ihn gerichtet war.

Nachmittags traf ich mich mit Fred zu einer Joggingrunde – es waren immer noch Ferien. Fred jagte mich durch den Eichwald und zwang mich, über diverse Baumstämme zu springen. Er fühlte sich offensichtlich wie ein Bundeswehr-Ausbilder, worauf ich mich so bald wie möglich freundlich verabschiedete, nach Hause ging und mir zwei Nutellabrote schmierte. Dann warf ich einen Blick auf Insta. Mein Bild hatte einige Likes und einen Kommentar von Fred.

fred_the_mousy_monster
Ich kenn jemanden, dem du nicht vertrauen kannst, hust hust – abhören und so ;)

Da hatte Fred wieder mal recht. Das war eine Botschaft von ihm an Johan, die er sich nicht verkneifen konnte. Da musste ich doch direkt gleich einsteigen:

macy_8899
Haha, ja echt krank :D. Das darf doch eigentlich nur die NSA ;), ob man sowas behandeln kann ^^?

fred_the_mousy_monster
Haha, keine Ahnung, aber schon arm, Gespräche aufzunehmen ;)

Fred hatte wieder Oberwasser! Nachdem seine verpatzte Hackaktion keine Folgen für ihn gehabt hatte, wurde er wieder frech!

Jetzt kam Lola noch dazu

lolasvensson
This is so pretty! <3 I am home now btw :D Haha, lets do something :))

macy_8899
@ fred_the_mousy_monster: Ja ;) und wenn ich´s ihm dann direkt anmerke, erzähl ich irgendwelche lustigen Märchen ^^ „heute schon Facebook gecheckt?!" :`D Ich hab sowas gar nicht mehr nötig hahahhahah wie naiv muss man sein XD

„Heute schon Facebook gecheckt" war eine Textzeile aus dem Lied „Guten Morgen NSA", das ich ihm geschickt hatte.

lolasvensson
Wait ... what ?! Who recorded what?...

macy_8899

@ lolasvensson: oh, you don´t wanna know :`D But Im gonna tell you later anyway;*

Mit Lola würde ich mich heute Abend treffen. Momentan gingen wir fast jeden Abend eine große Runde mit ihren Hunden spazieren. Holy holidays! Ich scrollte durch die Insta-Neuigkeiten. Oha! Es gab wirklich große Neuigkeiten, denn Johan – der seit zwei Monaten nichts mehr gepostet hatte – hatte tatsächlich ein neues Bild in die Instawelt geschickt! Jedoch nicht ein Bild aus seinem aktuellen Griechenland-Urlaub… nein – er hatte ein älteres Bild herausgekramt, das vor einigen Wochen bei einem Schulausflug entstanden war. Es zeigte ihn mit Anna und es war ehrlich gesagt ein nicht so schönes Bild. Anna sah wie immer süß und hübsch aus (sie erinnerte mich immer ein wenig an Miranda Kerr) lächelte aber eher ein wenig gequält, was ich darauf zurückführte, dass sie neben Johan stand. Der stand neben ihr und wirkte wie ein Fan, der gerade eine angesagte Schauspielerin um ein Foto gebeten hat. Den krönenden Abschluss des Posts bildete der Hashtag *#hipsteryoloswagwennseinmalläuft.* Oh Mann, Johan! Das war irgendwie peinlich …Fremdschämalarm! Ich wusste schon, dass in der Whatsapp-Klassengruppe darüber gelästert werden würde, wie möchtegerncool Johan sich wieder mal präsentierte. Aus solchen Lästereien hielt ich mich natürlich heraus oder verteidigte ihn sogar. Das würde mir hier allerdings schwer fallen.

Viel interessanter jedoch war der Zeitpunkt, zu dem das Bild gepostet worden war. Zwei Monate lang war Johans Insta in der Kiste verschwunden gewesen – kein Bild weit und breit! Heute, zwei Stunden nach meinem Post mit der Anspielung auf ihn, postete er dieses Bild, von dem er wahrscheinlich dachte, es würde mich ärgern oder traurig machen (weil: „Hipster Johan mit BF Anna….“). Tat aber es aber nicht. Dafür war es weder schön genug noch sah es danach aus, als hätte da jemand Spaß gehabt – im Gegenteil.

Johan tat immer so, als würde er meine zahlreichen Instaposts nicht sehen. Da hatte er wohl zuuuuuufällig heute zum Zeitpunkt von Freds Kommentaren mal draufgeschaut. Hahaha......

Und da kam ein neuer Kommentar von Fred unter meinem Bild:

fred_the_mousy_monster
Haha, #shedoesnotlookveryhappy xD #hahahasteinemmöchtegernhipsterinskniegeschossenjetzthopstersofort :D

OK – Fred hatte also auch das neue Bild von Johan gesehen – und es genauso aufgefasst wie ich: als Reaktion auf unsere Kommentare.

macy_8899
#noshedoesntXDkannichaberauchverstehenhahanoswagatall #jo;)

Diese Unterhaltung vor Johans Nase (denn das Bild hatte er sicher vor seiner Nase!) war ein wenig albern. Aber er hatte sich ja auch albern verhalten – und ein wenig Spaß musste sein! Es war sicher, dass er dies verfolgte – und er sollte später noch zugeben, dass er sofort wusste, dass er der Möchtegernhipster war, den Fred gemeint hatte!

Und schau mal einer an! Da kam er schon dazu, mit einem Kommentar unter meinem Bild:

johanmueller
*Oh wer macht denn sowas?^^*

Ich überlegte kurz, ob ich überhaupt antworten sollte, konnte es dann natürlich doch nicht lassen.

macy_8899
Immer der, der fragt -.-! @johanmueller

Aus Rücksicht auf Johan – für den das doch irgendwie peinlich gewesen wäre – löschte ich seinen und meinen Kommentar jedoch wieder.

Hiernach war weder Freds – bzw. für Johan mein – Facebook-Hackversuch noch die Kommentare unter den Bildern je mehr Thema.

20. Oktober

08:47 Johan: Du hattest nen Gameboy?! O.o und ein Link zu einem Lied...

Der Gameboy war ein Bezug auf mein Lied (Guten Morgen NSA), das die Textzeile „Wahrscheinlich habt ihr damals schon mein Gameboy gehackt" enthielt... Als ich den Link öffnete, bekam ich so einen Schock, dass meine Hände zu zittern begannen... Es war ebenfalls ein Lied: „Other side of love" von Sean Paul... Ich hörte mir den Song vierundzwanzigtausend Mal an. „Without you in my life my girl it would be desperate" Und so weiter... Das war kein freundschaftliches Lied, in dem es nur darum ging, dass Zwei sich die ganze Zeit stritten und nicht mal mehr zwei Worte ohne Streit wechseln konnten. Oh Mann! Ich nahm mir vor, darauf nicht einzugehen. Er wollte mich doch sicher nur verarschen! Deshalb versuchte ich, sein Spiel zu spielen und ignorierte das Lied.

21:15 Macy: Ich hatte nie einen Gameboy :)

21:21 Johan: Oha ich schon...

21:23 Macy: Achso :)

21:23 Johan: Ja.

21:24 Macy: Ja schon :3

21:25 Johan: Ja schon :3?
21:26 Macy: Ich kanns nicht so gut wie du :(Aber ich dachte ja schon passt immer XD

21:27 Johan: Ja schon

21:28 Macy: Ich hasse ja schon. Obwohl ich sonst nix hasse... Aber ja schon hasse ich schon.

21:30 Johan: Du hasst noch was anderes...

Worauf wollte er jetzt hinaus? Auf das Lied! („You tell me you hate me and I hate you more...")- Quatsch! Ich habe ihm NIE gesagt, dass ich ihn hasse...

21:31 Macy: Nein.

21:32 Johan: Wetten?

21:35 Macy: OK. Was?

21:36 Johan: Mich.

21:37 Macy: Nein. Obwohl du genug dafür getan hättest… Wie kommst du darauf?

21:40 Johan: KP. Innere Eingebung

Oh Mann! Der kleine Vulkan in mir drin wurde immer größer und ich spürte ihn schon brodeln. Aber ich wollte nicht, dass er explodierte. Ich würde ganz ruhig bleiben.

21:51 Macy: Oh das ist aber sehr waghalsig. Eine Wette einzugehen, nur aufgrund einer inneren Eingebung.

21:52 Johan: Selbstvertrauen…

Was sollte das? Warum warf Johan immer nur kurze Wörter ein? Was sollte ich damit anfangen?!

21:54 Macy: Meinst du dich?! :OO

21:55 Johan: Nee dich natürlich?

21:56 Macy: Ok ich bin ja schon groß ;))… Daher zurück zur Ausgangsfrage: Warum gehst du eine Wette ein, nur aufgrund einer inneren Eingebung? Ich habe dir nie Grund zu der Annahme gegeben, dass ich dich hasse! Umgekehrt schon… (PS: Antworte nicht ja schon oder KP!)

21:58 Johan: KA

21:59 Macy: Okay da hast du noch was gefunden, was ich hasse

22:01 Johan: Wette gewonnen.

Ich ging weiter so vor, wie ich es von ihm kannte…

22:05 Macy: Ja schon

22:06 Johan: Schon

22:10 Macy: Ich weiß, dass du es besser kannst also ich, du musst es mir nicht beweisen;)

22:11 Johan: Dankeschön

22:12 Macy: Ok dieses Spiel gewinnst du!!:)

22:14 Johan: Thx

22:15 Macy: Ok achso und das Wort „Insider" hasse ich auch (zumindest bei dir)

22:18 Johan: Ok

22:25 Macy: …Dieses Spiel hast du doch schon gewonnen! Kommt noch iwas außer „ok, KP, ja, nein, ja schon, KA"?

22:27 Johan: Ne muss weg

22:28 Macy: Ja war klar.

Das war ja klar. Genau ab dem Punkt, wo ich ihn aufforderte, anders zu schreiben, ging er weg. Naja umso besser! Dann war endlich Ruhe in der Richtung des Vulkanes und ich konnte in die Küche gehen um mir ein Nutellabrot zu schmieren. Um mich abzulenken schaltete ich meinen Laptop ein und schaute ein paar Folgen „Türkisch für Anfänger". An einer meiner Lieblingsstellen (mit Lachflash-Garantie) vibrierte mein Handy...

00:27 Johan: Ciao

Hä? Wieso schrieb er denn jetzt noch mal?! Wollte er das Gespräch wieder anfangen oder was? War er zu? (Johan war gerade in Griechenland! Als wir noch zusammen waren, hatte er mir mal erzählt, dass er da immer mit anderen Jugendlichen viel Spaß hatte und Alkohol bekam...)

00:38 Johan: Ficken? Süße? <333

Na. Hab ich es euch doch gesagt! Er hatte doch gesoffen! Ich antwortete mit einer fiesen Anspielung, die er sicher nicht so toll fand...

00:40 Macy: Hahhaa :D Hörst dich eher an wie Sam <3

00:41 Johan: Haha sry war son Babo -.-

Ach ja! Jetzt sagte er mir, dass nicht er die Nachricht geschrieben hatte, sondern einer seiner coolen Typen, mit denen er an der Bar saß. Mh... Ich kaute auf meinem Brot und dachte darüber nach... Ob Johan andere an sein Handy ließ!? Wie ich ihn kannte, ließ er seine Heiligtümer, Handy und IPOD, nie unbeaufsichtigt... Und wer hatte dann das „Ciao" geschrieben? ...

In einem Anfall von Klarheit wurde mir bewusst, dass ich schön blöd war, über einen solchen Typen und seine lächerlichen Aktionen so viel nachzudenken... Und doch...

00:46 Macy: Na cool ich dachte du wärst besoffen;)

00:51 Johan: Nene hier bekommt man nix mehr…

00:52 Macy: Ich denk in Griechenland gibt's immer Alk für dich;)

00:54 Johan: Ne son 15-Jähriger hat sich ins Koma gesoffen…-.- Ach wollte auch noch fragen: Wie war eig der Alk aufm Oktoberfest? :D

Das war eine Anspielung auf mein aktuellstes Instabild! Darauf war ich mit Cora, Emma und Kathi zu sehen. Wir trugen Dirndl und die Überschrift war: *„Oktoberfest"*. Einer der Hashtags war: *#Alcohol*… Die Fotos waren eigentlich nur in der Umkleidekabine von „New Yorker" entstanden, wo wir einen Nachmittag richtig Spaß gehabt hatten (ohne Alkohol natürlich!), aber Johan kaufte mir das tatsächlich ab! Haha! Ich tat so, als würde ich nicht wissen, wovon er redete, denn es machte mich wütend, dass er mein Insta stalkte, aber die Bilder nicht likte - nur um mich zu provozieren…

01:00 Macy: Welches Oktoberfest? :***

01:02 Johan: Ach so wolltest nur mal erwachsen spielen oder wie??

Verstand er denn gar keinen Spaß?! Warum „erwachsen spielen"?! Mann… Hier merkte ich echt wieder, wie humorbefreit Johan war!

01:03 Macy: Ja erwachsen spielen macht ziemlich viel Spaß und hat sau SWAG :* Kann ich dir sagen:) Aber darf ich dich mal was fragen… Ich hoffe deine Tante ist noch nicht mit duschen fertig und du hast Zeit mir zu antworten

Das mit der Tante, war eine Anspielung darauf, dass er während er bei seiner Tante war, mal angeblich „off musste", nachdem die Tante vom duschen kam! Haha! Um zwölf bzw. halb eins in der Nacht?! Und er dann eigentlich nur auf Instagram gehen wollte! Ihr erinnert euch? Und er verstand es genau!

01:05 Johan: Warte ich auch... Du hast SWAG? Ne sry Akku leer

01:06 Macy: Findest du nicht? XD

01:10 Johan: Und außerdem ist meine Tante gerade fertig geworden

01:11 Macy: Na dann kannst du ja wieder auf Insta gehen, Schatz! Musst auch noch einige Likes einholen :*** Schade fing gerade an lustig zu werden

01:12 Johan: Joojoo Na aber lass mal lieber dem mit dem Schatz weg

01:13 Macy: OK dann halt Hipster XD

01:14 Johan: Dafür ist doch Fred da

Haha – damit gab Johan zu, dass er verstanden hatte, dass ER der Möchtegernhipster aus meinem Instapost war. Lustig!

01:16 Macy: Sag mal: Jetzt frag ich dich doch: Du versicherst mir doch schon den ganzen Sommer, dass du nicht auf mein Insta gehst... Weil: Dafür hast du ja keine Zeit ;)))! Fred ist ein richtig guter Freund geworden, das hätt ich mir von dir auch gewünscht

01:20 Johan: Doch ich like ganz brav immer deine Bilder, wie es sich für eine richtige Freundschaft gehört...?!

01:21 Macy: Hä? Als obs darum ging.

01:22 Johan: Oh sorry, hab welche vergessen, tut mir leid! Eine Sekunde...

01:30 Macy: Schade die guten Bilder hab ich ja eh schon gelöscht XD

Mit „guten Bildern" meine ich die Fotos, die ich mit Sam gepostet hatte! (Und die ich – eigentlich bedauerte ich es schon – nachdem Schluss war, gelöscht hatte) Darauf antwortete Johan nicht mehr. Stattdessen ging er auf Insta und likte alle Fotos nach, die er noch nicht geliket hatte! Ich lobte ihn dafür- natürlich aus Spaß - noch mal:

01:40 Macy: Oh na schön gelikt! Aber du weißt schon, dass zu ner Freundschaft mehr als Bilder liken gehört?^^ ... Ich dachte so weit waren wir schon mal -.- :(

Er war dann off und schrieb mir erst am Morgen:

08:30 Johan: Haha ja?! Wusste ich gar net :O... Wofür soll ich dann alle deine Bilder liken!?!?!?!?!

13:27 Macy: Jo stimmt woher auch ; Wofür bist du sonst auf Insta?*

22:09 Johan: Nicht um Macys persönlicher Liker zu sein...

Was sollte das sein?! Generell kam es mir überhaupt nicht auf ein „Like" an und das wusste Johan auch ganz genau. Es ging um ein „Like" von ihm! Johan jedoch behauptete ja immer wieder, meine Bilder gar nicht zu sehen..... Bei anderen dagegen likte er lustig herum und das machte mich wahnsinnig... Und genau das wusste er. Weil er damit irgendwie zeigte... „du bist mir nicht wichtig." Ich war mir sicher, das tat er absichtlich... da hatte er wenigstens noch eine Möglichkeit, mir zu zeigen, wie egal ich ihm

– angeblich – war. Wobei, ich ihm wirklich egal gewesen, hätte er sich a) nicht so wie im Chat oben verhalten und b) einfach normal behandelt – und fertig. Warum spielte er diese Like-Geschichte so aus? Irgendwas piekste ihn – und ich wollte herausfinden, was das war. Dumme Macy!!!

22:17 Macy: Was ist denn ein persönlicher Liker?! Außerdem hab ich genug Liker XD PS: Du weißt doch auch ganz genau was ich meine :(Du hast meine Bilder aus Prinzip nicht gelikt und so getan, als hättest du sie nicht gesehen XD Wir wissen beide, dass du sie gesehen hast. Und zwar ALLE ;)

22:20 Johan: Genau so siehts aus ;)

Na endlich gab er mal was zu!

22:27 Macy: Warum? :(

22:30 Johan: Warum nicht? :(

Ok, Zeit das Gespräch zu beenden… Es hatte wirklich keinen Sinn, so schade es war. Ich würde wohl nie normale Antworten von ihm bekommen.

22:41 Macy: Weißt du was? Genau das möchte ich nicht mehr! Mir ist meine Zeit dazu zu schade. Ich finds traurig. Vor allem auch für dich, wenn dus nicht anders kannst… PS. SWAG heißt unter anderem auch, anderen zu sagen, was man denkt und es nicht nötig zu haben sich hinter blöden Aussagen zu verstecken. Ciao

22:43 Johan: Ciao

So, das war's jetzt! Ich würde endgültig nicht mehr mit ihm schreiben, wenn er nicht kapierte, dass ich normal chatten und auf eine normale Frage „warum" nicht eine bescheuerte Gegenfrage „warum nicht" oder eine Antwort wie kp, ja schon usw. haben wollte... Dafür war mir meine Zeit wirklich zu schade!!!

Eine halbe Stunde später kam eine neue Nachricht von ihm. Nachricht wäre zuviel gesagt. Er schickte mir nochmals das Lied.

23:16 Johan: Link to "Other side of love"...

Nachdem ich ihm das erste Mal nicht auf das Lied geantwortet hatte, schickte er es nochmals. Meine Güte... Die Hauptaussage im Song war zwar, dass er keinen Streit mehr wolle. Aber kapierte er denn nicht, dass das auch ein Liebeslied war?! Was wollte er damit erreichen? Ich beschloss, ihm diesmal zu antworten, ganz neutral und sachlich.

00:56 Macy: Wenn du dich fragst, warum wir keine zwei Worte ohne Streit wechseln können: Die Antwort geben dir doch unsere letzten Chats... Es liegt daran, wie du schreibst und wie du dich mir gegenüber verhältst

00:58 Johan: Ok ich hab echt mal ne Zeit lang geglaubt wir könnten uns wieder anfreunden...

Fing er jetzt an ehrlich zu reden?! Dann war ich wieder dabei... Aber was meinte er mit „anfreunden"? Freunde waren wir doch nie so richtig? Jo, ich würde mich auch wieder mit ihm anfreunden!

Irgendwie hatte ich jedoch wieder das ungute Gefühl, wie schon die ganze Zeit.... Dass er etwas Bestimmtes hören wollte („Ooooooh Johan, ich lieeeebe dich ja doch noch sooooo"), um sich dann wieder mit einem unbestimmten, alles offen lassenden

Spruch zu verabschieden... und mit dem glücklichen Gefühl schlafen könnte, mich wieder einmal abgewiesen zu haben, aber so, dass ich noch am Haken war. Ganz gegen die Vernunft, beschloss ich, weiter zu schreiben, allerdings zwar ehrlich, aber neutral zu bleiben.

00:59 Macy: Ja ich auch... Aber du hast mir ja gezeigt, dass es anscheinend nicht geht

01:00 Johan: Mhh ich glaub da waren wir wohl zu verschiedenen Zeitpunkten gleicher Meinung...

01:01 Macy: Wieso? Ich denk an unser vorletztes Treffen (Sommerferien)... Da warst du soooo anders...

01:01 Johan: Mhh wie genau anders?

Oh Mann, Johan. Das Treffen hat wahrlich nicht nur freundschaftlich geendet und du weißt es selbst! Hast du das schon vergessen? Natürlich nicht - du willst es noch mal von mir hören?! Ich sag's aber nicht!

01:03 Macy: So, wie ich dich zu dem Zeitpunkt gerne gehabt hätte

Ja, damals, bei diesem Treffen, war er, wie ich ihn gerne gehabt hätte... Ich hatte damals wirklich gehofft, dass wir einfach so weitermachen könnten. Er war damals so ehrlich und so echt erschienen? Was war seitdem passiert? Oder war er immer schon so fake gewesen? War vom ersten Tag an alles fake gewesen? Nein...!!!

01:04 Johan: Mhh okay... Hey ich hab mal ne Frage

Später fiel mir auf, dass er hier seine Taktik gewechselt hatte....

01:05 Macy: Ja?

01:08 Johan: Passt eig. nicht so wirklich zum Thema… Hast du meinen Zettel an deinem Bday eig. nie bekommen?!

01:10 Macy: Zettel?

01:12 Johan: Ich bin an deinem Geburtstag zu dir hochgefahren und hab halt geklingelt… Hat iwie keiner aufgemacht, dann bin ich zu den Nachbarn, hab mir nen Zettel und Stift ausgeliehen und hab ihn dir in den Briefkasten geschmissen…

Oh. Mein. Gott. Mein Handy fiel mit einem lauten Knall auf den Boden. Zum Glück war kein Riss drin… Aber selbst das hätte mich in dem Moment wahrscheinlich auch nicht interessiert! Mir fiel der Zettel aus dem Sommer wieder ein! Er war doch nicht von meiner Nachbarin gewesen?! Er war von… JOHAN!!!!!??

01:15 Macy: -.-!! Ich war an meinem Geburtstag an der Nordsee… Den Zettel hab ich bekommen als ich wieder kam :(Ich wär im Leben nicht drauf gekommen, dass er von dir ist… Ich bin gerad ziemlich geschockt, ich dachte er wär von der Nachbarin aus der 4a mit der ich früher mal was gemacht habe… Hab das dann ignoriert weil ich keine Lust dazu hatte… Warum hast du´s mir nicht erzählt??????? Ich hätte an dich so-

wieso nicht gedacht, weil ich dachte, du wärst in New York und du da auch so blöd warst zu mir!

01:19 Johan: PS. Mein Name stand auf der Rückseite, weil er vorne nicht mehr draufgepasst hat…;/ Und naja als dann noch net mal ein danke oder so was kam, hab ich mir dann auch nur so gedacht: Ja fick dich doch, als ob du willst noch was von wegen Freundschaft

Nein. Das stimmte nicht?!?! Sein Name stand da nicht! Ich hätte doch niemals mit ihm gerechnet… Er war doch so komisch zu der Zeit…

01:21 Macy: Ok dann hab ich das echt nicht gesehen… Es tut mir leid!!! :(/// Wenn ich das gewusst hätte…!!! Damit hab ich halt nie mehr gerechnet und ich war mir so sicher, dass er von ihr war! Weil es zu ihr auch so gepasst hat, weil wir seit Ewigkeiten nix mehr miteinander zutun haben… Johan glaubst du ernsthaft ich hätte auf so was nicht reagiert, wenn ich gewusst hätte, dass es von dir ist?!!??!?!

01:24 Johan: Ja schon   Hahahhahahahahhah des hat jetzt einfach soooo geil gepasst

01:25 Macy: Ja schon ;)

01:26 Johan: Jo ;)

01:27 Macy: Was wäre gewesen, wenn ich da gewesen wär? XD

Das war die Frage, die mir als erstes in den Sinn gekommen ist… Hatte Johan wirklich geklingelt?! Was wäre, wenn ich am Geburtstag schon zuhause gewesen wäre!..... Wollte er deshalb nicht mit aufs Sommerfest und war nachher so komisch? Er hatte mich nie auf den Zettel angesprochen.

01:27 Johan: Das weißt vermutlich nur du XD...

Was wollte er damit sagen?! „Das weißt vermutlich nur du"
Meine Frage hatte sich darauf bezogen, wie es mit uns weiter gegangen wäre und das wusste er auch! Oh Mann! Was ein Schick-
sal...

01:28 Macy: Ich hätte mich gefreut wie sau... Musst du off?

*01:34 Johan: Haha ok.... Ne du? Meine einzige Vorgabe ist, dass ich
selbstständig morgen früh es schaffe zu frühstücken haha XD*

*01:37 Macy: Meine einzige Vorhabe ist, dass ich morgen bis zehn ausm
Bett gekommen bin ;D Wie schreibst du? Hast du ne Flat? XD Oder von
wo?;)*

*01:38 Johan: Ja Frühstück ist bei uns auch bis 10 ;) Ne aber WLAN auf
der ganzen Anlage ;PP*

*01:41 Macy: Aso;) Aba sag mal! Waarum hast du nie was vom Zettel
gesagt?:O Das hätte für mich sooo viel geändert und einiges erklärt...*

Ich war total glücklich! Endlich schrieben wir mal normal, ohne
dass einer über den anderen sauer war und hatten die Gelegenheit,
ein paar Sachen zu klären. Das erste Mal seit einiger Zeit hatte ich
das Gefühl, dass einfach alles gut werden würde und dass er ehrlich zu mir war. Wir würden wieder einen normalen Umgang haben! Zu diesem Zeitpunkt war es mir fast nicht wichtig, ob als
Freunde oder als „mehr als Freunde".

*01:43 Johan: Sag ich dir morgen ich geh mal off bye gute Nacht schlaf gut
:))*

Bissi seltsam, so ne abrupte Verabschiedung, nachdem es vorher hieß, er könne chatten solange er wolle… Aber egal

01:45 Macy: Ja du auch gute Nacht :)

Als das Gespräch mit Johan beendet war, scollte ich durch die abendlichen Facebook Neuigkeiten… Plötzlich fiel mir etwas ins Auge: Während unseres heutigen Chats, um 01:24 hatte er einem Mädchen, sie hieß Susi und ich kannte sie nicht, „Sweeeett-tyyyyy:*<333*_*" an ihre Pinnwand gepostet. Ich war schockiert. Genau zu der Zeit hatten wir doch geschrieben und er hatte mir die Sache mit dem Zettel erzählt. Irgendwie kam ich mir verarscht vor, dass er während unseres ernsthaften Gesprächs sowas bei einer anderen postete. Ich schaute genauer auf sein Profil und fand ich einen „Ich liebe dich XD<333"- Post von dieser Susi, geschrieben Abend, kurz bevor er mich angeschrieben hatte.

Spontan kam mir der Gedanke „das ist ein fake!" Er kann posten was und bei wem er will! Allerdings fand ich es schon seltsam, dass die Posts mit dieser Susi gerade heute Abend abgesetzt wurden, wo wir uns (wie ich dachte) ein wenig ausgesprochen hatten. Mir schossen tausend Fragen und Gedanken in den Kopf: Wer war diese Susi? Warum war das genau heute gepostet worden? Ich war mir fast sicher, dass das „ich liebe dich" nicht echt war (armer Johan, aber so war es!!!). Warum dann genau so etwas jetzt?

Ich konnte nicht anders! Ich musste noch jetzt Fred anschreiben und meine Enttäuschung, nein mein Entsetzen loswerden…. Ihm schickte ihm einen Screenshot von dem Chat und von den Facebook-Posts. Fred meldete sich sofort.

02:10 Fred: Häh, was sind das für Screenshots. Versteh ich nicht. War fast schon eingepennt...

02:12 Macy: Les mal genau! Sag mir dann, was du denkst!!!

02:12 Fred: Ok, Moment

Fred war so süß wie immer. Er war wirklich fünfzehn Minuten off und hat sich alles sehr sorgfältig durchgelesen! In diesem Moment nahm ich mir wieder einmal vor, auch für ihn da zu sein, wann immer er mich brauchen würde. Auch um vier Uhr morgens, wenn es sein musste!

02:27 Fred: Ok, erstens: who the hell loves Johan?!!! O.o Das MUSS ein fake sein XD. Aber egal, zweitens: jo, der hat dich wahrscheinlich verarscht... Also ICH schicke niemandem so ein Lied und schreibe in der Form, wenn ich genau an diesem Abend bzw. fast in der Minute "Sweety" und "I love you"Posts austausche! Die Frage ist nur: War das ein dummer Zufall, also dass das mit dem Mädel heute rauskam, oder hat er das mit Absicht gemacht?

02:29 Macy: Du bestätigst was ich dachte. Immer wenn ich denke, der ist mal normal und ehrlich, macht der so was? Warum eigentlich? Wenn ich ihm am Arsch vorbei gehe, dann soll er mir nicht schreiben, mir kein Lied schicken und nichts von diesem Zettel erwähnen – das ist dann doch unwichtig!

02:31 Fred: Jo, du weißt, ich bin der Erste, der sagt, bezieh nicht alles auf dich und nimm nicht alles so wichtig. Aber die Sache ist klar! Der will dich am Haken haben, ist doch eindeutig.

02:32 Macy: Ja anscheinend, aber warum?

02:33 Fred: Jo, der will halt weiter eine haben, die er immer wieder aus der Kiste ziehen kann, wenn ihn sonst grad keine will (was meiner Meinung nach eigentlich meist der Fall ist xD)
02:35 Macy: Vielleicht will er ja wirklich Freundschaft und ich sehe wieder alles viel zu negativ und überbewerte alles total. Vielleicht ist er ja mit dieser Susi zsm und will mit mir befreundet sein.

02:37 Fred: Haha, dann ist sein Englisch wirklich schlecht! Kapiert der nicht den Text des Lieds, das er dir zweimal geschickt hat?! Warum erwähnt der den Zettel? Und außerdem – warum schreibt er erst, er müsste nicht off und geht dann doch gaaaanz schnell off als du ihn konkret was fragst?! Sorry Macy – der wollte dir damit klarmachen, dass er dich verarscht hat. Aber natürlich ist er nicht eindeutig – sonst müsstest du dir jetzt nicht den Kopf zerbrechen. Das sollst du ja, da steht der drauf! Der ist der letzte Typ!-.-

02:39 Macy: Ja wahrscheinlich – kacke, mir geht's echt mies grade... Ist der wirklich so ein Arsch! Ich war so glücklich, dass er normal war. Grrrr…. Egal, ich warte ab bis morgen, vielleicht meldet er sich ja noch… ich glaubs aber nicht. Danke und schlaf gut, sorry fürs Stören, ly;D..

02:41 Fred: Keine Ursache, sind ja Ferien xD! Sag mir Bescheid wie es weitergeht. Und wenn er sich nicht meldet, dann melde ich mich…. Und zwar bei seiner Pseudo-Freundin…. Denn diese Susi ist nicht echt!

Am nächsten Morgen wachte ich auf, weil mein Handy vibrierte. Gestern Nacht war ich mit dem Kopf auf dem Notebook eingeschlafen und heute mit Abdrücken der Tastatur im Gesicht und in den Klamotten von gestern aufgewacht. Na toll!

Eine neue Nachricht von Johan.

09:32 Johan: Hey Macy, ich wollte dir das von gestern mit dem Zettel ja noch erklären...

09:52 Macy: Hey:) Okay

09:55 Johan: Ich versuche mal ganz ehrlich zu sein... Du kannst dir vielleicht vorstellen, dass mir das nicht leicht fällt. Ich hab eh ein Problem damit, zu sagen was ich denke. Wenn es so unangenehme Dinge sind, ist das noch schwerer für mich.

09:57 Macy: Ja, ich weiß... Du weißt ja wie wichtig mir das ist, dass zwischen uns alles geklärt ist. Ich freu mich total, dass wir gestern und jetzt so normal schreiben können. Wenn wir diese ganzen blöden Sachen, die passiert sind, ausräumen, können wir hoffentlich dann mal normal miteinander umgehen. Das würd ich mir so wünschen☺!!!

10:02 Johan: Ja! Keiner von uns hat ja dem anderen absichtlich was Böses getan, denk ich mal. Naja also...wegen dem Zettel.....

Wir schrieben noch länger weiter. Irgendwann kam meine Mutter rein und ermahnte mich, ich solle nicht den ganzen Tag „auf Facebook hängen." Ich erklärte ihr, dass es gerade echt wichtig war, weil ich das erste Mal seit Ewigkeiten „normal" mit Johan schreiben würde...

Und ja... Das war wahr. Er war total ehrlich, obwohl man ihm anmerkte, dass ihm das nicht leicht fiel! Wir schrieben über die vergangenen letzten Monate. Über den Sommer, über die Zeit, in der ich mit Sam zusammen war und so weiter. Einfach über alles! Es ging um einige Missverständnisse, um alles was noch in irgendeiner Form zwischen uns stand. Ich war glücklich, dass wir manches klären konnten, denn das war schon lange nötig gewesen. Als wir uns verabschiedet hatten und ich unter der Dusche stand, hatte ich zum ersten Mal seit längerem das Gefühl, wirklich mit allem abschließen zu können. Nur... die Dusche war ein Problem ... – so lange ich auch schrubbte, mein Gesicht war klebrig.. und das blieb es auch und ging nicht weg. Was war das? Marmelade?!!!!<

Na super. Ich wachte natürlich nicht mit einer neuen Nachricht von Johan auf. Sondern mit dem umgekippten Teller Nutellabrote von gestern Abend, der jetzt auf meinem Kopfkissen hing bzw. in meinem Gesicht klebte. Handy und Notebook daneben. Meine Lichterkette war noch eingeschaltet. Ich war wohl nachdem ich mit Fred geschrieben hatte, einfach eingeschlafen. Mir ging es miserabel. Die Tatsache, zu wissen, dass zwischen mir und Johan Dinge ungeklärt waren, belastete mich schon genug. Diese Unklarheit und dass er nie! aussprach, was Sache war und ich mir nie sicher sein konnte, ob er die Wahrheit sagte, war schon schlimm für mich. Noch schlimmer aber, dass er gestern so getan hatte, als wolle er normal schreiben, dann das Gespräch mehr oder weniger abgebrochen hatte und sich wie ich ziemlich sicher vermutete – nicht mehr melden würde, obwohl ich ihn etwas gefragt hatte, gab mir den Rest. Ich hätte nie gedacht, dass Johan so fies sein würde. Weil... das war mehr als Unbedachtheit, das war Absicht... Mein Bauch tat mir weh und ich verkroch mich unter der Bettdecke. Wieder einmal wäre ich am liebsten für immer im Bett liegen geblieben und nie wieder raus gekommen.

Natürlich schrieb mir Johan nicht mehr. Er war wahrscheinlich mit Susi beschäftigt haha! Hätte ich mir denken sollen! Warum war er denn erst jetzt mit dem Zettel angekommen?! Mann... Ich war total traurig, wollte aber vor Johan so tun, als hätte ich den Post nicht gesehen und würde es locker nehmen. So hätte es Johan auch getan! Also schrieb ich ihm, denn ich erwartete noch eine Antwort... Ich stellte mich dumm...

23. Oktober

23:22 Macy: „Sag ich dir morgen" :D Wat is mit der Antwort?:)

23:38 Johan: Oh sry was wollte ich dir noch mal sagen?

Das war mal wieder typisch!! Jetzt tat er so, als wüsste er nicht mal mehr, worüber wir geschrieben hatten... Und selbst wenn er es wirklich nicht mehr gewusst hätte – er hätte normalerweise einfach hochscrollen können..., waren ja nur zwei Zeilen... Oh, ich wurde sauer!

23:41 Macy: „Oh sry was wollte ich dir noma sagen?" :DDDD:`D:`D BAHAHA

23:42 Johan: ?

23:43 Macy: Hahahha Was wollte ich dir noch mal sagen ahhahah XD Kommt unglaubwürdig ;)XD hahaa

23:45 Johan: Okay dann glaubs halt net... Ich geh mal schlafen gute Nacht & Schlaf gut ;)

Ich musste es jetzt rauslassen. Der Vulkan, der schon eine sehr lange Zeit in mir kochte, explodierte und ließ mich diesen Text schreiben. Leute! Ich geb zu: Das war das Krasseste, was ich jemals geschrieben habe. Ich habe gezielt Dinge eingebracht, die ihn treffen würden, so wie er mich auch oft verletzt hatte, zwar nicht mir Worten aber anders.

23:58 Macy: Johan, XD Um dich zu zitieren: Fühlst du dich jetzt cool? **Hatte er mir ja auch mal geschrieben**... *Zu wünschen wäre es dir, du* *warst doch sichtbar sehr wenig glücklich in der letzten Zeit... Wie du dir denken kannst, verzichte ich auf behinderte, durchschaubare Ignorier-Aktionen* Bezog sich auf sein Pseudo-Ignorieren *von mir zu deinem schick geplanten aber schlecht ausgeführtem Streich; das ist nicht meine Art. So ein Dauerignorieren macht auch schlechte Haut, darauf kann ich verzichten.* DAS musste einfach sein, auch wenns schwach war, seine AKNE ins Spiel zu bringen! *Wenn du glaubst, dass diese Aktion ihr Ziel erreicht, dann hast du dich schwer getäuscht. Ist im Gegenteil völlig ungeeignet, denn anscheinend schätzt du die Umstände falsch ein* Damit wollte ich nochmal darauf hinweisen, dass ich nicht den ganzen Sommer in heißer Liebe zu ihm entbrannt war, aber ok, ich mochte ihn noch oder wieder und das wusste er...*Du bekommst noch ein Lied von mir dafür! XD Und ein wenig Mitleid, weil du noch gestörter und Hilfe bedürftiger bist als ich es bereits dachte (: Und unglücklicher, denn sonst müsstest du deine Zeit ja nicht damit verbringen, komische vermeintliche Racheaktionen auszuhecken, statt wie ich, eine Zeitlang einfach mal sehr glücklich zu sein – was ich dir von Herzen wünschen würde!* Das meinte ich todernst – wie unglücklich muss man sein, um bewusst jemand unglücklich machen zu wollen und dafür noch so viel Zeit zu investieren... *Schau halt zu, dass du nicht nochmal ein Bild postest wie das mit Anna, auf dem die Person neben dir aussieht, als ob sie nur mühsam ihren Widerwillen unterdrückt und über das die halbe Schule lacht... Und vielleicht nicht ganz so peinliche Möchtegern-Hashtags wären nett. Ich krieg sonst wieder extremen Fremdschäm-Alarm und ärger mich später über mich selbst, dass ich aus falscher Loyalität nicht mitgelacht habe.* Das musste sein! Ich war immer noch so fair gewesen, nicht mit zu lästern, ihn gar zu verteidigen. *Ich erhebe mein (Wasser)Glas auf dich und deine Fake-Freundin – gut für sie, dass sie wohl nie in Verlegenheit kommt, dein Zimmer zu besuchen – in dein Kinderbett wird ihr Popo wohl nicht passen.* Das mit dem Kinderbett war echt fies und voll unter meinem Niveau, fand ich schon ca. zehn Minuten später. Aber sorry, er war auch so weit unter sein Niveau gegangen. Er hatte mich zwar nie beleidigt, machte es aber auf andere Art... Und sein Zimmer samt Bett würde diese Susi wohl sowieso nie zu sehen bekommen – besser so... *XD Ich freu mich auf unsere sicher supi-Zusammenarbeit in Sozi. Von meiner Seite aus wird wie immer nix dagegen sprechen xD. Cheers, totally relaxed, wenn auch ein wenig traurig, in erster Linie für dich hahahaha du bist so durchschaubar... und sooo unsouverän xD all the best for you xD Macy!! PS: Du wolltest es so? Kannst du haben!* Link zum Lied „Best thing I never had" *Das ist nur für dein" „was wollte ich noch mal schreiben", worüber hier die ganze Bude... Und du weißt nicht, WER lacht :`In* Wahrheit lachte keiner und das wusste er sicher auch. Ich saß alleine vor meinem PC und wollte mit Sicherheit keinen sehen. Geschweige denn mit jemandem lachen. Aber ja, niemals sollte er merken, wie sehr er mir wehgetan hatte! *All die Leute, die immer schon gesagt haben, dass du ein Arsch bist, und andere, feiern die Übersetzung dieses Liedes gerade mit mir! XD YAY ;)*

Das Lied war „Best thing I never had", von Beyoncé. Schaut euch den Text und die Übersetzung an! Es passte perfekt.

08:37 Johan: Hey 1. Anscheinend brauche ich Hilfe aber gottverdammtnochmal nicht von DIR!! Wie wärs wir lassen uns einfach in Ruhe und leben in Ruhe und Harmonie?! Angeblich bist du ja über mich weg......XD 2. Lass Anna aus dem Spiel du hast nichts mit ihr zutun. Hey mal kleiner Tipp: Lerne mal dein Leben zu genießen :D

Oha, er hatte zugegeben, Hilfe zu brauchen. Das fand ich krass. Das mit dem Leben genießen ärgerte mich natürlich, denn mein Sommer war, es liest sich hier vielleicht nicht ganz so, abgesehen von Johan wunderschön gewesen, zwei Urlaube und die tolle Zeit mit Sam... ich hatte das Gefühl, mich sehr verändert und ganz viel Neues erlebt zu haben. Ja, Johan war mir im Kopf und Herz geblieben. Und das „nicht von dir" – jo, ich hatte auf alles reagiert, dumm genug, aber nochmal – ER war der derjenige gewesen, der mich jetzt immer angeschrieben hatte, nachdem ich ihn aus dem

Kopf hatte. Ich musste einfach noch mal antworten. Vielleicht war er doch nicht NUR fies, sondern wirklich ein Fall für den Psychiater....

13:10 Macy: 1. bei Hilfe denke ich auch eher an einen Psychiater/ Psychologen, ganz ernst gemeint, ICH kann dir sowieso nicht helfen.. Aber nimm zum Termin mit dem Psychiater doch unseren Chatverlauf mit, darin wird dein Problem sehr deutlich. Vielleicht kann man dir dort helfen, deine Befriedigung nicht daraus zu ziehen, Leute mit kranken, durchsichtigen Manövern zu verletzen versuchen, das wäre schon mal ein schritt 2.wtf? :D... Ich habe nix gegen Anna... Im Gegenteil, ich find sie ist ne Nette und Interessante:) 3. Leben genießen.. Sagst DU zu MIR-good joke... Ich hab mein Leben noch nie so sehr genossen wie diesen Sommer :)-Sorry, dass ein besseres Verhältnis zu dir es perfekt gemacht hätte Übrigens lebe ich durchaus in Harmonie, werde meine Harmoniesucht in Bezug auf dich ablegen. Ich mach's dann künftig so wie du: nicht grüßen und weggucken kann ich auch supi! Und nein, ich brauche bittedanke KEINE ANTWORT hierauf! :)

Danach schrieben wir natürlich nicht mehr... Ich hatte ihn nach meiner letzten Nachricht geblockt, aber wieder entblockt. Ich weiß nicht warum... Ich kann aus vollem Herzen behaupten, dass ich nie mehr mit ihm schreiben wollte! Es war einige Wochen lang Funkstille. Irgendwann schien alles etwas normaler und als Herr Steinkamp uns in Sozi die Aufgabe gab, den Partner unserer kommenden Projektarbeit (wie ihr wisst, musste ich das Projekt mit Johan zusammen machen) der Klasse vorzustellen, zu sagen, was wir an ihm mochten und Gemeinsamkeiten und Unterschiede erläutern sollten, dachte ich mir nur noch: „Raus rennen oder tot stellen?!" Glücklicherweise wurde Johan vor mir dran genommen und ihm fiel die Aufgabe nicht schwer. Ich hatte das Gefühl, zwischen uns hatte sich der Zustand etwas verbessert. Vielleicht würde die Zeit alles etwas normalisieren?

Cora, Emma und Kathi machten die Schultage erträglich. Wir trafen uns oft nach der Schule bei einer von uns oder machten am Wochenende was alle zusammen. Amira war leider nach Düsseldorf gezogen. Wir versuchten, den Kontakt zu halten und so oft wie möglich zu telefonieren, skypen oder zu schreiben!

November

<Frankfurt, Festhalle, ca. ein Jahr später:

Ich trat ins Scheinwerferlicht. Meine Aufregung war schlagartig verflogen – und ich war nur noch konzentriert auf meinen Auftritt. Die Menge jubelte. Ich hob das Mikro und begann zu singen

What goes around comes back around (hey my baby)
What goes around comes back around (hey my baby)
What goes around comes back around (hey my baby)
What goes around comes back around

There was a time
I thought, that you did everything right
No lies, no wrong
Boy I, must've been outta my mind
So when I think of the time that I almost loved you
You showed your ass and I saw the real you
Thank God you blew it
Thank God I dodged the bullet
I'm so over you
So baby good lookin' out

I wanted you bad
I'm so through with that
Cuz honestly you turned out to be the best thing I never had

You turned out to be the best thing I never had
And I'm gon' always be the best thing you never had
I bet it sucks to be you right now

Dieses Lied und das Gefühl, das es in mir hervorrief! Ich liebte es - es war einfach nur geil und passte so gut! Johans Gesicht in der Menge....Das war nicht mehr Hundeblick, das war einfach nur dümmlich! Wie hatte ich ihn jemals mögen können. Er schaute wie ein Baum, der gerade von einem Hund angepinkelt wurde. War ich der Hund?! Haha – ich kam immer mehr in Fahrt!

So saaaaaaaaad, you're hurt
Boo hoo, oh, did you expect me to care?!
You don't deserve my tears
I guess that's why they ain't there!!

Diese Stelle liebte ich am meisten. Boo hoo ..... hahaha - Ja, dieser komische Junge da unten, der als Fan meinen Auftritt anschaute, hatte meine Tränen wirklich nie verdient. Deshalb waren sie eben auch nicht da! Da war nur die Menge, die mir zujubelte, und ich. Ich war so cool! Nach dem Auftritt würde ich alle Autogrammwünsche erfüllen. Ob Johan auch vor meiner Garderobentür stehen würde?! Da konnte er lange stehen bleiben! Ich würde mich auf die vielen gutaussehenden Jungs konzentrieren, die mir Unterwäsche auf die Bühne warfen und mich toll fanden.

When I think that there was a time that I almost loved you
You showed your ass and baby yes I saw the real you
Thank God you blew it
Thank God I dodged the bullet
I'm so over you
Baby good lookin' out

Yeah, thank god you blew it! Und viel Spaß, in den vielen Nächten vor Facebook – bis spät in der Nacht, in denen du hobby- und erfolglos versuchst, Mädchen anzuchatten!

I wanted you bad
I'm so through with that
Cuz honestly you turned out to be the best thing I never had
I said, you turned out to be the best thing I never had
And I'll never be the best thing you never had
Oh baby I bet sucks to be you right now

Mein Auftritt steuerte seinem Höhepunkt zu! Die Textzeile „I bet it sucks tob be you right now" konnte ich auch fett unterschreiben! Johan verstand das aber wahrscheinlich gar nicht – sein Englisch war ziemlich schlecht.

I know you want me back
It's time to face the facts
That I'm the one that's got away
Lord knows that it would take another place, another time, another world, another life
Thank God I found the good in goodbye! >

Eine coole Drehung...Ich gab nochmal alles! Volle Konzentration aufs Publikum... - das leider tatsächlich nur aus - oh mein Gott! - Lola und Fred bestand, die grinsend in meiner Zimmertür standen. Ich senkte die Haarbürste, die mir als Mikro diente und riss mir die Kopfhörer aus den Ohren. „Wie lange steht ihr schon da?!" Die beiden grinsten. „Haha. War nett, mach nur weiter!" „Well, that was kind of … interesting...." „Danke Mama!" schrie ich. „Dass du mich vorwarnst, wenn du Leute in mein Zimmer lässt!" Aber ok wir waren verabredet gewesen, an diesem Samstag, dem 2. November. Lola, Fred, Benni und ich wollten den Nachmittag in Frankfurt verbringen. Ablenkung war die Devise gewesen.

Ok, grade war Blamage die Devise. Nix Festhalle, adieu Tag-
traum... „Setzt euch, bin gleich soweit."

In den nächsten Wochen dachte ich weniger an Johan und meine Wut legte sich nach und nach. Meine Gefühle waren gemischt.
Manchmal war ich froh, dass wir uns aus dem Weg gehen konnten,
weil ich, wenn ich an alles dachte, doch wieder sauer wurde. Wenn
ich ihn sah, wünschte ich mir doch, es wäre nicht so viel zwischen
uns vorgefallen und wir hätten irgendwie eine normale Ebene finden können. Ich wusste nicht, was er dachte. Tat es ihm auch leid,
wie alles gekommen war? Oder war ihm alles total egal? Zu 100 %
egal war es ihm nicht, dafür schaute er zu oft her in der Pause und
so, wenn er dachte, ich merkte es nicht. Ich sah es aber und es
sprach mich auch die eine oder andere darauf an. Ich redete jedoch
mit keinem mehr über die Sache. Oder war er einfach nur froh,
dass er mich, die anhängliche und nervige Macy, los war? Ganz so
verhielt er sich aber nicht. Wenn ich an ihn dachte, dann überlegte
ich, ob er je eine Freundschaft (also, ein normales Verhältnis) gewollt hatte. Weil, das hätte er so einfach haben können! Ohne Lie-
der, Zettel und bescheuerte Chats. Einfach... normal. Wenn ich
mich bei solchen Gedanken erwischte, ärgerte ich mich über mich
selbst. Macy lass gut sein, sagte ich mir! Ich unternahm öfter etwas
mit Alex, einem Jungen aus meiner Stufe. Er war einfach süß und
so nett zu mir. Warum konnte ich ihn nicht so mögen, wie Johan.
Denn... der geisterte einfach noch zu oft durch meine Gedanken...

In einem Chat mit Emma ging es wieder mal um Instagram.
Manche ihrer Gedanken konnte ich gut nachvollziehen – und ich
denke das können viele andere Mädchen ebenfalls. Zugeben würde
das natürlich kaum eine!

20:39 Emma: Irgendwie ist das total komisch! Ich weiß nicht... Auf Ins-
ta... Ach kein Plan! Ich mach mir immer zu viele Gedanken, z. B. like ich
jedes Bild von Tim und er nicht bei mir, sorry wenn sich das komisch

*anhört aber omg ich kapier s einfach nicht… u know what i mean? Ähm,
das klingt blöd, aber meine Bilder sind definitiv schöner als Sarahs, oder?*

Tim ist ein Junge aus unserer Klasse. Und Sarah war ein Mädchen aus der Mädchenschule, das gerade schwer angesagt war.

*20:45 Macy: Ja ich versteh das!! Aber du bist ja auch kein Hipster. Es hat
nicht immer was damit zu tun, ob die Bilder schön sind, du weißt das.
Tim ist halt zu cool bei dir zu liken* ☺

*20:46 Emma: Warum ist er dann nicht zu cool, in der Schule mit mir zu
reden??? Das nervt mich irgendwie…*

*20:49 Macy: Haha, ja. Aber die umgekehrte Variante ist auch nicht besser: anschreiben, Bilder liken, Snaps schicken – aber im wahren Leben
nicht mal grüßen…. xD*

*20:51 Emma: Haaahaaa, genau! Ich weiß, wen du meinst xD. Stimmt.
Aber… z. .B. Svenja liket auch nicht oft bei mir und ich frag mich was ich
ihr getan hab. Sie meint immer, sie fänd meine Bilder total schön.*

Okay, das war jetzt wirklich ein bisschen übertrieben. Ja, ich registrierte sowas schon auch. Aber es war mir bei niemandem wichtig, außer bei Johan, da wars mal wichtig gewesen, ob er meine Bilder likte.

*20:54 Macy: Jo vlt hat sie die Bilder ja nicht gesehen oder so… Ich versuch Insta eher so als Spaß zu sehen, das fällt natürlich schon manchmal
schwer, i know. Manchmal ärger ich mich auch, z. B. neulich, als es darum ging, wer wenn geblockt hat und so, oder über manche Kommis…
aber wenn man sich mehr drüber ärgert als dass es Spaß macht – dann
sollten wir es lassen. Wobei – dann hätte ich es allein wegen Johan auch
lassen müssen, stimmt schon…*

20:59 Emma: I got it, hast schon Recht. Sag mal, was ist jetzt mit der Pratzen-Party – gehn wir hin…? …..

14. November

Heute war der erste von zwei Donnerstagen, an denen wir unser Projekt im Kindergarten ausführten. Dort sollten wir uns eine Stunde mit einer Gruppe von vier Kindern beschäftigen. Johan und ich hatten das vorher in Sozi geplant und es lief sehr gut. Mir hat es total Spaß gemacht. Anschließend gingen wir zusammen aus dem Gebäude. Er hatte wieder seine Art an sich, die ich irgendwie nicht mochte, weil sie mir früher nicht gezeigt hatte, und ich auch nicht wusste, dass er so einer ist: „Boah, endlich haben wir das geschafft! Mann war echt langweilig…" Zum Abschied umarmte er mich und ließ mich nicht mehr los. Ich ließ mich drauf ein. Irgendwann nahm er meine Hände und hielt sie fest. Wir unterhielten uns eine Weile über verschiedene Dinge. Das erste was er mich fragte war: „Wie geht es eigentlich deinem Ex?!" Ich erzählte ihm, dass ich mit Sam nicht mehr so viel zu tun hatte, wir uns aber eigentlich wieder ganz gut verstanden.

In Johans Arm fühlte ich mich irgendwie wohl. Es war ein bekanntes und gewohntes altes Gefühl. Obwohl es geschätzte 6 Grad waren, war mir innerlich so warm, wie schon lange nicht mehr. Ich hätte so gerne den ganzen Streit vergessen und gehört: „Komm Macy `lass uns Freunde sein"…

Doch irgendwann musste Johan los. Wir verabschiedeten uns, er nahm mich noch einmal kurz in den Arm, machte mit den Worten „Nicht, dass du frierst", meine Jacke bis oben hin zu, und fuhr dann nach Hause. Ich lief sofort zu meinem Fahrrad und radelte zu Fred, um ihn vom Schulbus abzuholen. Er sah mir an, dass ich kurz davor war, loszuheulen. Warum, wusste ich selbst nicht. Ich hatte bei allem ein so komisches Gefühl. Ob Johan nur mit mir gespielt hatte und mich jetzt wieder ignorierte? Ob wir jetzt wirklich mal auf eine echte freundschaftliche Ebene kämen? Oder auf sonst irgendeine?

Fred war total verwirrt und fragte mich, warum ich so aufgelöst sei und warum das Ganze mich so mitnahm. Er war sich sicher, dass ich Johan schon längst vergessen hatte. – Ich eigentlich auch. Aber langsam merkte ich, dass ich mich in meinen Gefühlen getäuscht hatte. Das Problem war, dass ich nicht hundert Prozent sicher war, wie Johan über das ganze dachte. Warum sollte er seine Meinung auf einmal geändert haben? Aber eigentlich... Er hatte schließlich einige Anzeichen gemacht! Tat er das nur, um mir falsche Hoffnungen zu machen?! Die Kommentare von Fred erspare ich euch lieber. Er warnte mich, meinte, dass Johan ein kompletter Arsch sei und dass er ihn nicht leiden könne...

In der nächsten Woche erwischte ich Johan oft dabei, wie er mich in der Pause mit einem Seitenblick beobachtete. In einer großen Pause saß ich mit Cora, Kathi und Emma in der Pausenhalle und beobachtete Johan dabei, wie er sich mit Anna unterhielt. Sie wirkte so süß und besonders und schien sich so zu verhalten, wie ich früher war, als Johan für mich noch der nette, süße Junge war, von dem ich nichts Böses dachte. Wäre Johan nicht gewesen, wäre sie ein Mädchen, das ich sehr gerne gemocht hätte und mit dem ich gerne mehr zu tun gehabt hätte! Johan, der von mir immer nur das Schlechteste annahm und alles auf sich bezog, hätte sicher vermutet, das sei nur wegen ihm. Im Nachhinein fällt mir auf, dass Johan immer alles auf sich bezog.

21. November

Wieder war Donnerstag und wir hatten zusammen Unterricht. Ich überlegte, mich neben Johan zu setzen, ließ es dann aber sein.

Wir schauten uns oft längere Zeit an und lächelten. Einmal schaute Johan mit verträumten Blick aus dem Fenster, der Lehrer nahm ihn dran, Johan bat ihn, die Frage noch mal zu wiederholen, weil er gerade mit den Gedanken woanders gewesen sei.

Ich dachte immer, ich wäre kein Mädchen, das in Bravo-Fotoromanen lebte und sich die Realität schön redet... Naja, wenn man sich den Verlauf meiner Geschichte ansieht, bin ich das vielleicht doch, wie die meisten 14jährigen... Aber ihr könnt mir glauben, gerade in dieser Unterrichtsstunde achtete ich immer wieder sehr genau darauf, ob ich mir diese ewig langen Blicke nur einbildete... Nachdem meine Sitznachbarin mich mit einem langen, grinsenden Seitenblick und einem Kopfnicken zu Johan hin anschaute und nach der Stunde fragte, was das eigentlich gewesen sei, fühlte mich aber in meinem Gefühl bestätigt.

Die nächsten Tage verliefen zwischen Johan und mir eigentlich immer gleich: Wir sahen uns nicht oft, aber wenn wir uns mal begegneten oder in der Pause in der gleichen Halle waren, lächelten uns an.

28. November

Für nächsten Donnerstag war der zweite Termin im Kindergarten geplant. Johan und ich trafen uns wieder am Schultor und fuhren zusammen durch den Wald. Wir besprachen unsere Planung für den Nachmittag und als wir schließlich angekommen waren, warteten wir noch kurz auf den Stufen vor der Tür. Johan nahm meine Hand, um mir zu zeigen, dass ich ja so unnormal kleine Hände hatte... Dann ließ er sie erst ganz langsam danach wieder los... Was sollte das? Wollte er testen, ob ich meine Hand weg ziehen würde?

Später gingen wir rein, empfingen die Kinder und spielten eine Stunde mit ihnen. Anschließend verließen wir wieder zusammen den Raum. Ich hatte mir für dieses Mal vorgenommen, völlig neutral zu bleiben, keinerlei Anzeichen machen und auch kein Gespräch über Freundschaft oder sonst was anfangen!

Wir liefen die Treppe runter, zu dem Park in dem wir unsere Fahrräder angeschlossen hatten. Johan hatte sein Rad an eine Laterne gelehnt, meins stand einige Meter weiter weg, weil neben Johan kein Platz mehr war. Er schloss sein Fahrrad ab und schaute zu mir. Ich versuchte, ihn nicht anzuschauen. Johan schob sein Rad in meine Richtung und stellte sich dann neben mich. Er lehnte sich an sein Fahrrad und schaute mich an, ohne etwas zu machen. So standen wir einige Minuten da. Stille. Keiner sagte ein Wort.

„Kommen wir nie wieder hier her?!" Mit der Frage unterbrach Johan das Schweigen. Was sollte das jetzt? Er wusste doch genau, dass heute der letzte Termin war.

Irgendwann fing er dann wieder an, mich über Sam auszufragen! Er wollte diesmal alles genau wissen. Und fragte, woher ich ihn kannte, wie oft wir uns sahen, wie mein Verhältnis zu ihm jetzt war und so weiter... Ich antwortete ihm ausführlich und freute mich darüber, dass er so interessiert daran war.

Ich weiß nicht mehr genau was er dann gesagt hat, aber ich ließ mein Fahrrad los. Er zog mich an sich und hielt mich fest. Es war wieder so eine Johan-Umarmung, wie ich sie liebte. Diesmal war er derjenige, der mich nicht mehr losließ. Er war extrem süß und machte mir die ganze Zeit Komplimente (war das wirklich Johan?). Immer wieder standen wir aber auch nur da und schauten uns minutenlang in die Augen und auf den Mund. In die Augen. Und wieder auf den Mund. So ging das weiter, bis die Kirchturmglocke neben uns nun schon zum vierten Mal schlug. Wir standen nun schon eine Stunde in der eisigen Kälte. Johan hatte meine Hände in die Ärmel seiner Jacke gezogen, sodass mir nicht kalt wurde. Er schlug mir vor, ein Spiel zu spielen: „Komm, wir bilden Wortpaare, die zusammen passen!", meinte er. Ich fing an und sagte: „Macy." Seine Antwort war: „Ex." Ich sagte „JohanMue" Er erwiderte: „MacyKds". Das waren unsere Facebook- Nutzernamen.

Nur freundschaftlich war DAS nicht! Wollte ich das? Ja! Das wurde mir jetzt vollends klar!

Plötzlich kamen wir auf das alte, unbeliebte Thema: Instagram! Johan fing an, über sein Foto mit Anna zu reden. „Früher hättest du dich darüber aufgeregt…", sagte er. Ich verstand erst nicht, was er damit sagen sollte. Wollte er, dass ich mich aus Eifersucht darüber aufregte? Später erzählte er mir, dass er vorhatte, sein Instagram zu löschen. Ich freute mich darüber und ich denke, genau das wollte Johan damit auch erreichen. Er wusste, dass Instagram mein wunder Punkt in Bezug auf ihn war. Dass er es löschte, wäre für mich etwas Besonderes, weil ich auch dachte, dass es ihm gut tun würde. Er neigte dazu, zu viel Zeit auf Insta zu verbringen, überhaupt auch auf Facebook und bei Online-Spielen. Außerdem war Insta ja auch immer ein Streitpunkt zwischen uns gewesen.

Dann fragte Johan mich, in welchen, der aktuellen Kinofilme ich schon war. Worauf wollte er hinaus? Dass ich zusammen mit Leon in „Jackass" gegangen bin? Oder, dass er vielleicht mit jemandem in der letzten Zeit im Kino war? Außerdem wollte er wissen, ob ich mich auch auf die Weihnachtsferien freute. Na klar tat ich das! - Endlich keine Arbeiten mehr! Kein Stress! Zeit, um Freundinnen zu treffen und einfach mal auszuruhen.

Wir kamen uns immer näher. Wir standen jetzt eng umschlungen und schauten uns abwechselnd gegenseitig tief in die Augen und auf den Mund. Irgendwann nahm er meinen Kopf in seine Hände und küsste mich auf den Mund. Es war ein kurzer, kleiner Kindergartenkuss. Aber trotzdem etwas Besonderes. Danach schauten wir beide weg. Er vergrub sein Gesicht in meiner Schulter und ich kuschelte mich an ihn. Schließlich schaute er mich wieder an und fragte „Sind wir jetzt wieder angefreundet?" Diese Frage verstand ich nicht. Was bedeutet *wieder angefreundet*!? Befreundet waren wir schließlich noch nie so richtig. Warum dann das Wort „wieder"? Ich antwortete ihm nicht. Er sagte „Ich hab dir eine Frage gestellt... Ja oder nein?!" Ich wusste nicht was ich darauf entgegnen sollte und flüsterte leise „ja..." Wir liefen zu unseren Fahrrädern und er schaute mich noch mal an und fragte „Freunde!?"... Ein kurzer Schockmoment und dann schwieg ich. Ich wusste nicht, was das sollte?! War das ein Test? Wollte er damit bestätigen, dass er wirklich nur Freundschaft wolle?! Warum dann die Stunden vorher?! Es wurde immer später und dunkler. Bald standen wir zwei Stunden draußen und mussten beide langsam nach Hause.

Johan stieg auf sein Rad und fragte mich, wann wir uns denn wieder sehen würden. Ich meinte, dass wir uns am nächsten Tag auf dem Schulfest sähen, aber er schien davon nicht sehr begeistert.... Ich fuhr nach Hause und dachte – Nein! Das kann nicht sein!

Never cry for a person who doesn´t know the value of your tears

Dienstag, 3. Dezember

Die nächsten Tage verliefen ähnlich, wir sahen und sprachen uns nicht. Als ich dann irgendwann mit ihm schrieb und ihn darum bat, mir sein Verhalten zu erklären, zu erklären warum er so mit mir da stand, lies er mich blöd abfahren. Mehrere Male! Er hätte eigentlich auch direkt verpiss dich Mädel schreiben können. Das war das, was seine Worte eigentlich aussagten. Ich konnte es allerdings nicht glauben... Der Johan im Chat war nicht der Johan in der Realität... Ich hatte ihn endlich dazu gebracht, dass wir noch einmal nach Sozi miteinander redeten... Ich war aber am Ende. Wie würden der nächste Tag und die Begegnung in Sozi verlaufen? Warum war Johan Mueller mir jemals begegnet? Und warum war ich so dumm, einem gestörten kleinen Jungen mit psychischen Problemen, ewig der gleichen Jeans und schlechter Haut so viel Bedeutung zu geben?!

Donnerstag, 5. Dezember

Nach Sozi kam Johan auf mich zu. Wir liefen schweigend zusammen aus dem Gebäude. „Was ist?!?!", Johan blieb an den Fahrradständern stehen und schaute mich fragend an. Ich sagte ihm, dass ich eigentlich seine Antwort genau wusste, aber trotzdem den Mut hatte, ihm alles so zu sagen, wie es war. Und zwar allein deshalb, weil er dann einmal klar reagieren müsse. „Eigentlich möchte ich nicht mit dir befreundet sein, nach allem was war. Aus irgendwelchen Gründen hab ich mich wieder in dich verliebt. Obwohl du so bescheuert bist...Ich will entweder gar keinen Kontakt oder mit dir zusammen sein. Du bist im Moment der Einzige, mit dem ich zusammen sein möchte."

Ich wusste schon, wie Johan reagieren würde, aber ich musste ihm das sagen. Ich hatte vorher überlegt, ob ich zu stolz dazu sein sollte, aber ich bettelte ja nicht, sondern sagte, was Sache war. Das war souverän. Das hätte ich längst tun sollen, damals im Sommer als wir uns noch mal getroffen hatten. Oder im Oktober, als ich merkte, dass ich mich wieder verliebt hatte. Einfach eine klare Ansage… warum war ich nie darauf gekommen? Dann hätte Johan antworten müssen und hätte keine Spielchen treiben können. Macht das, wenn ihr in einer unklaren Situation seid! Denkt nicht, ihr müsst auf cool tun, abwarten und die Sache aussitzen! Findet keine Ausreden, dass der Kerl Probleme hat, sich nicht traut, abwarten will oder sonst was! Scheißt auf Typen, die sich nicht klar äußern und rumeiern!

„Die Möglichkeit zusammen zu sein scheidet für mich aus." Johan lächelte mich triumphierend an. „Okay. Kannst du mir dann vielleicht erklären, was das letzten Donnerstag war?!" Ich versuchte ruhig zu bleiben, doch es fiel mir schwer. „Och… Ich wollte die ganze Zeit gehen. Du hast mich festgehalten und geküsst." Hatte der Junge eigentlich noch alle Tassen im Schrank? War er noch ganz dicht? Wollte er mich zum Wahnsinn treiben?

Johan erklärte mir, dass er jetzt dringend nach Hause wolle, da er nicht mit mir stehen wollte, bis zum Sonnenuntergang. Das wäre romantisch. Er wolle nicht in eine romantische Situation mit mir kommen. Na super! Da waren sie, die klaren Worte, die ich längst gerne mal gehört hätte. Wären nicht nötig gewesen, hätte er sich den letzten Donnerstag und einiges anderes gespart! Wir fingen an, zu diskutieren. Der Vulkan aus Wut, Enttäuschung, Trauer und Entsetzen in mir wuchs. Warum konnte Johan noch nicht mal selber zugeben, dass er die ganze Zeit verarscht hatte?! „Nein. Das ist keine Verarsche. Wir haben einfach unterschiedliche Sichtweisen. Ich meinte immer alles freundschaftlich", murmelte er. „Ach ja. Deshalb schickst du mir auch ein Liebeslied, umarmst mich stundenlang in der Kälte und flüsterst mir Bullshit ins Ohr, den ich – wie du weißt – gerne hören will. Gib s doch wenigstens zu, dass du mir bewusst Hoffnungen gemacht hast, damit ich ankomme und du dann dich toll fühlen kannst, wenn du mir versicherst, dass du keinen Bock mehr auf mich hast. Es gibt ja sonst niemanden, bei dem du das machen kannst" „Ja.... Vielleicht bist du die Einzige die mir hinterher rennt. Deshalb bist du auch die Einzige, die ich verletzen kann." Wow. Ich war sein Blitzableiter. An mir ließ er den Frust über sein verhasstes Leben aus. Im Übrigen war ich ihm nach den Sommerferien nicht (mehr) hinterher gerannt. Ich wollte einfach ein normales Verhältnis. ER war derjenige, der nachdem mit Sam Schluss war, wieder angekommen war!

Johan widersprach sich mit jedem zweiten Satz: „Ich hab kein Plan, wer Sam ist.", sagte er einmal. Zwei Minuten später meinte er: „Ja ich wollte mich halt wegen Sam rächen, am Donnerstag. Ich war noch in dich verliebt im Sommer, als du mit Sam zusammen kamst" Was denn nun?! „Ich hab über alles nicht so nachgedacht. Sorry, mir ist das alles nicht so wichtig." Und später: „Ach. Ich weiß einfach selber nicht, was ich will und was nicht..."

Nachdem wir über unnötige Dinge diskutiert hatten und ich merkte, dass ich aus ihm keine gescheite Erklärung für sein ständig widersprüchliches Verhalten herausbekommen würde, bat ich ihn, mich dann auch endgültig in Ruhe zu lassen. Er meinte, er wolle schon gerne weiter mit mir weiter schreiben. Hahaha! Warum eigentlich? Ich war ihm doch egal! Um weiter einen Blitzableiter zu haben?! NEIN DANKE. Ich sagte ihm, dass ich keinen Kontakt mehr wollte und er mich nie mehr anschreiben oder ansprechen solle! Drehte mich um und lief einfach weg, Richtung Bushaltestelle. Als ich im Bus saß und mein Handy einschaltete, um mir meine

Musik in die Ohren zu stecken und einfach abzuschalten, leuchtete eine neue Nachricht von Johan auf:

17:04 Johan: Sorry.

Ich löschte seine Nummer aus meinem Handy.

Wie immer, wenn ich wütend bin, musste ich etwas tun. Ich klingelte bei Lola, um sie zu fragen, ob wir unseren Dog Walk in eine große Joggingrunde umwandeln könnten – sie war aber noch nicht zu Hause. Da beschloss ich, dieses Mädchen von Facebook anzuschreiben, diese Susi! Ich schaute mir nochmals ihre Posts an und klickte durch ihr Facebookprofil. Während ich durch ihre Bilder scrollte, fiel mir auf, dass ich sie von Instagram kannte! Ich hatte schon öfter Fotos von ihr gelikt und erkannte sie an ihren schönen Locken!

15:34 Macy: Hey:D

15:36 Susi: Hi XD

15:37 Macy: Du kennst Johan oder?

15:40 Susi: Ja :D Johan Mueller meinst du oder? Ihr wart mal zusammen oder? XD Hab ich auf Johans FB gesehen!

15:41 Macy: Jo ;) ...

15:54 Susi: Ja der ist ein ganz Netter, oder?;)

15:57 Macy: Jou er ist schon ganz nett... XDDDD

Wir schrieben eine Weile über die Leute die wir beide kannten, tauschten uns über Insta und die Schule aus. Ich mochte Susi gleich, soweit man das vom Chat her beurteilen kann. Daher traute ich mich, sie direkt auf die Sache mit den Posts anzusprechen:

16:45 Macy: Haha :D Was war das eigentlich mit euren Posts neulich auf Facebook? XD

16:47 Susi: XD Das war so ein Kettenbrief

Hahaha – ein Kettenbrief! Ich wusste, dass dieses „LY" das gepostet worden war, nicht echt war.

16:49 Macy: Ahh ;) Kennt ihr euch gut?

16:51 Susi: Mh… Eigentlich haben wir seit August jeden Abend geschrieben… Aber jetzt hat er sich plötzlich von einem auf den anderen Tag nicht mehr gemeldet… :///

Aha. Das war ja interessant. Seit August… vier Monate?! Das war ja echt ne lange Zeit…

16:53 Macy: Woher kennt ihr euch denn? O.o Komisch dass er auf einmal nicht mehr geschrieben hat…

16:57 Susi: Wir kennen uns über Insta XD Haben uns erst im im November das erste (und einzige) Mal getroffe.n Ja echt komisch… Er wollte beim Chatten immer so tun, als wären wir zusammen, also…warn wir nicht so richtig … :D :O

„Tun als wären wir zusammen…" Oh Mann Johan…

17:01 Macy: Was? Tun als wärt ihr zsm.?! XD WTF :D

Susi erzählte mir noch viel. Johan und sie hatten täglich geschrieben und in den letzten Wochen hatten sie diesen Kettenbrief mit 100 Aufgaben „durchgespielt". Das waren so Fragen wie z. B. „Wann willst du dein erstes Mal haben?" oder Aufgaben wie „Das nächste Mal wenn wir uns sehen, musst du mich küssen" oder „Nenne mich eine Woche lang Schatz" oder „Nehme mich für einen Monat als Hintergrundbild". Johan war ziemlich wild darauf gewesen, dieses Spiel zu spielen. Einmal musste er die Frage „Beziehung mit mir?" beantworten, worauf er angekreuzt hatte – vielleicht später... Obwohl die Sache mit Susi ganz anders war als mit mir, erinnerte mich das an mich: Wollte Johan einfach jemanden zum Schreiben und Bilder schicken? Liebte er es, sich Mädchen warm zu halten, mit denen er eigentlich nicht zusammen sein wollte? So war es ja auch, nachdem mit mir Schluss war und er immer wieder diesbezügliche Zeichen gegeben hatte. Mir fiel dabei ein, dass er einmal bei einem Gespräch in der Pause, nachdem Schluss gewesen war, meine Hand genommen und irgendwas von „vielleicht nach den Ferien" gemurmelt hatte. Ich Idiotin – ich hätte es damals uncool gefunden, darauf zu reagieren.

Einmal hatte Johan die Aufgabe gehabt, einen Text über Susi zu schreiben. Dies war ihm wie immer anscheinend sehr schwer gefallen. Sie zeigte mir den Text – einerseits musste ich lachen, über Johans Art, sich eine Freundin aus dem Internet zu beschaffen. Andererseits war ich echt irritiert und er tat mir ein wenig leid.

17:49 Susi: Ja und naja... Genau nachdem ich ihm das mit Fred erzählt hatte meldete er sich einfach nicht mehr. Das war am 21. November... :(((

17:51 Macy: Ehm was? :O Fred? Welcher Fred? O.o Und was erzählt? XD

17:56 Susi: Naja... Fred Steinhaus! ... Wir haben uns halt getroffen und so und ich hab das Johan erzählt und genau danach hat er sich nicht mehr gemeldet O.o

Oh nein Fred... Ich war total geschockt. Er war echt unberechenbar... Freeed! Was hast du gemacht?! Fred und Susi hatten sich getroffen? Oha! Was war das?!

17:57 Macy: Oha sry dass ich jz neugierig bin, aber... Aber... wann hast du dich mit Fred getroffen, was ist dann passiert? Und was genau hast du Johan erzählt?!

18:00 Susi: Ich hab Johann halt gesagt, dass ich mich mit diesem Fred getroffen habe. Den kenne ich von FB. Dann hab ich das am 21. Johan erzählt! Und danach hat er sich nie wieder gemeldet...

18:02 Macy: Oh okay... Wie hat er denn reagiert als du das geschrieben hast?! Ist er einfach off gegangen?! :OOO

18:04 Susi: Ne also ich hab ihm das geschrieben und dann meinte er so was Komisches: „Oh das ist glaub ich der Ex von meiner ExO.o" Naja und dann musste er schlafen gehen. Und hat sich dann nie mehr gemeldet...

WAS? ICH? FREDS EX? Hatte Johan das echt gedacht!? Oh Mann... und mit Fred hatte ich ein Wörtchen zu reden. Er traf sich mit vielen Mädchen und erzählte mir davon. Hiervon hatte er mir nichts berichtet! Das war doch bestimmt gewesen, um Johan ins Handwerk zu pfuschen! Haha! Höchstwahrscheinlich hatte Johan sich deshalb nicht mehr gemeldet – er wollte wohl, nachdem ein Kontakt zu Fred bestand (und damit auch zu mir) diese „Beziehung" nicht weiterführen, wohl wissend, dass wir uns über eine Internetbeziehung lustig gemacht hätten. Wie mies von ihm, Susi gegenüber, nach mehreren Monaten einfach kommentarlos den Kontakt abzubrechen.... Für sie tat mir das Leid! Für mich war ich aber ein bisschen schadenfroh Johan gegenüber.

Dann fiel mir noch etwas anderes auf: Johan hatte genau eine Woche vor unserem zweiten Treffen im Kindergarten erfahren, dass Susi und Fred sich getroffen hatten – und dass Fred sich dann nicht mehr gemeldet hatte. Das musste der Horror für ihn gewesen sein! Dachte er, dass die ganze Sache inszeniert gewesen sei? Von mir? Dass ich mit Fred unter einer Decke steckte??? DAS war der Grund, warum er mich an dem Donnerstag so verarscht hatte! Und hinterher so ekelhaft geschrieben hatte. Eine Retourkutsche! Mein Gefühl, er habe sich für irgendetwas rächen wollen, war richtig gewesen. Nur dass ich von nichts gewusst hatte.... Was für ein Kindergarten-Spiel, im wahrsten Sinne des Wortes!

So! Eine Runde Mathe lernen war jetzt aber erst mal dringend nötig. Es fiel mir so schwer, mich auf die Aufgaben zu konzentrieren, aber es musste sein. Mathe war mein totales Hassfach und ich lernte und lernte, und sah kaum Erfolge... Für Deutsch oder Englisch las ich mir alles zweimal durch und dann wurde das was. Für Mathe dagegen büffelte ich Nachmittage lang und heulte vor Freude über eine 4. Ich hatte grade gestern den Spruch: You´re just like math. I hate math. auf Insta gelikt! Nach gut zwei Stunden lernen, lernen, lernen und lernen schrieb ich Fred an:

20:51 Macy: Fred Erzähl mir mal das mit Susi!

20:55 Fred: Was mit Susi?! Hä... .___.

20:57 Macy: Fred was war das? XD Was haste schon wieder angestellt? :D

20:59 Fred: Na gut… Also, ich hab sie auf Insta gesucht… Und fand sie dann eigentlich hübsch und wollte bisschen was wegen der Scheißaktion vom Idioten rausfinden! Und hab sie dann auf Instamessage angeschrieben! Die war total süß und nett… Dann haben wir uns halt getroffen! Aber nachdem das mit euren Kindergartentreffen war hatte ich KB mehr auf sie! Was der Typ mit dir abgezogen hat, geht einfach nicht! Und sie hatte bestimmt auch was damit zutun…

21:10 Macy: Oh Fred ;) Du bist ja einer XD So unberechenbar haha… Nein, ich glaube sicher nicht, dass Susi davon was wusste. Johan macht immer alles mit sich aus… und sie hat auch gesagt, er wär generell sehr verschlossen gewesen. UUUUND was habt ihr beim Treffen gemacht, du und Susi, wenn ich fragen darf?!

21:11 Fred: Jo geknutscht

21:13 Macy: AHH FRED! Warum!?

21:16 Fred: Sie war ganz süß! Und… damit sie nicht mehr mit Johan schreiben will XD

21:18 Ähm… Jouuu…. KP was ich dazu jetzt sagen soll :D

Samstag, 7. Dezember

Susi und ich hatten die Chats mit Johan dann teilweise verglichen und uns gegenseitig gezeigt. Das ist vielleicht nicht gerade die „feine Art" gewesen. Aber nun ja… Johan hatte sich schließlich auch scheisse uns gegenüber benommen. Ich fand es einfach krass, dass er sich vier Monate lang eine Fake-Internet-Beziehung hielt… Eigentlich hatte er nichts Böses getan. Er hatte schließlich niemanden wirklich angelogen, er hatte sich nur über das Internet die Art von Beziehung beschafft, die er wollte bzw die ihm möglich war.

Aber…er „liebte" Susi natürlich genauso wenig wie mich… Wahrscheinlich hätte er es mit mir gerne genauso wie mit Susi gehabt: Ab und zu mal schreiben, einmal im Jahr treffen und ansonsten keine Verpflichtung…. Er hatte auch Susi auf eine gewisse Art schon ziemlich hingehalten: Denn einmal bei dem Spiel musste bei der Frage „Beziehung mit mir?" etwas angekreuzt werden. Johans Antworten waren [x] vielleicht und [x] später und Susi war mittlerweile auch klar geworden dass dies eigentlich [x] nie hieß.

Wir beschlossen, dass Rache an Johan auf jeden Fall sein musste… Susi und ich überlegten, einen gemeinsamen Status für Whatsapp zu machen und etwas auf Facebook zu posten. Das alles sollte sich auf Johan und Details aus unseren (Susis und meinen Chats beziehen). Okay. Das war echt fies. Alles war so formuliert, dass nur Johan es verstehen konnte, nicht aber Dritte. Es war eine indirekte Nachricht an ihn, dass wir beiden uns ausgetauscht hatten! Ihr haltet das sicher für einen Riesen-Vertrauensbruch (jemandem etwas weitersagen, was derjenige einem im Vertrauen erzählt hat, das geht gar nicht!). Ich hatte Sachen benutzt, die er mir anvertraut hatte und von denen ich wusste, dass sie ihn verletzen würden. Das tat mir schon kurze Zeit danach furchtbar leid! Es war nach dem blöden Schreiben die zweite Sache, die von mir Johan gegenüber nicht in Ordnung war. Aber - Johan hatte auch mein Vertrauen missbraucht! Er war doch derjenige, der wusste, dass ich wieder in ihn verliebt war und dies ausnutzte! Deshalb geschah ihm das recht!

Sonntag, 8. Dezember

22:31 Johan: Bezauberndes Bild!

Johan. Nie wieder mit ihm sprechen, nie wieder mit ihm schreiben! Ich würde nicht antworten. Stattdessen ging ich in die Küche und machte mir ein Nutellabrot. Das Telefon legte ich in die Küchenschublade.

Nachdem ich zwei weitere Nutellabrote, einen Apfel und ein Snickers gegessen und geduscht hatte, holte ich das Telefon aus der Schublade. Ich würde es jetzt ausschalten und heute mal früher schlafen gehen. Meine anderen Nachrichten ignorierte ich auch. Da poppte eine weitere Nachricht von Johan auf.

22:56 Johan: Ach und du hast recht, lügen, fertigmachen und verarschen ist arm. Aber sorry, wenn man selbst den Stolz verloren hat, sich treu zu bleiben, dann finde ich des ehrlich gesagt am aller ärmsten. Vielleicht solltest DU dir mal ein paar Ideale mit dir selbst vereinbaren.

Oha – er gab zu, dass er mich angelogen hatte, um mich fertigzumachen! Das versprach interessant zu werden. Ich würde nicht off gehen! Ich ignorierte meine anderen Nachrichten und schrieb zurück.

23:01 Macy: Ich wüsste nicht, wo ich meinen Stolz verloren habe oder mir nicht treu geblieben bin:) Wenn Du mein Verhalten arm findest, dann bist du selbst arm. Ich habe niemandem etwas getan! Du schon und das soooo unnötig! PS: Ich finde Susi total süß und nett und sie hat dein Getue überhaupt nicht verdient.

Ich ärgerte mich, dass Johan, der seine Meinung immer wie ein Fähnchen im Wind drehte, mir vorwarf, ein Mädchen ohne Stolz zu sein...Um ihm ebenfalls noch einen Seitenhieb mitzugeben, schrieb ich ein PS.

PS: Wir waren nie zsm.

Wobei... eigentlich waren wir wirklich nie zusammen gewesen. Es waren einfach nur einige Chats und ein paar halbwegs erzwungene Treffen gewesen...

23:05 Johan: Haha, wir waren nie zsm!? Das wusste ich ja gar net! ;O Aber denk mal über meine Worte nach. Ach, eig wollte ich nur, dass du antwortest... Mir ist so bizzi was klar geworden. Kann auch sein dass ich falsch liege. Ich fang an, ja?

Was sollte das nun? Ihm war etwas klar geworden?

23:17 Macy: Ich erinnere mich, dass du bizzi was Besseres zu tun hast, aber egal.

Was sollte das. Wieder ein sinnloser Chat.... Ich gabs auf...

23:16 Macy: Na dann....!

23:17 Johan: Jo

Wie immer konnte ich das nicht so stehen lassen! Damit der Chat noch irgendeinen Sinn gehabt hatte, könnte ich genau so noch etwas loswerden...

23:17 Macy: Und wenn du der Meinung bist, ich hätte keinen Stolz, nur weil ich ehrlich bin, keinen verarsche (und das auch überhaupt nicht nötig habe) – und immer wieder auf dein Getue reinfalle, dann denk das halt! Ich hoffe, ich kann das beibehalten! Egal was für Menschen meinen Weg pflastern!:)

Was für ein cooles Schlusswort! Ich war stolz auf mich. Warum schrieb er mich an, um eine so sinnlose Unterhaltung zu führen. Jetzt hatte ich ihm noch mal gesagt, dass ich mich nicht dafür schämen müsste, wenn ich jemandem ehrlich sagte, dass ich ihn mochte. Und dass ich immer wieder diesen Mut hätte, auch wenn es jemanden wie ihn gäbe, der sich darüber lustig machte.

23:19 Johan: Hahaha:`D, na dann kannst du ja beruhigt schlafen.

Ich schlief eigentlich tatsächlich gar nicht so schlecht in dieser Nacht, mit dem Gefühl, dass es aufwärts ging. Höchstwahrscheinlich würde ich es beim nächsten Mal schaffen, ihn zu ignorieren! Denn dass er sich wieder melden würde, dessen war ich sicher!

Zeitgleich hatte Johan auch mit Susi geschrieben:

21:59 Susi: Hey :D

22:05 Susi: Heeeeeeeeeyyy :D :D :D

22:09 Susi: Keine Antwort? Na dann nicht haha ;) Na, der Name Fred Steinhaus hat den netten Johan ja seeehr unlocker werden lassen :`D OK? Du bist so jmd der seine Probleme ausm wahren Leben lieber im Internet abreagiert! :O Nadann man viel Spaaaaaaßßßßß dabei ;) Hier ist noch was, was dir gehört! Na dann nimm halt wieder die Bilder XD! Dann musst du dich nicht wieder an echten Menschen abreagieren oder dir auf Chats oder auf grundloses Beleidigen von Mädchen einen abwichsen! :)) Schönen Gruß von Macy :PP Wir lachen gemeinsam über deine bedürftigen Chats und verstehen es jetzt langsam auch, warum du es nötig hast, andere fertig zu machen…

22:21 Johan: Haha die Beste ;) ... Schauspielerin... Nicht! Denkt ihr ernsthaft ich war so blöd?! Ich wusste doch schon als wir uns getroffen haben, dass was net stimmt :`D Als Johan und ich uns getroffen hatten....?! Aha! Also hatte er das wirklich deshalb abgezogen! *Rat mal warum ich so behindert war!* Also hatte er DESHALB so ekelhaft mit mir geschrieben. Auch wenn es jetzt egal war, beruhigte mich das irgendwie. Ich hatte doch gewusst, dass dahinter etwas stecken musste. *Oder ich dich seit cirka zwei Wochen ignoriere?!* Genau. Deshalb hatte er sich auch bei Susi nicht gemeldet.

22:24 Susi: Haha zu der Zeit kannten uns Macy und ich noch nicht mal :`D

22:27 Johan: Haha erzähl das mal deiner Oma

Okay... Johan glaubte das also nicht! Er dachte wirklich, dass ich Fred auf Susi gehetzt hätte und dann die ganze Zeit mit ihr unter einer Decke gesteckt hätte...

22:30 Susi: Mein Ernst! Gude ich erzähl s ihr mit Vergnügen :DD Wir kennen uns erst seit Anfang Dezember! Frag sie selbst ;)

22:32 Johan: Macy wusste spätestens was von dir als du „Ich liebe dich" gepostet hast

Ha! Na da hatte er recht... Sollte es deshalb gepostet werden?! War sein Ziel damit erreicht? – Dass ich von Susi wusste?!

22:33 Susi: Na und?

22:35 Johan: Haha und wenn... über Macy kann ich nur noch lachen... Sie erzählt mir erst sie will wieder mit mir zusammen kommen will, dann dass ich so hässlich bin, dass ich nie eine abbekomme... Ach Johan... Ich habe nie gesagt, dass du hässlich bist... Ich habe lediglich erwähnt, dass z. B. Sam es nicht nötig hatte, ein Mädchen die ganze Zeit fertig zu machen und sie immer wieder angekommen lassen hat, weil er auch genug andere hatte....Was du dann rausgehört hast.... *Und danach kommt sie damit, dass sie mich FERTIGMACHEN will :`D...* Auch das habe ich nicht gesagt... Hat er das etwa so interpretiert?! Hat er sich so gefühlt, als würden wir ihn fertig machen?

22:36 Susi: Looooool kann es sein, dass du gerade was verdrehst?!

22:39 Johan: Nur weil sie mit dir mal geschrieben hat und gut manipulieren kann :`D Haha über dich hat sie erzählt, ob ich es wirklich so nötig hätte, mit einer dreimal so großen und fetten Schlampe rumzuhängen

Oh! Jetzt versuchte er es auf diese Art! Jetzt machte er mich bei Susi schlecht, um sie auf „seine Seite" zu ziehen.

22:46 Susi: Du bist doch der Erste, der manipuliert und auf Hundblick macht!! Das war wahr! Johan konnte super manipulieren! Auf seinen Hundeblick fiel JEDER rein. – Eben leider auch ich... *Übrigens Macy weiß nicht wie groß ich bin also kann das was du sagst nicht stimmen! Sie hat mich noch nie gesehen!*

22:50 Johan: Haha ehrlich gesagt nein! Sonst hätte ich Macy bereits soweit, dass sie mich... Naja egal wie auch immer... Was sollte das denn? „Hätte ich Macy soweit, dass sie mich in Ruhe lässt", wollte er sicher sagen. Johan... Rede doch keinen Mist! Macy hatte dich doch schon in Ruhe gelassen. Und du weißt es selbst ganz genau! *Kannst ja mal nebenbei Macy fragen ob ich gut manipulieren kann :PP* Oh Macy las diesen Chat doch mit... Und ich konnte nur bestätigen, dass er der manipulativste Typ der Stufe war... *Hahahahha :`D Glaub mir Macy weiß ALLES über dich! Und damit meine ich alles.*

22:53 Susi: Ja und woher soll sie s dann bitte wissen?!

22:57 Johan: Es gibt so was Neumodisches das nennt sich „Internet" weiß net ob dir des bekannt ist, aber dort kann man alles über einen rausfinden.

23:01 Susi: Ahhhhh ja da hat sie bestimmt mein ganzes Leben gefunden

23:05 Johan: Zur Not fragt man einfach jmd der auf der gleichen Schule ist! Und ja Macy findet raus was sie wissen will… Ich war zwei Monate mit ihr zusammen, das hat gereicht.

Naja, damit hatte er Recht. Ich fand eigentlich alles raus… Aber während unserer „Beziehung" - wie er die Zeit von März bis Juni nannte - hatte ich keine Ahnung von nix. Alles was ich damals vielleicht hätte wissen sollen, habe ich dann eben erst später erfahren.

23:09 Susi: Macy hat schon gesagt, dass du bestimmt sagst, sie hätte dich belästigt :`D Aber dann hättest du dir das Lied und das Anschreiben sparen können…

Genau so war es! Hätte er mir z. B. das Lied nicht geschickt und nicht noch mal vom Zettel angefangen, wäre die Sache einfach erledigt gewesen. Aber ER war schließlich derjenige, der alles wieder aufgerührt hatte!

23:11 Johan: Aber mal ehrlich, mir ist des eigentlich relativ egal! Entscheide du mit wem du was zutun haben willst. Aber ein Tipp(!) Macy wird sagen: Okay das Thema hat sich… Kannten wir uns Susi?!

Ohje! Dachte Johan wirklich so von mir? Nein! Er wusste doch eigentlich ganz genau wie ich war! Sprich, dass ich bei Leuten, mit denen ich Kontakt hatte, diesen nicht ohne Grund beendete… Oder? Vielleicht sagte er das auch nur wieder, damit Susi den Kontakt zu mir abbrach…

23:31 Susi: ?? bye. Ich werde mich bestimmt entscheiden… Na dann .__.

Samstag, 14. Dezember

00:40 Johan: Hab gehört, Susi hat sich für dich entschieden…

Sollte ich antworten? Ich wollte ja eigentlich nie wieder mit ihm schreiben. Na super. Hatte ja echt gut geklappt. Warum schrieb er mir das jetzt wieder?! Und was war das mit Susi für eine komische Bemerkung?! ENTSCHEIDEN? Warum sollte sich Susi entscheiden. Klar, er wollte nicht mehr mit ihr chatten, wenn er wüsste, dass sie auch Kontakt zu mir hatte. Ich schrieb Susi an und erfuhr, dass er sie auch angeschrieben hatte. Der Ton im Chat war wohl relativ normal – könnte Susi ja gerne tun, ich wollte das eigentlich nicht, so mit wmds und wie geht's so…

23:57 Macy: Im Gegensatz zu dir manipuliere ich nicht -.-

23:58 Johan: Ist doch super, nicht manipuliert und trotzdem für dich entschieden :D

00:06 Macy: What the fuck….entschieden? Ahjo, mal wieder jemand vor die Wahl gestellt?

20:07 Johan: Früher warst du schneller im Tippen… :(

00:08 Macy: Früher war dein Schwanz noch drei cm kürzer… :(

Das war doof, aber es juckte mir in den Fingern, das zu schreiben. Bei mir hatte er noch von 17 cm gesprochen. Hahaha, bei Susi warn s dann schon 20 cm.

00:09 Johan: Also Macy, wo hast du denn so schmutzige Wörter gelernt? Deine Mutter wird enttäuscht sein. s.a.t.a.n.i.s.t.i.n.

00:10 Macy: Aso, stimmt, bei dir heisst es ja Penis. Deine Mutter muss nicht enttäuscht sein.

00:11 Johan: So siehts aus, heute schon was gegessen? s.a.t.a.n.i.s.t.i.n.

Ich antwortete erst mal nicht mehr und fragte bei Susi nach. Ja, die beiden schrieben auch. Etwas wunderte es mich, dass Susi ganz normal mit ihm chattete. Ich hatte das Gefühl, sie hätte gerne wieder alles mit ihm wie früher gehabt... Susi... die Zeit wird sich nicht zurückdrehen lassen. Parallel schrieb er mit Susi:

00:50 Susi: Wmds?

00:51 Johan: Englischhausaufgaben

00:52 Susi: Mir is soo lw... ich hab aus Verzweiflung Kuchen gebacken...

00:57 Johan: Hätte auch gerne nix zutun...

Daher antwortete ich ihm mit einem Bezug auf seinen Chat mit Susi:

00:54 Macy: Nö, geh jetzt KUCHEN essen.

Er sollte merken, dass wir uns austauschten und er uns nicht ausspielen könne. Und das blöde wiederholte Satanistin ignorierte ich auch – er wollte wieder Aufmerksamkeit und dass ich nachfragte. Und mich dann abfahren lassen.

00:56 Johan: Gut, schickst du Bild?

Dachte er wirklich, ich wäre so blöd, ihm noch ein Bild von mir zu schicken?!

00:58 Macy: Nö, mach du doch!

00:59 Johan: Wobei denn, ich ess doch keinen Kuchen!

01:05 Macy: Von den Englischhausaufgaben.

Und wieder ein Bezug auf den Chat mit Susi! Ihr hatte er gerade geschrieben, dass er Englischhausaufgaben machte:

Johan schickte ein Bild von seinen Bewerbungsunterlagen für das Auslandsjahr. Was sollte ich dazu schreiben? Was sollte ich mit ihm überhaupt noch schreiben? Und warum verdammt?

*01:22 Macy: Yihaa Cowboy, dann viel Vergnügen. :P^^ *-**

Das waren meine Finger in Eigenregie. Oder die Autokorrektur. Eigentlich hatte ich schreiben wollen: „Du kannst mich mal! Wie schon gesagt: Schreib. Mich. Nie. Wieder. An." Mist!

*01:23 Johan: Danke Schnueggi ;**

Ich würde nicht mehr antworten. Ich würde nie mehr antworten. Ich würde schon gar nicht mehr DARAUF antworten. Warum konnte mir das alles nicht egal sein. So egal wie drei Nachrichten hintereinander von Alex.

Bevor ich ausmachte, schaute ich noch mal in die Unterhaltung mit Johan.

01:50 Johan: Gute Nacht, schlaf gut mein Teuflein. :- <33*

In diesem Moment hasste ich Johan zutiefst…

Montag, 16. Dezember

Die letzte Schulwoche! Ich war so froh, wenn das Jahr vorbei war. Eigentlich fühlte ich mich in der Schule und in der Klasse gerade richtig wohl. Die Schule machte Spaß und ich ging nach wie vor gerne hin... Naja, wenn der Unterricht selbst nicht gewesen wäre... Aber jetzt war es mir wieder verleidet. Ich wünschte Johan mindestens auf den Mars. Hoffentlich würde er demnächst verschwinden... spätestens im Sommer war er ja weg... aber bis dahin war's noch lang.

Wie schon beschrieben, war Leon ganz anders als Johan. Bei ihm war von dieser Johan-typischen Unsicherheit und diesem unterschwelligen Unglück nichts zu spüren. Er war einfach cool und gut aussehend und man merkte ihm an, dass er nie echte Probleme gehabt hatte. Man spürte bei ihm auch, dass er sich mit seinen Eltern und seiner Familie generell gut verstand. Viele Mädchen mochten ihn ja gern, aber seit der Geschichte mit Melissa hatte er noch keine neue Freundin gehabt. Laura aus meiner Klasse mochte Leon seit einiger Zeit sehr und hatte daher den Kontakt mit Johan verstärkt. Ich hatte mich immer darüber lustig gemacht, dass Johan jetzt wahrscheinlich der Meinung war, Laura stände auf ihn. Sie unterhielten sich öfter in der Schule und Johan machte dann immer eine Riesenshow, was mich natürlich ärgerte.... Zumal er früher immer gesagt hatte, dass er Laura eigentlich nicht mochte... Damals hatte er immer gesagt, Lauras Art ginge ihm auf die Nerven. Davon war jetzt nichts mehr zu spüren – sie kam in der Pause oft auf ihn zu und er genoss es, besonders wenn ich in der Nähe war. Neuerdings fing er sogar an, selbst auf sie zuzugehen oder besser gesagt zuzustürmen und sie zu beschwatzen als gäbe es kein Morgen. Ich ging in solchen Fällen einfach weg.

Laura kam mit Leon nicht weiter. Sie beriet sich ständig, ob es sein könne, dass Leon auf sie stände und viele waren der Meinung, das könnte der Fall sein. Ich war nicht unbedingt dieser Meinung. Laura hatte mich nicht wirklich in ihre Beratungen eingebunden, daher behielt ich dies für mich, nahm mir aber vor, etwas anzudeuten, wenn sie mich fragen würde. Ich hatte Leon ja auch ein wenig kennengelernt über den Sommer und für soooo schüchtern, dass er sich nicht traute, auf Lauras Versuche einzugehen, hielt ich ihn jetzt nicht. Nachmittags schickte mir Laura eine Nachricht

15:50 Laura: Macy!!!!!!!!!!!!!!!!!!!!!.

16.15 Macy: Hi Laura. Was gibt's?

16:20 Laura: Wir haben Plääääne! Die anderen meinen, Leon hat ganz sicher Interesse an mir. Minni ist sich sicher, dass er nur zu schüchtern ist… die ist ja schließlich in seiner Klasse.

16.21 Macy: Aha. Naja, ich weiß nicht, ob er soo schüchtern ist…

16:21 Laura: Egal, ich mache eine Party! Kommst du auch! Bring Alex mit.

Alex? Der würde keine Lust haben, zu einer Party zu gehen, wo Johan war, er mochte ihn nicht.

16.26 Macy: Wer kommt noch?

16:27 Laura: Du und Alex. Außerdem habe ich Anna und Julius eingeladen. Für mich ist natürlich Leon da. Und sonst kommen noch Minni, Johan und ein paar andere. Bring noch Jungs mit, wenn du willst. Vielleicht ein paar Freunde von Lola?

War Johan für Minni „vorgesehen"? Ich verspürte 0 Lust, zu dieser Feier zu gehen.

16.29 Macy: Ich weiß noch nicht ob ich kann. Haben die anderen schon zugesagt?

16:30 Laura: Ein paar schon. Naja, es kann sein, dass Julius nicht kommt, der ist dann vielleicht schon im Weihnachtsurlaub. Leon hat sich noch gar nicht geäußert und Johan wusste es noch nicht so.

16.21 Macy: Weiß Johan, dass ich auch komme?

Dazu äußerte sich Laura nicht richtig. Das war aber letztlich auch egal, denn ich würde mir diese Party wohl sowieso nicht antun.

Am Abend beschloss ich dann, Johan doch noch mal auf seine letzte Nachricht zu antworten! Vielleicht würde er was von der Feier sagen.

20:21 Macyi: Hab ich! ;)

Mittwoch, 18. Dezember

13:34 Johan: Ok gut ;) .... Morgen reden?

Er wollte reden.... Worüber noch? Wollte er sich vertragen? Wollte ich das überhaupt noch? Obwohl ich das nicht wusste, konnte ich nicht umhin, sofort zu antworten.

13:56 Macy:: Ja ok, wenn du normal bist!

Die Antwort kam sofort.

13:57 Johan: Ja, normal....

13:57 Macy: Okay

13:59 Johan: Wenn du willst, kann ich's dir auch schreiben....

Was sollte das nun? Ich hatte Bedenken, dass, wenn ich ja sagte, er wieder irgendeinen Mist schreiben würde. Beim Reden könnte ich vielleicht verhindern, dass er „austickte", außerdem konnte ich – wenn ich ihm gegenüberstünde – eher sehen, ob er ehrlich war. Ich hatte Angst, sowohl vor dem Schreiben als auch vor dem Reden. Angst, dass alles irgendwie wieder aus dem Ruder laufen würde. Irgendwie wünschte ich mir aber auch, dass alles noch gut würde.... Vielleicht... So ließ ich ihm die Wahl.

13:59 Macy: Wie dirs lieber ist.

14:13 Johan: Okay

Dann kam nichts mehr. Bedeutete das nun, dass er reden oder schreiben wollte? Morgen war wieder ein Donnerstag. Ich wurde traurig, als ich an die letzte Woche dachte. Aber auch ein wenig wütend... warum mache ich mir eine Woche später wieder Gedanken?! Ich war ein kleines bisschen durch damit gewesen, hatte seine Nummer immerhin schon aus meinem Handy gelöscht.. Jetzt kam er wieder so daher. Ich würde versuchen, nichts mehr zu denken und einfach den morgigen Tag abzuwarten....

Donnerstag, 19. Dezember

Es war fast zu erwarten gewesen, an diesem Donnerstag passierte Johan-mäßig.... nichts. Während Sozi verhielt er sich ziemlich normal mir gegenüber. Ansonsten liefen wir uns mehrfach über den Weg und ignorierten uns weitgehend.....

Nach der Schule liefen wir am Busbahnhof fast ineinander. Jeder von uns stieg in seinen Bus. Kaum dass ich saß, schickte er mir eine Nachricht.

15:50 Johan: Gehst du zu dieser Feier?

15:52 Macy: Weiß noch nicht.... du?

15:54 Johan: Wenn du kommst, vlt...

Was sollte das nun wieder? Warum fragte er mich nach der Party? Und warum wollte er kommen, wenn ich auch komme? Er hatte mir immer noch nicht gesagt, was er hatte reden oder schreiben wollen. Wollte er lieber während der Party reden? War das ein gutes Zeichen? Vielleicht würden wir uns dort versöhnen? Er hatte es sich doch anders überlegt? Ich schrieb Laura an:

16:01 Macy: Hi, sag mal, wie ist das jetzt mit deiner Party?

16:04 Laura: Macy! Ich bin soooo aufgeregt! Leon hat noch nicht richtig zugesagt, aber es kann sein, dass er kommt. Aaaaaawww!

16:07 Macy: Cool! Und was ist mit Johan? Weiß der jetzt, dass ich auch eingeladen bin?

16:08 Laura: Ja, der war ja eher lahm, aber jetzt will er auf einmal doch kommen. Ist ganz wild auf die Party. Was ist jetzt mit dir?

16:14 Macy: Hm... ich sag dir auf jeden Fall bis morgen Bescheid. Aber wenn Leon kommt, das wär ja super für dich!

Wir schrieben noch ein Weilchen über die Party und Lauras Pläne, an diesem Abend mit Leon zusammen zu kommen. Sie war völlig durchgedreht und ich ließ mich von ihrer Stimmung anstecken. Vielleicht gab es doch wenigstens für sie und Leon ein Happy End. Aber warum war Johan auf einmal so wild auf Party? Hatte er ein Auge auf eine der Mädels dort geworfen? Mein Magen zog sich zusammen. Warum plante ich, mir so etwas anzutun. Warum dort hingehen? Gab es irgendwo einen coolen Typ mit dem ich dort auftauchen könnte? Ich wünschte mir Sam herbei und ich erwog, ihn anzuschreiben und um Rat zu bitten, beschloss aber, dass es doch keine gute Idee war. Wieso sollte ausgerechnet Sam mir hier raten? Ich hatte ihn aus allem herausgehalten und das war auch besser so. Wir hatten ab und zu mal geschrieben, es war aber eher unverbindlich und so sollte es auch bleiben. Er hätte mir sowieso nicht helfen können und ich wollte unser gutes Verhältnis nicht durch eine so blöde Sache aufs Spiel setzen.

Außerdem… es war sowieso nicht klar, ob die Party überhaupt stattfände. Ich vermutete, dass Laura keine Lust auf die Veranstaltung hätte, wenn Leon nicht erscheinen würde. Wieder mal lag ich grübelnd auf meinem Bett herum.

Wären diese Gedanken und die Sache mit Johan nicht gewesen, es wäre ein so schöner vorletzter Schultag gewesen. Wir hatten in der Klasse schon Weihnachten gefeiert, da am letzten Tag noch eine Mathearbeit auf dem Plan stand. Abends schrieb mir Amira:

23:50 Amira: Hey Macy – wie geht's in der letzten Schulwoche? Habt gehört, ihr schreibt morgen noch Mathe?

23:55 Macy: Jaaa, leider, hab voll Schiss…. Aber es war so schon heute! Wir hatten den ganzen Tag Vertretung. In den ersten Stunden haben wir Weihnachten gefeiert…. Wir haben gewichtelt und gemeinsam gefrühstückt.

Dieser Tag war irgendwie einer der schönsten Tage in der Schule seit langem gewesen. Irgendwie war es so, dass sich alle total gut verstanden und die Zickereien, die in den letzten Jahren so oft an der Tagesordnung gewesen waren, in den Hintergrund traten. Das war mir gerade heute so aufgefallen: Fast alle Jungs hatten sich so weit verändert, dass man mit ihnen reden konnte xD. Und auch die Mädchen in ihren unterschiedlichen Gruppierungen verstanden sich ganz gut. Und die Singerei heute war einfach toll gewesen.

00:03 Amira: Wie cool! Ich vermisse alle... Hab mich noch nicht so eingelebt...

00:06 Macy: Das ist blöd! Ich wünschte auch, du wärst noch hier! Wir skypen in den Ferien mal ganz lange, ok? Dann erzählst du mir alles ganz genau.

Eigentlich wollte ich schlafen. Die Mathearbeit war wichtig und obwohl ich viel dafür gelernt hatte, hatte ich das Gefühl, mein Hirn sei wie leergefegt. Würde ich statt Lösungswegen oder Potenzgesetzen all meine ungelösten Fragen und statt richtiger Antworten all das hinschreiben, was mir als Antworten auf meine Fragen im Kopf herumspukte?

Warum war Johan diese Feier so wichtig? Wollte er die Party wirklich nutzen, um sich zu vertragen? Es erschien mir unwahrscheinlich. Warum auf einmal? Nachdem er vor einer Woche die Maske hatte endgültig fallen lassen? Sollte ich überhaupt hingehen? Was, wenn er sich bei dieser Gelegenheit noch mal richtig an mir rächen wollte? Was, wenn er mich dort blöd stehen lassen wollte, mich als kleines Opfer in der Ecke sitzen sehen wollte? Er hatte seine Leute dort, er hatte Laura, Leon, Anna...

Freitag, 20. Dezember

Die Mathearbeit war vorbei….so toll war sie nicht gelaufen, aber sie war rum! Und jetzt…. Ferien! Nach der Schule verbrachte ich den Nachmittag mit Emma und Cora, Kathi war nicht dabei, sie war krank. Bei Emma angekommen, verteilten wir unsere Geschenke. Ich hatte für jede eine Dose in Herzform gebastelt. Darauf hatte ich Bilder von uns allen geklebt und unseren momentanen Lieblingsspruch darauf geschrieben „**If you have crazy friends, you have everything**".

Dazu gab's für jede Plätzchen und einen Nagellack. Wir futterten Plätzchen bis uns fast schlecht war.

Danach machten wir das, was wir momentan am liebsten taten: Wir schminkten uns und machten mindestens zweihundert Fotos von uns zusammen. Dabei hörten wir laute Musik und sangen so laut mit, dass Emmas Mutter nach oben kam. Sie lobte grinsend unseren Gesang, bat aber doch darum, den Nachbarn diesen zu ersparen. Neben allem Schminken, Musik und Fotos kamen auch die wichtigen Fragen des Lebens wie immer nicht zu kurz: Wo endet das Universum? War es cooler als Autorin oder Psychotherapeutin zu arbeiten? Ist Schlampe wirklich das neue Wort für eifersüchtig? Warum tragen die pummeligsten Mädchen die knappsten Leggings? Stimmte es, dass Ohrläppchen eine besonders erogene Zone sind, wie es uns Frau Gimpel im Sexualkundeunterricht erzählt hatte? Was uns auch ernsthaft beschäftigte war unser Mitschüler Marc, der seit einem halben Jahr wegen Depressionen nicht mehr in die Schule kam. Dieses Thema ließ unsere gute Laune eine Weile verfliegen… Trotzdem war es ein schöner Nachmittag gewesen – wir verabredeten, uns auf jeden Fall bald noch mal zu treffen – und suchten ein Bild aus, das wir am Abend auf Insta posten wollten. Von Johan, der Party und allem was mir dazu im Kopf herumging, hatte ich immer noch kein Wort erwähnt. Ich wollte über dieses Thema nicht mehr sprechen. Es reichte, wenn ich mit Fred darüber schrieb.

Abends kamen mir wieder Zweifel wegen der Party. Ich meldete mich bei ihm.

20:01 Macy: Freeed! Hey – ich geh glaube ich wirklich nicht zu der Party!

22:04 Fred: Hey Macy, hm ja, was willst du da auch mit dem A....?!

20:04 Macy: Fred, mal ernsthaft ja.... Ich will einen Rat! Was soll ich machen? Vielleicht sollte ich doch gehen und wir vertragen uns da!

20.06: Fred: Nee im Ernst, ich glaub, du solltest hingehen. Warum sollst du Johan aus dem Weg gehen? Das hast du gar nicht nötig! Außerdem – er hat doch gefragt, ob du auch kommst. Du hoffst doch auf eine Versöhnung, immer noch... oder? Dann weißt du, woran du bist. Und wenn er dich doch verarscht, dann lässt du dir das nicht gefallen. Und dann gibt's den großen Showdown auf der Party!

20:07 Macy: Haha, witzig :((Was heisst hier Showdown. Außerdem... das geht nicht ohne dich ... – ich brauch dich als moralische Unterstützung, ja?

22:10 Fred: Wenn meine Eltern ja sagen, komm ich. Hab noch Stress wegen letzter Woche – bin zu spät gekommen und hatte auch ein klein bisschen was getrunken....

20:10 Macy: Fred, no alc! Wenn ich dabei bin, trinkst du nix, das müssten deine Eltern doch wissen. Du kannst mit uns fahren, ich fahr dann auch früher und sooooo.... Biiiitte, frag und überrede deine Eltern, ja?

22:13 Fred: Ok, ich versuchs. Aber wenn ihr euch versöhnt, bin ich ja eh unnötig...Und du weißt, ich hasse den!

20:15 Macy: Mann, erstens bist du nieee unnötig <3 und außerdem bin ich mir nicht sicher, ob sich da einer versöhnen will.... Vielleicht ist das für ihn die perfekte Gelegenheit, mich noch mal ordentlich fertig zu machen.... Er kennt fast alle dort besser als ich und ... ach, ich weiß nicht.

22:17 Fred: Jo, ok. Schreib den noch mal an und schreib was über deine Bedenken... Er wollte dir doch sowie so noch was schreiben oder sagen... das hat er doch noch nicht, oder?

22:18 Macy: Nee, noch nicht.... er stellt es iwie so hin als wolle er das auf der Party machen.

22:20 Fred: Jo, weißt du was, frag ihn, was er noch sagen oder schreiben wollte.... Sag, du wolltest das vorher wissen. Danach kannst du dann hingehen oder wegbleiben.

20:22 Macy: ok... ich schreib ihn heute Abend oder am Samstag an, falls er sich nicht mehr meldet... Aber was, wenn er nicht ehrlich ist... der kann mir viel erzählen....

22:26 Fred: Sprich ihn auf deine Bedenken an, schreibs ihm so wie mir. Wenn er wirklich was Fieses plant, dann hat sich das für ihn erledigt. Weil dann ist ja der Witz weg...

22:30 Macy: ja, gute Idee, das mach ich! Wenn ich dich nicht hätte....

Wir plauderten noch ein wenig über Freds neuesten Eroberungen... Er versprach mir, sich bei der Party, wenn er mitkäme, gut zu benehmen und erzählte mir lustige Geschichten von Mädchen, mit denen er schrieb! Fred war so ein Netter, ich wünschte mir, dass für ihn mal was Ernstes dabei wäre!

Samstag, 21. Dezember

Den ersten freien Tag verbrachte ich mit langem Ausschlafen und einer Runde im Reitstall. Und damit, darauf zu warten, ob Johan mir vor der Party noch mal schrieb. Ich war mir fast sicher, denn er wollte ja anscheinend auch sicher gehen, dass ich dort erschien. Und dann war er da.

22:03: Johan: Hi

22:09 Macy: Hi

22:10 Johan: Kommst du jetzt morgen zu Laura?

Warum war er so scharf darauf? Da stimmte doch was nicht!

22:10 Macy: Mh, ich bin iwie noch nicht sicher. Weil.... Du wolltest mir neulich was sagen oder schreiben. Ich möchte das gerne vorher wissen, weil... wenn das iwas ist, was zu Streit führt, dann ist das iwie doof auf der Party. Für mich und auch für Laura, der ich das morgen nicht versauen möchte...

22:17 Johan: Oh ja, dann is der Überraschungseffekt zwar weg aber egal... Wollt mich nur entschuldigen :)

22:20 Macy: Ok, das find ich gut und ist auch nicht „nur"... wofür jetzt genau? (Vielleicht würd ich mich dann auch entschuldigen. Und dir was erklären, wenn du willst.)

Ich hätte gerne Genaueres gehört. Wie würde er seine Entschuldigung formulieren? Und „Überraschungseffekt" fand ich jetzt auch ein bisschen dick aufgetragen und übertrieben...

22:21 Johan: Ja, des könnte ich dir ja dann morgen erklären? :) (Transformers ist grad so spannend;)

Wie mit Fred besprochen, ging ich auf Nummer Sicher und sprach ihn konkret auf meine Zweifel an…

22:24 Ok! Eine Sache aber noch…. Ich hab schon immer noch Schiss, weil Vertrauen und so. Dass du da auf der Party so einen Racheakt planst… Und mich auch wieder komplett ignorierst und iwie total blöd bist…Wenn du mir versprichst (und es diesmal auch hälst) dass das nicht der Fall ist, dann komm ich morgen. Und dann werd ich mich auch gut benehmen. Ok?

22:27 Johan: Ok

Diese Party würde interessant werden. Es gab wieder mal die drei Möglichkeiten, wie sie für mich enden würde. Möglichkeit 1: Wir würden uns aussprechen und an diesem Abend zumindest als halbwegs gute Freunde auseinandergehen (hätte er kein Interesse an einer Aussprache gehabt, warum hatte er so großes Interesse daran, dass ich zur Party kam?) Möglichkeit 2: Wir würden uns aussprechen und wären wieder zusammen. OK, diese Möglichkeit war komplett unrealistisch, zumal ich es eigentlich nicht mehr wollte und er schon gar nicht. Aber der Vollständigkeit halber – und nur deshalb – listete ich sie gedanklich mit auf. Möglichkeit 3 war unschön, aber nicht komplett unrealistisch: Johan war an der Party und meiner Teilnahme interessiert gewesen, weil sie die perfekte Gelegenheit für ihn war, irgendwas Blödes zu machen und sei es nur, mich zu ignorieren, nachdem er jetzt so getan hatte, sich vertragen zu wollen. Eigentlich traute ich ihm das nicht zu; aber …Ich versuchte, die drei Möglichkeiten prozentual zu bewerten und jede Minute wechselte meine Einschätzung.

Mittlerweile hatte mir auch Fred Bescheid gegeben, dass er mitkam.

22:30 Fred: Macy, ich bin dabei! Muss aber um 21 Uhr gehen. Meinen Auftritt nach der Party letzte Woche fanden meine Eltern nicht so toll. Hab auch eigentlich nicht so Lust. Komme aber dir zuliebe mit! ;) <3

22:34 Macy: Ok, danke Fred, ich brauch dich da morgen auch! Zieh aber nicht das Shirt mit der nackten Frau drauf an... :D

Sonntag, 22. Dezember

Laura hatte auch mehrmals beton, dass Johan die Party auf einmal, nämlich nachdem er gehört hatte, dass ich evtl. auch kommen würde, wichtig gewesen wäre. Vielleicht wollte er sich wirklich entschuldigen und wir könnten im alten Jahr alle Missverständnisse klären. Außerdem – und das war der eigentliche Grund, warum ich beschloss, hinzugehen – würde ich sonst nie wissen, was Johan vorhatte. Und dass er etwas vorhatte, das sagte mir mein Gefühl.

Dann fiel mir wieder ein, wie er oft seltsam oder aggressiv auf Kleinigkeiten reagiert hatte und wie „allergisch" er auf Fred immer gewesen war. Ich beschloss, ihm Bescheid zu sagen, dass Fred auch mitkam (das wusste er noch nicht), bevor der Anblick von Fred die ganze gute Stimmung versauen würde.

13:08 Macy: Ach so und nur zur Info: Fred kommt mit. Aber er benimmt sich gut;)

14:04 Johan: Hat mir Laura auch schon gesagt... was wollt ihr eig?! Ich kenn den net! :O

Klar wusste er, wer Fred war. Er hatte ihn selbst in diversen Chats erwähnt, ihn, nachdem mit uns Schluss war, auf eine Freundschaftsanfrage auf Facebook geschickt, einigen Leuten erzählt, ich hätte ihn mit Fred betrogen, bei Susi behauptet, Fred sei der „Ex von seiner Ex" (hatte Johan etwa noch eine „Ex") und so weiter. Das war eine Masche von Johan – er behauptete immer wieder, Personen nicht zu kennen, die er eigentlich nicht kennen wollte. So kannte er ja phasenweise auch Sam nicht. („Kp wer des is").

Und ja, ich würde nicht nur friedlich bleiben, sondern mich auch entschuldigen: Für mein blödes Schreiben und für die „Whatsapp" Stati (ja, man sagt Stati, nicht Statusse, oder?) mit Susi. Das war doof und unnötig gewesen, wie ich überhaupt auf seine Aktionen manchmal mit unnötig heftigen „Gegenaktionen" reagiert hatte. Warum war ich in solchen Fällen so spontan und aggressiv gewesen? Im neuen Jahr, das nahm ich mir vor, würde ich verständnisvoller sein, ruhiger und nicht alles persönlich nehmen. Vielleicht war alles gar nicht so schlimm gewesen?!

Meine Mutter fuhr uns hin. Uns - Fred und mich...Als wir dann auf dem Sessel in Lauras Zimmer Platz nahmen, trudelten langsam die anderen ein. Johan und Leon waren die Letzten. Minni und Anna kamen schon vor uns. Als Johan den Raum betrat, ging er auf Fred zu und schüttelte ihm mit den Worten „Ich bin Johan", die Hand. Anschließend wandte er sich zu mir „Ich bin Johan" sagte er. „Ich bin Macy", antwortete ich und grinste ihn an. Leon tat ihm das gleich. Er ging zu Fred „Ich bin Leon". Dann schüttelte er mir schweigend die Hand und zwinkerte mir zu. Eigentlich hatte ich ein gutes Gefühl bei allem. Wir gingen alle gemeinsam in den großen Keller hinunter. Johan setzte sich nicht neben mich. Ich beschloss abzuwarten. Wir legten einen Film ein und schalteten das Licht aus. Auf den Film konzentrierte sich allerdings keiner. Die meisten waren damit beschäftigt, sich zu unterhalten, oder zu versuchen, ins WLAN rein zu kommen.

Würde Johan mich ansprechen?! Irgendwie sah er nicht danach aus. Und einige Minuten später bestätigte sich meine Vermutung fürs erste: Johan war mit Anna aus dem Raum gegangen und hatte sich mit ihr im Nachbarzimmer eingeschlossen, angeblich um nach dem WLAN-Passwort zu suchen. Es kamen von den anderen so Kommentare wie „Haha wetten die treibens da drin?!" „Hä? Was machen die"… War es das, was Johan damit erreichen wollte? Eine Riesenshow zu machen und mich doof sitzen zu lassen? So was Ähnliches hatte ich ja schon vermutet.

Nach einer halben Stunde kamen die beiden wieder in den Raum. Johan grinste zufrieden und setzte sich zu den anderen. Ich beschloss, es noch einmal zu versuchen… (Mann! Ich bin echt blöd!...) Bei passender Gelegenheit setzte mich neben ihn und wartete. Würde er mich jetzt endlich ansprechen? Nein. Er tat es nicht. Stattdessen schaute er mich abfällig an und sagte mit einer arroganten Stimme: „Boa. Was willst DU denn jetzt hier?!" Boing – ok – ich hatte doch Recht gehabt mit meiner Vermutung…. Er wollte die Party als Rache benutzen. Dass er allerdings so kleingeistig und arm war, dass er dies trotz meiner vorherigen Frage tat, hätte ich nicht gedacht. Ich antwortete „Nix." Drehte mich weg und versuchte, nicht so auszusehen, als würde ich in den nächsten Sekunden explodieren. Johan setzte sich weg von mir, neben Laura, und alberte mit ihr rum. Um das noch zu steigern, kam jetzt eine Nachricht an mich, die kein anderer verstehen konnte und von der er genau wusste, dass sie mich noch mal richtig verletzte. Ein Seitenblick zu mir und dann die Worte: „Leute! Ich hab jetzt wieder Instagram!" (Sein alter Account war zwar noch vorhanden gewesen, er hatte aber sein PW vergessen) Natürlich fiel mir ein, wie er damals zu mir gesagt hatte, er wollte sein Instagram ganz löschen und ich dumme Gans gemeint hatte, das fände ich ja sooo toll.

Ok, jetzt konnte ich mich nicht mehr beherrschen. Bevor ich hier im Zimmer losheulen würde, musste ich raus. Kaum aus dem Raum, liefen mir die Tränen runter – ich heulte, vor Wut über mich selbst und vor Enttäuschung über Johan, von dem ich mir einfach nur Frieden erhofft hätte, es hätte gar nicht mehr sein müssen. Mich schockierten seine Berechnung und seine Kälte und sein offensichtlicher Wunsch, mich weiter zu quälen. Warum hatte er es nicht gut sein lassen und das Jahr einfach so beendet?! Ich fand, dass wir mehr als quitt gewesen waren! Ich lief ins Treppenhaus, wo ich auf Anna und Minni traf, die sich dort unterhielten. Ich setzte mich auf die Stufen und Anna legte einen Arm um mich. „Was ist los?" fragte sie mit besorgter Stimme. Sollte ich ausgerechnet Anna, die in den letzten Monaten offensichtlich enger mit Johan befreundet war, alles erzählen? Ich kannte sie kaum, hatte sie aber schon immer interessant und sympathisch gefunden. Annas echtes Interesse und ihre hilfsbereite Art ließen die Worte nur so aus mir herausprudeln. Ich fasste die Ereignisse der letzten Wochen zusammen so gut ich konnte. Anna war schockiert – Johan hatte ihr eine andere Version der Ereignisse gegeben. So hatte er zum Beispiel gesagt, bei unserem Kindergartentreffen wäre ich es gewesen, die IHN geküsst hätte und er hätte mich weggestoßen. Oh mein Gott! War ich eine Irre? War meine Wahrnehmung schon so gestört? Selbst wenn ich eine Wahnsinnige war – DAS stimmte definitiv nicht… Ich fühlte mich noch elender!

Warum sollte Anna mir eigentlich glauben, mir, die sie kaum kannte? Ich zeigte ihr den Chat, in dem Johan von sich aus geschrieben hatte, dass er mit mir reden und sich entschuldigen wolle. Sie war darüber ziemlich verwirrt und enttäuscht und bot an, mit ihm zu reden. Beide gingen nach draußen. Ich hörte Anna auf Johan einsprechen und ihn antworten, mit seiner abfälligen Stimme, die er hat, wenn er lügt. Dann kam sie mit Johan zurück und forderte uns auf, ins Nachbarzimmer zu gehen und miteinander zu reden. Er presste ein halbherziges „Sorry" hervor, worauf ich ihm vorwarf, dies nur wegen Anna zu tun. Wir diskutierten dann eine Weile hin und her und wieder einmal widersprach sich ständig.

Einmal sagte er, er hätte sich mit seinen Aktionen wegen Sam rächen wollen, denn er wäre im Sommer noch in mich verliebt gewesen und hätte nach dem letzten Donnerstag noch überlegt, doch mit mir zusammen sein zu wollen. Dann hieß es, er wolle ja erst mal klarstellen, dass er nichts mehr von mir wolle … Ich wies ihn darauf hin, dass es ziemlich einfach sei, so etwas zu vermeiden: Klare Worte, und zwar schon bevor Dritte auf ein Gespräch drängen. Und einfach nichts machen was dem Anderen Hoffnung macht! Ich glaube, die Ironie in meinen Worten bemerkte er nicht. Wir redeten, bis die Party fast zu Ende war und wir von den anderen herausgerufen wurden. Beim Rausgehen, meinte er, ich sei ihm schon noch wichtig, worauf ich sagte, dass wir uns dieses Gespräch hätten sparen können. Er hätte es meiner Meinung nach nur Anna zuliebe geführt. Darauf verzog er das Gesicht und antwortete mir „Macy - Anna ist mir scheißegal! So wie alle..."

Ich starrte ihn an und merkte: Ich fand ihn widerlich! Mir wurde klar, dass er immer das sagte, was andere vermeintlich hören wollten und teilweise wohl selbst nicht wusste, was wahr war und was nicht. Und somit immer jedem etwas anderes erzählte... Dass es wirklich so war, wie ich oft vermutet hatte: Er hatte keine Persönlichkeit, war schwach, wie ein Fähnchen im Wind... Ich ging die Treppe herunter, ohne mich noch einmal nach ihm umzudrehen.

Das war das Ende. Ich klappte das Buch zu.. Endgültig. Ich würde es nicht mehr zulassen, dass es von jemand anderem weiter geschrieben wurde. Ich würde das Buch nun mit einem festen Klebeband verschließen und in ein Regal stellen... oder verbrennen. Die Asche würde ich Johan eines Tages ins Gesicht wirbeln. Das stand fest...

TEIL 5

Some people say Disneyland is the happiest place. Obviously, they have never been in your arms

An den Rest der Party kann ich mich nicht mehr so genau erinnern. Irgendwie wurde noch mal mit Gummibärchen geworfen, es wurden viele Fotos gemacht, gelacht und zum Schluss auch getanzt. Johan und ich mittendrin. Fred war da und tanzte mit mir. Ich habe glaube ich ziemlich viel und laut gelacht, wie es Mädchen oft machen, wenn sie traurig sind und dies überspielen wollen. Irgendwann holte uns mein Vater ab. Nachdem wir Fred nachhause gefahren hatten, verschwand ich sofort in meinem Zimmer. Ich schaute nicht mehr in meine Nachrichten. Wollte nicht mehr darüber schreiben, wie alles gewesen war. Was ich jetzt brauchte, war Musik in den Ohren, an nichts mehr denken und dann laaaange schlafen.

23. Dezember

Am nächsten Tag wachte ich auf und stellte fest, dass meine Eltern gnädig gewesen waren: Sie hatten mich schlafen lassen. Es war schon Mittag und ich quälte mich relativ schnell aus dem Bett. Heute war der 23. Dezember und ich musste noch letzte Weihnachtsgeschenke kaufen! Ich duschte schnell und zog mich an. Wie war das mit der Krone? Kopf hoch Prinzessin, sonst fällt sie runter?! Geraderücken und weitermachen? Scheiß-Spruch irgendwie! Ich schrieb Cora an, um sie zu fragen, ob wir uns im Rhein-Main-Zentrum treffen könnten. Sie wusste natürlich von der Party, auch wenn ich keine Details von Johan erzählt hatte. Das wollte ich auch weiter so belassen. Gestern war das Ende gewesen.

12:21 Macy: Coraaaa, hey!

12:25 Cora: Hey! Wie geht's? Wie war die Party gestern?

12:27 Macy: Joooo, ganz ok… Sag mal, ich muss noch ins RMZ, kommst du mit?

12:28 Cora: Wie, das ist alles, was es zu berichten gibt… War Johan auch da? Und was ist jetzt mit Laura und Leon, geht da jetzt was? Auf Insta hab ich zumindest nichts gefunden!

Von Laura und Leon hatte ich Cora natürlich erzählt bzw. hatte sie in der Schule auch die Pläne bezüglich Leon mitbekommen. Ha, daran hatte ich gar nicht mehr gedacht! Offensichtlich war aus den beiden gestern Abend nichts mehr geworden. Wie es Laura jetzt wohl ging? Große Sorgen machte ich mir nicht um sie. Laura ist ein Schmetterling, ein lebenslustiges, vielleicht ein klein wenig ober-flächliches aber total liebenswertes Mädchen, das sich schnell anders orientieren würde. Irgendwie das Gegenstück zu mir. Ich fühlte mich heute Morgen weder lebenslustig noch liebenswert, war aber fest entschlossen, dies noch im alten Jahr zu ändern. Ich hatte drei Nachrichten von Alex und beschloss, ihm zu antworten und mich noch im alten Jahr mit ihm zu treffen. Wir könnten alle gemeinsam zum Lasertag gehen, Cora, Alex, Marco, Miran, Emma, Kathi und ich. Jetzt verabredete ich mich erstmal mit Cora vor un-serem Lieblingscafe.

Irgendwie typisch, dass Cora auf Insta nach dem Verlauf der Party geschaut hatte. Früher (also noch vor ein paar Monaten) hät-ten die meisten zuerst auf Facebook geschaut, ob es tolle Partybil-der oder irgendwelche Neuigkeiten zu verkünden gäbe. Naja… und noch früher, also so vor zehn Jahren oder so hätte man wohl einfach in der Gegen herumtelefoniert und sich die neuesten Neu-igkeiten erzählt. Dazu verspürte ich nicht die geringste Lust.

12:34 Sam: Hey!

Sam konnte ich jetzt auch nicht so wirklich brauchen… Andererseits war es so schön, mit ihm normal schreiben zu können. Wir chatteten ab und zu und er brachte mich mit seinen Geschichten immer zum Lachen. Meist handelten sie von Mädchen, die er kennengelernt hatte… Ich dachte daran, wie man mich damals vor ihm gewarnt hatte. Ja, er war ein „Player", aber ein netter!

12:37 Macy: Hey! Wie geht's? Hab nicht so viel Zeit, muss gleich noch schnell Geschenke kaufen fahren!

12:40 Sam: Ok passt. Wollte nur merry Xmas sagen. Krieg gleich das Handy abgenommen – meine Mum will medienfreie Weihnachtstage. Ey das geht voll daneben xD.

12:41 Macy: Oha, ich hoffe, das bleibt mir erspart und ich kann mein Handy behalten! Dir auch schöne Weihnachten! Benimm dich gut, dann darfst du bestimmt mal zwischendurch auf Whatsapp, hahaha! Hdl!

12:43 Sam: Ich dich auch <3 Muss dir demnächst unbedingt von Laila erzählen, die hat soo krasse Augen. Kannst sie ja mal auf Insta suchen: laila-beauty123.

Ich grinste. Sam blieb Sam… Im RMZ angekommen, starteten wir einen kurzen aber knackigen Einkaufsmarathon. Wenigstens hatte ich alle Geschenke notiert, so dass sie nur noch gekauft werden mussten. Zuletzt standen zwei Bücher auf dem Zettel. Cora war auch kurz davor zu streiken und ich musste ihr versprechen, sie anschließend zu einer Chai Latte einzuladen. Während ich noch überlegte, ob ich für meine Oma den Kalender „Landhausgärten 2014" oder das Taschenbuch über „Altern in Würde" nehmen sollte, zog mich Cora hinter einen Bücherturm. „Achtung rechts! Aber guck jetzt nicht hin!" Wie immer, wenn man jemandem DAS sagt, klappte es nicht mit dem Weggucken. Wie von einer unsichtbaren Schnur gezogen, bewegte sich mein Kopf nach rechts. Da stand Johan vor einem Regal mit DVDs und schaute genau zu uns rüber. „Mit wem ist er da?" zischte ich. „Sieht aus als wäre er alleine unterwegs" nuschelte Cora. „Hab ihn erst nicht gesehen mit der bescheuerten Kapuze auf; ich glaub der guckt schon länger."

„Ich will gehen" brachte ich hervor. Mein Herz raste. Das Vergessen klappte ja vorzüglich. Du hattest Sam! sagte ich mir selbst vor. Der ist sooo viel süßer und sieht mindestens fünfmal besser aus. Was guckt der mit behindertem Hundeblick... Wir drängten uns an Johan vorbei zum Ausgang und auch wenn ich versuchte, starr in die andere Richtung zu schauen, konnte ich noch sehen, was er in der Hand hielt: Die DVD von „Rubinrot" dem Film, den wir seinerzeit – es kam mir vor, wie eine Ewigkeit her - zusammen im Kino gesehen hatten. „Er schaut uns nach. Mit Hundeblick!" zischte Cora. „Na, dass du ihn noch magst, das wusste ich längst, aber dass du ihn noch sooo sehr magst, hab ich spätestens jetzt kapiert. Was war denn gestern auf der Party?" Also gut – ich gab Cora eine Kurzzusammenfassung der letzten Tage und der Party. Nachdem ich ihr hundertmal versichert hatte, dass ich nicht nichts erzählt hatte, um sie zu kränken, sondern einfach nichts mehr erzählt hatte, weil ich es nicht über die Lippen gebracht hatte, war sie nicht mehr beleidigt. Wir wünschten uns Frohe Weihnachten, umarmten uns noch ca. 24 Mal und dann stieg jede in ihren Bus.

Wie immer am 23. Dezember herrschte Hektik bei uns zu Hause. Letzte Dinge waren zu erledigen, wie wesentliche Dinge zum Essen einzukaufen und den Baum in den Christbaumständer einzupassen. Eigentlich alles wie in jedem Jahr. Ich wurde dazu verdonnert, mit meiner Schwester eine große Runde zu drehen, damit sie „aus dem Haus" war. So verging der Nachmittag wenigstens schneller. Wir steuerten den großen Spielplatz an. Bis auf einen kleinen Jungen auf der Schaukel, der von seinem Vater ausdauernd angeschubst wurde, war der Spielplatz leer. Ida lief zum Klettergerüst und ich konnte meine Musik anmachen und meinen Gedanken nachhängen. Es war etwas neblig und wurde schon dunkel, was mir sehr recht war. So konnte ich ungehindert das tun was ich seit Monaten wieder und wieder tat: grübeln.

Natürlich musste ich an Johan denken. Was hatte er mit der DVD gewollt? Wollte er diesen Film mit jemandem gemeinsam anschauen? Oder ihn seiner bescheuerten Schwester schenken? Mir tat das Herz weh, wenn ich daran dachte, wie wir diesen Film im Kino gesehen hatten. Es war erst ein paar Monate her und doch hatte ich das Gefühl, wir wären beide um Jahre jünger gewesen... Ich dumme Gans saß hier einen Tag vor Heiligabend auf einem nebelverhangenen, kalten Spielplatz und dachte über Johan nach. Johan, der gestern die Maske fallen gelassen und endgültig sein wahres Gesicht gezeigt hatte! Er hatte gewollt, dass ich zur Party komme, um mich weiter demütigen und quälen zu können. Die lange Abwesenheit mit Anna und der Ruf „Leute, ich hab wieder Insta" zeigten, dass er alles geplant hatte.... Was würde er jetzt auf Instagram posten? Da fiel mir sein neues Konto ein... er hatte etwas von johanmueller2 gesagt. Ich holte mein Handy aus der Tasche, schaltete es ein und ging auf Insta. Da war es... johanmueller2. Er hatte nur eine Person abonniert bisher und das war ich. Ein Post gab es auch schon. Mit zitternden Fingern klickte ich das erste Bild an. Es war kein Bild sondern ein Text.

Sorry M! stand da in großen Buchstaben. Sonst nichts. Und die Hashtags?:
#ich #liebe #dich #macy #und #das #wollte #ich #dir #gestern #auch #sagen #ich #weiss # ich #bin #ein #kompletter #idiot #lass #mich #dir #alles #erklären #ich #kriegs #einfach #nie #gebacken.

Fassungslos starrte ich auf mein Handy. Der Post war vor drei Stunden erstellt worden. Jetzt sah ich auch die Nachrichten, die in der Zwischenzeit auf meinem Handy aufgepoppt waren. Von Cora (*Maaaaaaacyyyyyyyyyyyy! Instaaaaaaa!!!!!!!!*), von Fred (*Hast du den Post vom Idioten gesehen. Ruf mich an!!!!!*), von Alex (*Macy, nicht dein Ernst, oder?*), von Sam (*Hab Handy doch noch! Läuft bei euch oder?!*) und anderen. Johan hatte mich „getagged", deshalb war sein Post auch den anderen ins Auge gefallen. Ich war fassungslos. Konnte das wieder eine Verarsche sein? Einen Tag vor Heiligabend?! Schreckte er eigentlich vor nichts zurück? Tränen liefen mir übers Gesicht und ich wischte sie mit dem Ärmel meiner Winterjacke weg. Ida sollte nichts merken. Da bestand aber keine Gefahr - die war damit beschäftigt, dem Jungen auf der Schaukel zu erklären, warum sein Vater vor ihm sterben würde und warum das Christkind auch durch geschlossene Türen fliegen kann.

Ich lehnte mich ans Klettergerüst und wusste nicht, was ich denken sollte. Konnte es doch ernst gemeint sein? Mein Kopf war leer und die Gedanken rasten wirr darin herum – schlimmer als bei der fiesesten Mathearbeit.

Hinter mir waren Schritte zu hören, dann verstummten sie wieder. Stand jemand hinter mir? Ich drehte mich um und sah – Johan. Gerne würde ich schreiben, dass ich ihm die fetteste Ohrfeige gegeben habe, die ich je jemandem gegeben habe (so viele Ohrfeigen hab ich aber noch nicht verteilt, eigentlich nur eine an meine Schwester, um genau zu sein). Hab ich aber nicht. Ich stand da und schaute ihn an. Der Nachmittag im Kindergarten kam mir wieder in den Sinn – und unsere anschließenden Chats, seine ekelhaften Worte.... Und doch wusste ich in dem Moment, dass dies keine Neuauflage des „Ich-führe-Macy-fett-an-der-Nase-rum"-Treffens war. Johan hatte Tränen in den Augen. Als ich ihn anschaute, sah ich wieder den Jungen, in den ich mich vor elf Monaten verliebt hatte. Wir standen wieder mal da und schauten uns einfach an. Und doch war alles anders.

„Dein Vater hat mir gesagt, wo du bist. Ich wollte dir nur ein Weihnachtsgeschenk bringen" murmelte er vor sich hin und streckte mir die Hand hin. Ich nahm das Päckchen und wickelte es aus. Eigentlich wusste ich schon, was drin war – die DVD mit unserem Film.

„Ich bin so ein Idiot"… nuschelte er. „Ich wollte dir auf der Party schon so viel sagen, aber du warst so abweisend und ich wusste nicht was ich sagen sollte. Frag mich nicht, warum ich so zu dir war – ich weiß es nicht…. Anna hat mir Mut zugesprochen am Anfang, deshalb waren wir so lange weg. Und dann hab mich doch nicht getraut. Du sagst die Dinge einfach so wie sie sind, ich hab deshalb unheimlich Respekt vor dir, aber ich kann das so nicht. Bei unserem Gespräch – da lief alles schief. Wenn du den Film noch mal mit mir schauen willst…Du wirst aber Geduld brauchen mit mir. Ich will so vieles ändern, an mir, an meinem Leben…Ich bin nicht einfach für die, die mich lieben. Ich weiß oft nicht, was ich will oder was ich fühle. Wenn ich überhaupt was fühle. Ich lüge rum, ohne es zu wollen. Du bist einer der wenigen Menschen, wenn nicht die einzige, die mich wirklich kennt…" „Und warum das neue Insta?" murmelte ich. „Es sollte ein Zeichen für einen Neustart werden, mit dir. Wenn du, also wenn du überhaupt noch …"

Spätestens jetzt konnte ich mich nicht mehr beherrschen und ich fiel ihm in die Arme, die sich so vertraut anfühlten. Mein Kopf an seiner Schulter, sein Kopf an meiner Schulter, dann ein ewig langer Kuss…. Ich schwöre euch, ich hörte von irgendwo her Musik. Alles andere könnt ihr euch denken… Stellt euch die romantischste Szene vor, die ihr je gesehen habt. Stellt euch zwei Leute vor, die zwanzig Minuten dastehen und sich nicht mehr loslassen und nichts mehr sagen. Die wüssten, Erklärungen und Versprechungen würden folgen, aber später, denn das hatte noch Zeit... Stellt euch eine Fünfjährige vor, die mit verschränkten Armen und schiefgelegtem Kopf vor uns stand und uns neugierig beobachte. Und irgendwann die Stille durchbrach mit den Worten „Na, ich würde lieber Alex nehmen, der hat nicht so viele Pickel." Wir lachten. Pickel oder nicht, jetzt kam unsere Zeit und sie würde wundervoll werden!

***

Ja, so hätte es sein können. Hahaha! Gebt es zu, jede von euch hat sich ein solches Happy-End mit welchem Jungen auch immer schon immer vorgestellt. So sind wir Mädchen! Auch wenn wir es eigentlich besser wissen. Dieses Ende ist nicht wahr. Ich habe es erfunden, mit dem Notebook auf dem Bett liegend, während ich Nutellabrote aß. Wollt ihr wissen, wie es wirklich weiterging?

I' ll be there for you when you fall – floor

23. Dezember

An den Rest der Party kann ich mich nicht mehr so genau erinnern. Irgendwie wurde noch mal mit Gummibärchen geworfen, es wurden viele Fotos gemacht, gelacht und zum Schluss auch getanzt. Johan und ich mittendrin. Fred war da und tanzte mit mir. Ich habe glaube ich ziemlich viel und laut gelacht, wie es Mädchen oft machen, wenn sie traurig sind und dies überspielen wollen. Irgendwann holte uns mein Vater ab. Nachdem wir Fred nachhause gefahren hatten, verschwand ich sofort in meinem Zimmer. Ich schaute nicht mehr in meine Nachrichten. Wollte nicht mehr darüber schreiben, wie alles gewesen war. Was ich jetzt brauchte, war Musik in den Ohren, an nichts mehr denken und dann laaaange schlafen.

Das mit dem lange Schlafen klappte nicht. Ich wurde wach, weil mein Kopf wehtat. Es war erst 05:32 Uhr und nur eine Sekunde später war der Schmerz im Magen wieder da und fiel mir der gestrige Abend wieder ein – welch beschissener erster Ferientag! Es hatte keine Entschuldigung gegeben und auch keine Versöhnung... Natürlich nicht. Ich war naiv gewesen und dumm. Ein gutgläubiges, so unendlich dummes Mädchen, das auf einen Typ reingefallen war, der einen miesen Charakter hatte, kein Stück witzig oder unterhaltsam war und (freundlich ausgedrückt) nicht mal besonders gut aussah. Das allein war schon schlimm genug - dass dieser Typ aber wirklich Freude daran fand, mich zu quälen, das hatte ich bis zum Schluss nicht glauben wollen. Bisher hatte ich noch immer gedacht, dass Johan im Kern ein ganz lieber, nur ein bisschen verkorkster Kerl war. Aber gestern war er zu weit gegangen. Er hatte mich schon „los gehabt". Warum die Aktion gestern? War er wirklich so unglücklich, dass er sein Leben damit aufpolieren musste, mich zu quälen? War das die ganze Zeit der Hintergrund seiner Taten gewesen? Warum sagte er zu Anna, dass ich ihm den ganzen Sommer hinterhergelaufen war -und verschwieg, dass er an meinem Geburtstag bei mir zu Hause gewesen war und als ich nicht da war, den Zettel eingeworfen hatte? Wenn er schon erzählte, warum verschwieg er ihr das Treffen im Sommer und das Sommerfest, bei dem er meine Hand nehmen wollte? Dass er mich mehrmals angeschrieben hatte, nachdem Funkstille war und auch bleiben sollte. Dass er mir dieses beschissene Lied geschickt hatte! Bei „unerwünschten" Jungs sparte ich mir solche Aktionen, warum er nicht? Dann musste er leider damit rechnen, dass ich das ernstnahm...! Weil er darunter litt, kein anderes Mädchen zu finden, mit dem er Spaß haben konnte und das ihn mochte? Musste er deshalb immer wieder auf mich zurückkommen und mich quälen? Wenn er nur eine Freundschaft wollte, warum hatte er mich im Oktober angeschrieben und war dann auf mein freundschaftliches Verhalten nicht eingegangen sondern war stattdessen wütend geworden? Wir hätten Freunde sein können! Im August und auch im Oktober war die Möglichkeit dazu gewesen und er hatte stattdessen seine komischen Shows abgezogen! Ich wusste nicht wohin mit meinem Zorn. Morgen war Weihnachten! Und ich konnte nichts tun, nichts! Denn antworten oder gar selber schreiben würde ich ihm nicht mehr, nie mehr!

Ich öffnete mein Handy. Vier, fünf Nachrichten vom Vorabend poppten auf:

23:11 Laura: Macy, war so cool der Abend, oder? Es ist jetzt direkt nichts passiert, aber ich glaub das wird noch was mit Leon. Ich frag den in den Ferien mal wegen Kino - der ist halt einfach schüchtern

Ok, willkommen im Club! Noch eine, die sich was vormachte! Leon war nicht schüchtern, er war einfach nett zu allen, hatte aber gestern Abend eindeutig nur Augen für Anna gehabt. Ich hätte nicht erkannt, dass er Laura in irgendeiner Weise Hoffnungen gemacht hätte. Leon war ein netter Typ. So eine Aktion wie Johan hätte er nie gebracht, da war ich mir sicher.

23:20 Fred: Macy, noch wach? Alles klar? War scheiße heute Abend, hm? – schläfst du schon? Meld dich morgen, ok?

Guter alter Fred! Danke, aber du kannst mir jetzt auch nicht mehr helfen. Keiner kann mir helfen! Tränen rollen über mein Gesicht. Es tat so weh – nicht so sehr die Tatsache, dass Johan und ich wohl nie mehr ein normales Gespräch, geschweige denn ein Versöhnungsgespräch führen würden; viel trauriger war ich darüber, dass Johan so bösartig und falsch gewesen war. Warum waren Menschen so? Warum hatte er nicht selbst einen klaren Schnitt gemacht, statt mir über Wochen und Monate immer wieder Hoffnungen, zu machen, dass wir zumindest ein normales Verhältnis zueinander haben würden? Weil er ein kleiner dummer Junge war, der selbst nicht wusste, was er wollte?! Oder weil er mich bewusst quälte?

Ich hatte ihm vor zwei Wochen deutlich gesagt, dass ich keinen Kontakt mehr wollte, weder persönlich noch per Chat. Statt sich daran zu halten, schrieb er mich an und hoffte, dass ich zur Party kam, um mich dort weiter verletzen zu können. Die lange Abwesenheit mit Anna, der Ruf „Leute, ich hab wieder Insta" und die hämischen Blicke zu mir zeigten, dass er alles geplant hatte. Besonders perfide war, dass dies nur an mich ging und kein anderer hierhinter etwas Böses vermuten würde. Wenn ich etwas sagen würde – jeder hielte mich für eine hysterische Kuh, die einem Ex, der schon laaaaange kein Interesse mehr an mir hatte, zu viel Bedeutung beimaß.

Immer wieder kam ich zu diesem Punkt zurück – das Gedankenkarussell drehte und drehte sich. Wie schafft man es, die Gedanken abzuschalten? Zum joggen war jetzt keine Zeit. Nutellabrote würden auch nicht helfen. Alkohol wohl schon; schade, dass das keine echte Option war.

Ich hatte noch weitere Nachrichten:

00:14 Cora: Halloooo? Macy? Bist doch auch zuhause, oder?

00:22 Cora: Macy? Instaaaaaaa!!!! …. Ok dann nicht! – Hätte ja schon gerne mal gewusst, wie die Party war. Und warum du auf keinem Bild drauf bist. By the way – Johan sieht auf dem neuen Profilbild total bescheuert aus! Haha, vom Schulfotograf… Ich follow dem natürlich nicht! Glaub kaum, dass das überhaupt einer macht… Egal, ich geh schlafen. Gn8.

Oha – das stimmte wirklich mit dem neuen Insta-Konto von dem er gestern gesprochen hatte! Ich ignorierte die anderen Nachrichten und öffnete Insta. Schnell fand ich seinen neuen Account, Johanmueller2. Er hatte schon 68 Personen abonniert und 20 Abonnenten. Es gab schon mehrere Posts. Ich klickte das erste Bild an. Ein Partybild von gestern Abend, mit Laura, Leon und Johan in der Mitte (Leon und Laura sahen gut drauf aus!) Unterschrift: #hipsteryoloswagwennseinmalläuft2. Haha, lächerlicher ging s wohl nicht! Weitere Partybilder mit Hashtags wie #geile #party #fun #Spaß usw. folgten. Na klaaaaar! Ich war die Einzige, die auf keinem Bild zu sehen war. Mein erster Impuls war wieder mal: dem schreib ich! Das macht der doch mit Absicht! Aber ich würde ihm nie mehr schreiben! Sollte er seinen lächerlichen Account mit peinlichen Bildern füllen, jedes Like screenshooten (ja, das tat er!) und sich auf jeden Follower einen abw…. (sorry…)

Wenn ich einem Vertreter der älteren Generation erzählt hätte, dass mich diese Instasache quälte – wahrscheinlich hätte dieser alles abgetan bzw. nicht verstanden, dass Johan mich hier zu „dissen" versuchte, wie man heute sagt.... Er zeigte auf Insta, wie viel Spaß er gehabt hätte, er nannte alle, die bei der Party gewesen waren, aber er ließ eine aus. Und das war ich. Aber jo, damit würde ich leben. Johan wollte hiermit ja seine Coolness demonstrieren – leider jedoch war er noch nie ein Freund cooler Worte geschweige denn cooler Gesichtsausdrücke gewesen und so wirkten seine Posts und überhaupt sein neuer Account einfach nur gewollt und reichlich lächerlich.

Unter jedem zweiten Bild war ein „Heulvorlach"-Smiley zu sehen – einer von Johans Lieblingssmileys, um auszudrücken, wie cool er drauf war und wie sehr er nur über mich lachen konnte. Nur nutzte er ihn eigentlich immer, wenn ihm grade gar nicht zum „Heulen vor lachen" zumute war. Außerdem hatte ich ihn eigentlich noch nie so lachen sehen, dass ihm die Tränen kamen, abgesehen davon, dass er überhaupt kaum richtig lachte. Und ... Cora hatte recht – das Profilbild war wirklich bescheuert. Ich verrate euch was: Johan war im Besitz von ungefähr drei guten Bildern von sich: Das aus der Serie, die er an dem Abend bei seiner Tante gemacht hatte, einem Bild aus dem USA-Urlaub, das er auch schon überall gepostet hatte und einem aus dem letzten Urlaub, auf dem er oberkörperfrei zu sehen war und auf welches er sehr stolz war. Sein Hundeblick wirkte auf Bildern nicht! Stattdessen sah er entweder irgendwie gequält aus oder ähnelte einem Tier, das gerne gelbe Früchte verspeist. Das machte es schwer, gute Bilder von ihm entstehen zu lassen. Da nutzen ihm auch diverse Bildbearbeitungs-Apps nichts. Ich hatte darüber oft lächeln müssen – jetzt aber wurde mein Lächeln zu einem hysterischen Kichern.

Ich schaute in den Spiegel und sah mich hasserfüllt. Das durfte nicht sein, das sollte alles so nicht sein. Ich dachte daran, dass ich ein 14-jähriges Mädchen war, das noch nie wirklich Schlimmes erlebt hatte. Ich sagte mir, dass ich in ein paar Monaten über diese Sache lachen würde und dass das alles Pillepalle war. Dass mir Johan schon gar nicht mehr so wichtig gewesen war zwischen August und Oktober. Dass ich eine tolle Familie, liebe Freunde und ein bis auf die Tatsache, dass ich jede Woche sechs Stunden Mathe hatte, schönes Leben hatte. Dass ich das alles totaaaaaal überbewertete und mich zu sehr reinsteigerte. Ich sagte mir, dass Leuten schlimmere Dinge passierten. Dass Kinder krank sind, ernsthaft krank. Dass langjährige Ehepartner sich betrügen und trennen, dass Leute sterben, nach schmerzhaften Krankheiten oder plötzlich und unerwartet. Ich verkroch mich in mein Bett und stellte mir schreckliche Dinge vor, die Leuten zustoßen konnten. Mit diesen Gedanken schlief ich noch mal fest ein.

Ich erwachte durch den Ton einer eingehenden Nachricht, wobei mir auffiel, dass ich dringend noch ins RMZ musste... Heute war der Tag vor Weihnachten.

12:34 Sam: Hey!

Sam konnte ich jetzt auch nicht so wirklich brauchen... Andererseits war es so schön, mit ihm normal schreiben zu können. Wir chatteten ab und zu und er brachte mich mit seinen Geschichten immer zum Lachen. Meist handelten sie von neuen Mädchengeschichten... Ich dachte daran, wie man mich damals vor ihm gewarnt hatte. Ja, er war ein Player, aber ein „Netter"! Er war sicher definitiv kein Unschuldsengel, was Mädchen betraf und als ich Schluss gemacht hatte, war der Ton zwischen uns nicht immer freundschaftlich gewesen. Aber kein Vergleich zur fiesen und hinterhältigen Art von Johan.

12:37 Macy: Hey! Wie geht's? Hab nicht so viel Zeit, muss gleich noch schnell Geschenke kaufen fahren!

12:40 Sam: Ok passt. Wollte nur merry Xmas sagen. Krieg gleich das Handy abgenommen – meine Mum will medienfreie Weihnachtstage. Ey das geht voll daneben xD.

12:41 Macy: Oha, ich hoffe, das bleibt mir erspart und ich kann mein Handy behalten! Dir auch schöne Weihnachten! Benimm dich gut, dann darfst du bestimmt mal zwischendurch auf Whatsapp, hahaha! Hdl!

12:43 Sam: Ich dich auch <3 Muss dir demnächst unbedingt von Laila erzählen, die hat soo krasse Augen. Kannst sie ja mal auf Insta suchen: laila-beauty123.

Ganz kurz musste ich grinsen. Sam blieb Sam... Im Eiltempo zog ich mich an und fegte mit meiner Geschenkliste durchs RMZ. Ich traf einige Leute, die ebenfalls auf den letzten Drücker noch Geschenke kauften. Manche sprachen mich an, warum ich so fertig aussähe. Ich sagte dazu nichts, sondern schaffte es, die Gespräche auf Ferienpläne und ähnliches zu lenken.

Der Rest des Tages verging langsam. Ich räumte ganz von selbst mein Zimmer auf, aß mehrere Nutellabrote und spielte freiwillig mit meiner Schwester „Tempo kleine Schnecke". Als sie mich am Nachmittag bat, eine Runde mit ihr auf den Spielplatz zu gehen, sagte ich direkt zu, worauf meine Mutter mich argwöhnisch anschaute. „Ist irgendwas Macy" fragte sie. „Die Party war wohl kein Renner, oder? Hat sich Johan schlecht benommen?" Meine Eltern hatten einiges mitbekommen in den letzten Monaten, vielleicht mehr als ich dachte. Ich nuschelte etwas wie „so vergeht der Nachmittag wenigstens schneller" und zog meine Schwester zur Tür heraus. Wir steuerte den großen Spielplatz an, der bis auf einen kleinen Jungen auf der Schaukel, der von seinem Vater ausdauernd angeschubst wurde, leer war. Ida lief zum Klettergerüst und ich konnte meinen Gedanken nachhängen. Es war etwas neblig und wurde schon dunkel, was mir sehr recht war. So konnte ich ungehindert nachdenken.

Immer wieder dachte ich darüber nach, wie es hatte so weit kommen können, dass ich, die eigentlich überzeugt davon war, ein relativ nüchterner Mensch mit gesundem Menschenverstand zu sein und „Besseres zu tun" zu haben, das alles hatte so weit hatte mitmachen können. Mir fiel ein, dass ich Johan zwar schon seit Wochen auf Facebook „entfreundet", aber auf Whatsapp noch nicht blockiert hatte. Das musste ich sofort erledigen. Ich wählte ihn als zu blockieren aus und dabei sah ich seinen neuen WhatsApp Status: einen Smiley, der die Zunge herausstreckt. Das ging an mich! Oder war ich schon paranoid und bezog (wieder einmal?) etwas auf mich, das gar nicht an mich gerichtet war? Ich rief Cora an und gab ihr eine kurze Zusammenfassung der letzten Tage und des gestrigen Abends. Sie regte sich fürchterlich auf. „Mann der Junge hat echt Probleme... hat der nix besseres zu tun? Geht dem da echt einer ab? Und dieser behinderte Smiley... klar ist das auf dich gemünzt. Der soll sich einfach mal im Spiegel anschauen – und dann ganz still sein". Ich packte unsere Sachen zusammen und wir verließen den Spielplatz.

Weihnachten und die restlichen Ferien vergingen. Ich habe mich mit Freundinnen getroffen und auch zweimal mit Alex, war viel im Reitstall und mit Lola auf einer der berühmten International School Partys. Ich habe viele Nutellabrote gegessen. Nach außen hin hatte ich Spaß. Ich sagte allen, dass ich nicht über Johan sprechen wollte und das hörten sie gern. Alle wurden nicht müde, mir zu versichern, dass ich viel zu schlau, hübsch und reif (hahaha) für einen solch zurückgebliebenen, fiesen, pickligen Gnom sei. JaJaJa. Ich likte unzählige Sprüche auf Teenquotesandfeelings über harte Zeiten, die einen stärker machen und so.... wie *Learning is a gift, even when your teacher is pain* (yeah – I feel so gifted right now!) oder *Every flower must grow through dirt* (haha, I don´t feel like a flower at all…). Lustigerweise sieht man an den Likes der anderen, wem es gerade ähnlich geht. Viele Mädchen liken Sprücheseiten und versuchen, sich daran aufzubauen. Oder posten Dinge, die nur an einen bestimmten Jungen gerichtet sind. Lasst es Mädels, es bringt nix!

Der erste Schultag nahte. Morgens im Bus freute ich mich, einige Leute wiederzusehen und dachte mal nicht an Johan, so wie ich langsam anfing, meine tiefsitzende Enttäuschung über seinen Verrat besser verdrängen zu können. Lena, eine Schülerin aus der Parallelklasse, erzählte eine sehr lustige Geschichte aus ihren Ferien. Dann hielt sie inne und schaute mich seltsam an. „Sag mal ehrlich", sie senkte ihre Stimme, „stimmt es, dass du vor den Ferien auf einer Party versucht hast, Johan zu küssen und er sich weggedreht hat?" Ich starrte sie an. „Wie kommst du darauf?" Was war DAS für eine Geschichte?

„Ach dann hab ich wohl was falsch verstanden… Hätte mich auch gewundert. Der soll sich erst mal ein neues Gesicht ersteigern" meinte Lena. Ich war irritiert – also hatte Johan wirklich Lügen herumerzählt? Offensichtlich war etwas dran – als ich in die Schule kam, schauten mich einige Mitschüler aus meiner Stufe seltsam an… Was für eine Story ging da rum?

In der großen Pause kam Damian – die männliche Klatschtante der Stufe und mit Johan in einer Klasse - auf mich und meine Freundinnen zu. Damian wusste immer alles, was nicht zuletzt auf sein größtes Hobby (er war ein leidenschaftlicher Stalker!) zurückzuführen war. „Hi ihr. Wie geht's?" Es war ihm anzusehen, dass er dringend etwas loswerden wollte. Relativ schnell kam er zum Punkt. „Habt ihr gesehen, Johan Mueller hat einen neuen Insta-Account. Der macht sich ja ganz schön an alle ran, ne? Aber sag mal Macy, ihr wart ja mal zusammen… Stimmt es, dass du in den Ferien in der Psychiatrie warst, weil du ihn nicht vergessen kannst?

Dass du bei einer Party versucht hast, ihn zu küssen und er dich weggeschubst hat?" Cora und Emma, die neben mir standen, bekamen einen spontanen Lachflash. Emmas Lachflashs sind gefürchtet, weil man dann eigentlich sofort mitlachen muss. Wir haben schon ganze Schulpausen auf den Rücken liegend und nach Luft schnappend verbracht. So hätte ich auch fast schon mitgelacht. Aber dann fiel mir der Abend ein – es kam mir schon so endlos lang her vor – als Johan mich zwei Stunden lang nicht mehr losgelassen hatte. Spielte er darauf an und stellte es jetzt so fies falsch dar? Emma grölte „Ja klar, Macy hat es so nötig, dass sie Johan mit Gewalt küsst, vor lauter Verzweiflung, weil... sonst will sie keiner küssen und sie will Johan – so dringend dass Cora und ich ihn für sie festhalten mussten." Cora merkte, dass ich die Situation gar nicht nicht lustig fand und zog mich und die noch kichernde Emma aus der Pausenhalle. „Was ist Macy? Du nimmst Damian doch nicht ernst? Du weißt doch, wie der ist." Ich ließ mich auf eine Bank sinken. „Hört mal, ich glaub, Johan erzählt Blödsinn rum" flüsterte ich. „Na und" Cora schüttelte den Kopf. „Schaut ihn an, wer glaubt das denn? Lass den reden." Emma runzelte die Stirn. Ich hatte sie natürlich noch während der Ferien kurz über die letzten Ereignisse aufgeklärt. „Ich frag mich nur, warum macht der das? Warum lässt er es nicht einfach gut sein?"

Den Rest des Schultages diskutierten wir, wie mit der Situation umzugehen war. Meine Freundinnen waren der Meinung, dass ich alles ignorieren sollte – „das hättest du schon lange tun sollen, Macy" – gaben aber zu, dass ihnen selbst dies, in Anbetracht der Umstände, auch schwerfallen würde. Sie waren auch wütend auf Johan und stachelten mich damit noch mehr auf. Die Insta-Bilder von der Party, der Status, jetzt die falschen Geschichten, ich, die Johan zwang ihn zu küssen... Natürlich gab es auch Mecker für mich, wie ich so doof hatte sein können, die ganze Zeit. Ja, ich weiß!

Zuhause angekommen, warf ich mich auf mein Bett. Die ganzen Ferien über hatte ich versucht, alles zu verdrängen, in der Hoffnung, Johan würde nach den Ferien entweder Ruhe geben oder wäre unsichtbar geworden. Variante 1 war unwahrscheinlich, Variante 2 leider auch. Verdrängen ging jetzt nicht mehr.

Ich schrieb Amira an, die ja eine der ruhigsten und sachlichsten Personen ist, die ich kenne. In den Ferien hatten wir oft geschrieben und geskyped. Amira hatte mir viel von Düsseldorf erzählt, wo sie sich mittlerweile besser eingelebt hatte. Wir hatten bereits fest vereinbart, dass ich sie in den nächsten Ferien dort besuchen würde. Amira will Ärztin werden und das kann ich mir bei ihr total gut vorstellen. Sie ist nicht nur supergut in der Schule und total fleißig, sie kann auch gut zuhören und nimmt sich ganz oft zurück, um mit anderen ihre Probleme zu besprechen. Dabei kann sie sich ziemlich gut in andere Personen einfühlen. Ich hatte ihr nach der Party kurz alles erzählt und das Thema Johan dann gemieden, wie bei fast allen. Amira hatte das gut verstanden. Es gibt nicht so viele Leute, die genauso sind.

14:28 Macy: Hey

14:34 Amira: Hey – wie war der erste Schultag?

14:38 Macy: Ganz gut, nee eigentlich nicht… Hör zu Amira, es gibt ein Problem.

14:45 Amira: Lass mich raten - Johan? Ist er dir heute wenigstens aus dem Weg gegangen, wie ich getippt hatte?

14:48 Macy: Ja, gesehen hab ich ihn nicht! Aber hör zu, er erzählt Geschichten über mich herum. Amira, ich fühle mich so hilflos! Es ist wie so oft, er macht ganz still im Hintergrund irgendwelche fiesen Sachen und wenn ich darauf reagiere, dann bin ich die hysterische liebeskranke Hippe. Ich dreh durch!

14:51 Amira: Ganz ruhig, Macy. Was erzählt er denn über dich? Das muss doch auch nachzuvollziehen sein?

14:52 Macy: Ach ich weiß genau wie das ablaufen wird: Keiner will sagen, von wem man was hat... Ja, ach der erzählt, ich hätte ihn gezwungen, ihn zu küssen und wer weiß was sonst noch...

14:55 Amira: Haha! Entschuldige Macy, aber das ist doch lächerlich...! Die Vorstellung wie du Johan überfällst, sorry aber das kann keiner ernst nehmen. Und was ist mit Sam?!

14:55 Macy: Was soll das jetzt? Mit Sam ist Schluss!?

14:56 Amira: Ja – aber wer will nach Sam denn Johan küssen... Sorry Macy, aber ich hab dir schon damals gesagt, die beiden sind wie...Gucci und H&M. Wie FC Bayern und ähm, naja gibt's was das schlechter ist als Eintracht Frankfurt? So ein Dorfverein eben, du weißt schon! Wenn du einmal in einem Weltverein wie dem FC Bayern gespielt hast, willst du nie mehr Kreisklasse spielen!

Merkt man, dass Amira Fußballfan ist? Und dass sie Sam richtig toll gefunden hatte? Irgendwie half sie mir gerade nicht wirklich weiter, denn ihre sonst so sachliche Art ging unter in der Begeisterung für Sam.

14:59 Macy: Manno, darum geht's doch gar nicht! Ich muss was machen! Dieser gestörte Typ verbreitet Lügengeschichten über mich!

15:01 Amira: Ja, ich versteh dich ja. Aber ich glaube, du siehst das übertrieben. Erstens denkst nur du, dass ALLE diese Geschichten hören und dabei werden es nur ein paar Leute sein. Und zweitens wird das ernsthaft keiner glauben! Bleib ruhig und warte ab, das wird sich alles legen. Im

Gegensatz zu Johan hast du ein normales Leben, leb einfach weiter und ignoriere das. Glaub mir das ist am besten. Aber ich verstehe deine Enttäuschung, du hast den immer noch anders gesehen, hm... Das tut einfach weh jetzt. Und mich macht es auch sauer, dass du dich immer wieder hast täuschen lassen, und das nach Sam. Und ihm zum Schluss vertraut hast! Wie fies von ihm, dich so reinzulegen, wo du ihn noch gefragt hast, ob er dich verarschen will! So ein Mist!

15:10 Macy: Ich will mir nicht alles gefallen lassen...

15:12 Amira: Ich weiß – aber der ist es nicht wert, dass du noch einen Gedanken an den verschwendest! Du bist so ein süßer und wertvoller Mensch ... und er ist ein Haufen Gülle. Der hat dich null verdient. Und ganz ehrlich, du hast ihm ja auch mal eine mitgegeben, oder...

Der Haufen Gülle tat zumindest kurzfristig gut, gerade weil er von der sachlichen Amira kam. Trotzdem konnte ich die Rachegedanken in den nächsten Tagen kaum ausschalten. Ich hörte noch das eine oder andere Gerücht, wobei mir von wohlmeinenden Mitschülern versichert wurde, dass sie das ja nicht glaubten, was so erzählt wurde. Damit wiesen sie mich natürlich nochmal besonders auf die von Johan verbreiteten Gerüchte hin.

Der Donnerstag war gekommen, der Tag, an dem wir uns, ob wir wollten oder nicht, in Sozi gegenüber sitzen müssten. Das allgemeine Gerede war ein wenig verstummt. Bisher waren wir uns in der Schule kaum über den Weg gelaufen; jetzt musste ich mich jedoch auf den Weg zu unserem Raum machen. Ich wartete, um als Letzte in die Klasse zu gehen, was ein Fehler gewesen war, da nur neben Johan noch ein Platz frei war. Johan sah mich mit einem eiskalten Blick an. Das war neu, denn bisher hatte er nicht nur drei Fotos sondern auch nur drei Blicke im Repertoire gehabt: erstens den Hundeblick, den ich bis zum Sommer fast ausschließlich zu sehen bekommen hatte. Zweitens den arrogant-fiesen was willst du eigentlich Blick und den dritten, der eigentlich keiner war, weil er darin bestand, wegzugucken. Weggucken, das tat Johan sehr oft, nicht nur bei mir, sondern generell. Es passte irgendwie zu ihm. Dieser vierte Blick war schlimmer als der arrogant-fiese, er wirkte auf eine Art leer und unmenschlich.

Ich überlegte kurz, jemanden zu bitten, mit mir den Platz zu tauschen, ließ es aber dann sein. So saßen wir wie versteinert nebeneinander, bis es zur Fünfminutenpause klingelte. Johan sprang sofort auf, lief zu zwei der coolen Mädchen und begann eine Unterhaltung. Sein über alles geliebtes Handy hatte er auf dem Pult liegen gelassen. Ich unterhielt mich mit meiner anderen Sitznachbarin und versuchte doch, der Unterhaltung von Johan zu folgen. Einmal hörte ich meinen Namen heraus und dann Lachen. Erzählte er wieder Lügen? Ausgerechnet den Mädchen, von denen er immer behauptet hatte, sie nicht ausstehen zu können? Verzweiflung und Hass stiegen in mir hoch. So stark, dass mein Kopf ganz leer wurde und dass ich mich an alles Weitere kaum noch erinnern kann. Als er sich mit selbstzufriedener Miene wieder neben mich setzen wollte, konnte ich mich nicht mehr beherrschen. Ich gab seinem Handy einen kleinen Schubs, so dass es neben mir auf den Boden fiel und trat blitzschnell mit dem Fuß darauf. Und dann nochmal und nochmal, bis der Bildschirm brach. „Du Irre, was machst du" schrie Johan entsetzt. „Bist du jetzt total durchgeknallt!" Schweigen im Raum. Dann schrie ich zurück. Ich weiß nicht mehr genau was. Aber ich schrie laut und lange. Unsere Mitschüler starrten uns fassungslos an. Johan schrie jetzt auch. Er nahm meinen Ordner und begann, die Papiere in kleine Stücke zu zerreißen. „Du verdammte Ausgeburt der Hölle. Du bist an allem schuld. Lass mich endlich in Ruhe" oder ähnliches schrie er vor sich hin. „Hätte ich längst! Lass DU mich!" brüllte ich zurück. Unser Lehrer übertönte uns. „Ruhe jetzt, sofort. Ihr beiden bleibt hier, alle anderen raus. Die Stunde ist beendet, Jan, sag im Sekretariat Bescheid. Ich bleibe mit Johan und Macy hier." Widerwillig drängten sich unsere Mitschüler zur Tür heraus. Von zweien nahm ich einen mitleidigen Blick wahr, andere schauten verächtlich, wieder andere starrten betreten auf den Boden. Bei einem Versuch, Johans Hände abzuwehren, begann ich, ihn zu kratzen. Er nahm mich an den Schultern und schüttelte mich. Dabei muss ich mit dem Kopf an die Wand geknallt sein. Alles begann zu verschwimmen. Ich sah noch das Blut an Johans Hals und fühlte, wie mir etwas warm den Kopf herunterlief. Nur kurz aber überdeutlich nahm ich noch wahr, dass Johans Hände bluteten. Dann wurde mir schwarz vor Augen.

Als ich wieder zu mir kam, lag ich auf dem Rücken, ein kaltes Tuch auf dem Kopf, die Beine hochgelagert. Neben mir Herr Steinkamp. Am anderen Ende des Raumes saß Johan, mit dem Gesicht zur Wand. Dann schaute er zu mir. In seinem Blick lagen Bestürzung und Leere. Er blutete immer noch am Hals. Wieder einmal konnte ich erkennen, was er dachte und diesmal war es das Gleiche wie ich: Wie hatte es so weit kommen können? War das wirklich nötig gewesen?

Durch die Fensterfront sah ich ein Blaulicht blinken und jetzt erblickte ich in der anderen Ecke des Raumes zwei rot-weiß gekleidete Sanitäter mit einer Trage. „Diesen Vorfall können wir nicht so stehen lassen." Herr Steinkamps rundes Gesicht blickte ernst und traurig. Schweiß stand ihm auf der Stirn. „Wir bringen euch jetzt zum Rettungswagen und versorgen euch erst mal. Später irgendwann werdet ihr mit der Schulleitung reden müssen." Decken wurden uns umgelegt. Auf dem Weg nach draußen warf Johan einen Blick zurück. Er schaute nicht zu mir, sondern in unseren Raum, in dem noch die Fetzen meiner zerrissenen Unterlagen auf den Boden lagen. Könnte man ungeschehen machen, dass wir uns je begegnet waren? Hier in diesem Raum, den wir vor anderthalb Jahren als unbedarfte Teenies betreten hatten? Wir schauten uns in die Augen und wandten dann beide den Blick ab. Könnte unser

Leben wieder normal werden? Könnten wir, jeder für sich, je wieder normal werden?

***

Auch wenn es unwahrscheinlich klingt – so hätte es auch sein können. Jeder von uns geht einen Weg und je nachdem, wem man unterwegs begegnet und vielleicht ein Stück zusammen geht, führt dieser Weg durch wundervolle Alleen oder schmale, holprige Gassen, durch oder vielleicht sogar gegen Einbahnstraßen... Manchmal halten wir nicht an Stoppschildern oder überschreiten die Geschwindigkeit. Die meisten unserer Delikte sind kleinerer Art, wir parken falsch oder strecken den Arm nicht heraus, um ein Abbiegen anzuzeigen. Ein überfahrenes Stoppschild kann schlimme Folgen haben, aber oft sind es auch einfach die kleinen Dinge, aus denen sich Schlimmeres entwickelt. Eine winzige Unachtsamkeit wie ein nicht ausgestreckter Arm kann eine Lawine auslösen. Und man wünscht sich die Sekunden vor der Lawine zurück, um alles anders machen zu können. Aber die Zeit lässt sich nicht zurückdrehen, auch nicht um wenige Sekunden.

Auch dieses Ende hat sich so nicht zugetragen. Es hat mich viele Nutellabrote gekostet. So hätte es aber sein können, wenn einer von uns einmal mehr sein Abbiegen nicht angezeigt oder ein weiteres Stoppschild übersehen hätte. Verfehlt uns eine Lawine, weil wir brav am Stoppschild angehalten haben haben, so liegt es außerhalb unserer Vorstellungskraft, was vielleicht passiert wäre, wenn wir durchgebrettert wären. Aber - wie ging es wirklich weiter?

RIP to those people who will get lost in our thoughts

23. Dezember

An den Rest der Party kann ich mich nicht mehr so genau erinnern. Irgendwie wurde noch mal mit Gummibärchen geworfen, es wurden viele Fotos gemacht, gelacht und zum Schluss auch getanzt. Johan und ich mittendrin. Fred war da und tanzte mit mir. Ich habe glaube ich ziemlich viel und laut gelacht, wie es Mädchen oft machen, wenn sie traurig sind und dies überspielen wollen. Irgendwann holte uns mein Vater ab. Nachdem wir Fred nachhause gefahren hatten, verschwand ich sofort in meinem Zimmer. Ich schaute nicht mehr in meine Nachrichten. Wollte nicht mehr darüber schreiben, wie alles gewesen war. Was ich jetzt brauchte, war Musik in den Ohren, an nichts mehr denken und dann laaaange schlafen.

Um kurz vor elf wachte ich verwirrt auf. Den Großteil der Nacht hatte ich damit verbracht, alte Chats nachzulesen. Dabei war mir klar geworden, dass bei mir und Johan, ob während unserer kurzen gemeinsamen Zeit oder danach, alles immer nach einem bestimmten Muster abgelaufen war: Ich hatte etwas gewollt, Johan hatte das nicht gewollt, dies aber nicht nur nicht gesagt, sondern mich immer ein wenig in dem Glauben gelassen, dass er dies auch wollte. Und zwar genau so viel, um mich weiter zappeln zu lassen.

Johan war nicht nur schwach und unehrlich. Er brauchte mich vor allem auch, um sein Ego aufzupolieren und sich besser zu fühlen. Deshalb hatte er damals nicht Schluss gemacht, als es schon längst angebracht war und mir auch widersprochen, als ich es tun wollte. Deshalb hatte er an meinem Geburtstag den Zettel eingeworfen, war er wieder angekommen, unmittelbar als mit Sam

Schluss gewesen war, hatte ständig Kontakt aufgenommen und dann, wenn ich alles in normale, freundschaftliche Bahnen hatte lenken wollen, Streit gesucht. Deshalb hatte er, auch als ich geäußert hatte, keinen Kontakt mehr zu wollen, immer wieder getestet, wie weit er gehen konnte. Deshalb hatte er angekündigt, sich bei der Party entschuldigen und aussprechen zu wollen und mich dann dort ignoriert und beleidigt. Deshalb hatte er beim darauf folgenden Gespräch wieder alles relativiert, bis hin zu der Aussage, vor kurzem noch überlegt zu haben, ob er nicht doch mit mir zusammen sein wollte. Er hatte wirklich gedacht, auch dass ich auch diesmal wieder weich werden würde. Er hatte nie eine „Aussprache" oder ein friedliches Ende gewollt. Er liebte es, mir bewusst Hoffnungen zu machen, damit er weiterhin jemanden hatte, der ihm hinterherrannte. Denn – leider war ich die Einzige gewesen, die dies jemals getan hatte. Johan hasste sein Leben und war generell unglücklich und da war ich ihm gerade recht gekommen, als Aggressionsableiter, wie ihm ja auch einmal herausgerutscht war....

Diese Erkenntnis hatte mich erst einmal betäubt. Wie hatte ich so dumm sein können? Wahrscheinlich habt ihr euch das beim Lesen schon tausendmal gefragt. Irgendwann war ich dann eingeschlafen und der Rest der Nacht war voller wirrer Träume gewesen... Johan und Anna in der Pausenhalle. Sie unterhielten sich und Anna wirkte so jung und verletzlich und Johan lächelte sie an. Der Gong ertönte und Anna war wie vom Erdboden verschwunden. Johan schaute zu mir und grinste mich an. „Anna ist mir scheißegal" formten seine Lippen. Dann die Party – ich sah ihn von Weitem und er rief „komm ich erklär dir alles". Als ich näher kam hörte ich ihn wispern: „Boa - was willst du denn hier, du..." Ich hatte noch mehr geträumt, konnte mich aber an den Rest nicht erinnern.

Ich schlich in die Küche und machte mir ein Nutellabrot. Eins nach dem anderen hieß die Devise. Heute war der Tag vor Heiligabend und wichtig war jetzt, noch letzte Geschenke zu besorgen. Ich hatte noch eine Liste abzuarbeiten. Eine schnelle Dusche später war ich unterwegs ins RMZ. Während ich im Bus saß, poppte eine Nachricht von Sam auf.

12:34 Sam: Hey!

Sam konnte ich jetzt auch nicht so wirklich brauchen… Andererseits war es so schön, mit ihm normal schreiben zu können. Wir chatteten ab und zu und er brachte mich mit seinen Geschichten immer zum Lachen. Meist handelten sie von neuen Mädchengeschichten… Ich dachte daran, wie man mich damals vor ihm gewarnt hatte. Ja, er war ein Player, aber ein netter! Er war sicher definitiv kein Unschuldsengel, was Mädchen betraf und als ich Schluss gemacht hatte, war der Ton zwischen uns nicht immer freundschaftlich gewesen. Aber kein Vergleich zur fiesen und hinterhältigen Art von Johan.

12:37 Macy: Hey! Wie geht's? Hab nicht so viel Zeit, muss gleich noch schnell Geschenke kaufen fahren!

12:40 Sam: Ok passt. Wollte nur merry Xmas sagen. Krieg gleich das Handy abgenommen – meine Mum will medienfreie Weihnachtstage. Ey das geht voll daneben xD.

12:41 Macy: Oha, ich hoffe, das bleibt mir erspart und ich kann mein Handy behalten! Dir auch schöne Weihnachten! Benimm dich gut, dann darfst du bestimmt mal zwischendurch auf Whatsapp. Hdl!

12:43 Sam: Ich dich auch <3 Muss dir demnächst unbedingt von Laila erzählen, die hat soo krasse Augen. Kannst sie ja mal auf Insta suchen: laila-beauty123.

Ich musste grinsen. Sam blieb Sam. Mittlerweile war ich im RMZ angekommen. Das Einkaufszentrum war brechend voll. Relativ schnell hatte ich alles erledigt, so dass sogar noch Zeit blieb, ein paar Sachen anzuprobieren. Meine Laune besserte sich langsam. Neues Jahr neues Glück und ähnliches blabla. Da würde was dran sein! Auf dem Rückweg im Bus schaute ich auf Insta. Ein paar solcher Sprüche könnte ich jetzt gebrauchen. Ich rief meine liebsten Sprücheseiten auf, zuerst natürlich **Teenquotesandfeelings**. Das heutige Post *You can't master your future if you are still a slave of your past* konnte ich mehr als unterschreiben. Also... theoretisch zumindest! Ich likte auch noch *Don't let yesterday take up too much of your today* und *When your past calls, don't answer – it has nothing new to tell!* Dann eine Nachricht von Laura. Ach stimmt, über dem ganzen Hin und Her hatte ich ganz vergessen, sie zu fragen, wie es mit Leon gelaufen war. Ich hatte ja nicht so viel mitbekommen, da ich länger mit Johan weggewesen war. Ich hoffte für sie, dass es noch ein schöner Abend gewesen war.

15:09 Laura: Hey!

15:10 Macy: Hey! Wie wars gestern noch?

15:11 Laura: Cool, war alles super. Aber warum wart ihr auf einmal eine Weile weg, Johan und du? Keiner wusste was bei euch los ist? Eigentlich war das süß, ihr so lange da im Zimmer.... Leon meinte, er sei fänd's gut dass ihr mal redet – eigentlich wollten wir euch nen Snap schicken, wir alle mit erhobenen Daumen. Wär doch witzig gewesen, oder?!

Leon hatte also von allem nichts gewusst. Hätte ich mir ja denken können; er war ein Guter. Was Johan ihm jetzt wohl erzählt hätte? Einen Haufen Lügen vermutlich!

15:14 Macy: Hm naja. Johan ist ein Arsch, sorry, ich muss es so sagen...

235

Ich erzählte Laura in Kurzform, was passiert war. Sie war geschockt.

15:16 Laura: Macy…. Deshalb war der auf einmal so wild auf die Party, nachdem er wusste, dass du auch kommst…. Gestern wirkte ja soweit alles ok – es haben sich nur alle etwas gewundert, als ihr so versteinert aus dem Zimmer kamt und euch den Rest der Party nicht mehr angeschaut habt. Oh Mann, Ich würd den ja am liebsten auf Whatsapp blocken… aber… er ist nun mal ein guter Freund von Leon, du verstehst mich doch? Ich muss mich halbwegs gut mit ihm stellen… Aber natürlich halt ich zu dir – wie kann man denn so was machen…: Jetzt versteh ich auch, warum er vorhin so komisch war, hab kurz mit ihm geschrieben…

Es war mir klar gewesen: Johan würde bei allen so tun, als wäre ich komplett hysterisch und würde nur Mist erzählen. Laura war daran interessiert, mit ihm weiter ein gutes Verhältnis zu haben. Daher würde er weiterhin mit ihr gerne mal ne Riesenshow machen… Von mir aus… wenn er das brauchte…

15:19 Macy: Jo, ich will halt, dass du weißt wie er ist. Ansonsten… ist es mir eigentlich egal, ob du noch was mit ihm zu tun hast. Für mich ist er auf jeden Fall erledigt.

Laura wollte offensichtlich noch was loswerden. Sie hatte eingangs wohl nicht die ganze Wahrheit gesagt…

15:21 Laura: Du Macy noch was, er stellt das ein bisschen anders dar alles. Ähm, ich glaub dir natürlich… aber er behauptet, er wüsste gar nicht, was du eigentlich wolltest, er hätte es nie als Streit gesehen. Für ihn wär alles easy und schon lange alles erledigt… Du aber wolltest halt immer reden nd so. Du… also, du hättest halt nicht verkraften können, dass Schluss war und so, du hättest ihm so leid getan …. Also… ich glaub

dem nicht aber... so stellt er's hin, und nicht nur bei mir, wahrschein-
lich...

Eigentlich wollte ich nichts mehr hören. Johan war sicher schon die ganze Zeit online und verbreitete Lügengeschichten.

15:24 Macy: Ok, Laura ich muss aus dem Bus raus. Danke und wir hö-
ren uns, ok? BB

Ein ungutes Gefühl breitete sich in meinem Magen aus. Wenn Johan seinen Hundeblick aufsetzte und anfing zu erzählen, glaub-te ihm jeder alles. Ich wusste das aus eigener Erfahrung. Er wür-de mich bei allen blöd hinstellen, auf eine ganz subtile Art und Weise. Ne große Sache würde er nicht draus machen, aber er würde seine kleinen Lügen gut platzieren und mich so unmöglich machen. Aber... sollte mich das interessieren? Ich sah schon Ami-ra oder Lola vor mir, die mir erklärten, dass es mich nicht die Bohne zu interessieren hatte, was Johan Mueller herumerzählte! So einfach ist das aber nicht. Ich hatte das ganz starke Bedürfnis, aller Welt zu erzählen, wie fies Johan zu mir gewesen war und dass alles, was er jetzt verbreitete, nicht wahr war.

Leon fiel mir ein. Er hatte mir schon oft geholfen diesen Som-mer, damit, dass er mir zugehört hatte oder sich den einen oder anderen Chat durchgelesen hatte. Auch wenn wir keine dicken Freunde waren, mochte ich seine zuverlässige Art total. Würde Leon Johans Geschichten glauben? Würde er mich jetzt hassen und ignorieren? Was sollte ich tun?

„Macy jetzt leg mal das Telefon weg. Kaum bist du da, hängst du wieder davor" meine Mutter war genervt. „Geh bitte mal eine Runde mit Ida auf den Spielplatz, wir haben noch soo viel zu er-ledigen." Ich packte meine aufgeregt plappernde Schwester auf ihr Fahrrad und lief zum Spielplatz. Er war leer. Ida lief zum Klettergerüst und ich konnte meinen Gedanken nachhängen. Es war etwas neblig und wurde schon dunkel, was mir sehr recht war. So konnte ich ungehindert nachdenken, stand eine Weile und starrte vor mich hin. Hinter mir waren Schritte zu hören, dann verstummten sie wieder. Stand jemand hinter mir? Ich drehte mich um – da stand Alex. „Hi - dein Vater hat mir gesagt, wo du bist. Ich hab ein Weihnachtsgeschenk für dich". Er streckte mir die Hand hin. „Packs aber erst morgen Abend aus, ok"? Warum konnte Johan nicht wie Alex sein?

24. Dezember

08:24 Macy: Lola – merry Xmas! How is Singapur?

Lola hatte es gut – sie war mit ihrer Familie nach Singapur zu Freunden geflogen und verbrachte dort einen traumhaften Urlaub über Weihnachten. Sie hatte mich schon mit diversen Instaposts neidisch gemacht. Auf dem letzten trug sie ein – wie ich hoffte gefälschtes – Chanelkleid und sah umwerfend aus!

08:35 Lola: Hi Macy – same to you! How is life – not the best Xmas ever isnt´t it my love…?! Should I fly over this night and kill the poor little liar?

08:37 Macy: No, you shouldn´t do that – remember it is Christmas xD. But you re right, not best Xmas ever – I feel so stupid.

Ich hatte Lola mit kurzen Snaps auf dem Laufenden gehalten. Sie hatte jetzt keinen Kopf für endlose Johangeschichten. Ich würde ihr alles erzählen, wenn sie wieder da wäre. Oder vielleicht auch nicht!

08:42 Lola: you aren´t stupid and you know that! You are a pretty and honest girl – too honest for a 14year old asshole. Talk to you soon, love you – and have a nice Christmas – promise me!

08:47 Macy: I promise... See you <3

Wie immer wenn ich mit Lola geschrieben hatte, sei es noch so kurz und belanglos, ging es mir anschließend besser! Lola war immer so cool und gelassen. Ich wünschte heftig, ich könnte wie sie sein.

Dann verschickte ich noch ein paar Weihnachtsgrüße - per Insta und Snapchat - und öffnete das Päckchen von Alex... es enthielt ein Album mit Bildern von uns aus den letzten Wochen, die meisten in der Schule aufgenommen. In den Pausen und den Freistunden aber auch bei anderen Gelegenheiten hatten wir oft Fotos gemacht. Zu jedem hatte er Kommentare in Form von Hashtags geschrieben. Alex ist jetzt nicht auch nicht so der Freund großer Worte und ich fand es einfach nur süß, wie viel Mühe er sich gegeben hatte. Das letzte Bild war eins von ihm und die Bildunterschrift lautete #macy #du #bist #mir #wichtig #willst #du #mit #mir #zsm #sein? Wie süß von ihm – noch nie hatte jemand so etwas für mich gemacht. Macy willst du mit mir zsm sein? – auch wenn das zu erwarten gewesen war, so hatte ich damit doch nicht gerechnet.

In meinem Handy trudelten Weihnachtswünsche und Antworten auf meine Snaps ein. Keine Nachricht von Leon, obwohl ich ihm auch geschrieben hatte. Würde er mir nie mehr schreiben? Gut, dass er mir nicht direkt antwortete, hatte eigentlich gar nichts zu bedeuten. Trotzdem fragte ich mich, ob Leon all die Lügen von Johan glaubte. Und wie er über all das dächte.... Es ist eine Angewohnheit vieler Mädchen, sich über solche Dinge viel Gedanken zu machen. Bevorzugt spätabends oder nachts... Eine sehr ungute Angewohnheit übrigens.

Trotzdem .... Mir wurde immer klarer, dass ich an einem Wendepunkt war und dass ich jetzt wusste, was ich wollte und was ich nicht wollte. Ich wollte nicht mehr zu lange an Falschem festhalten, nie mehr in Zukunft. Und ich wollte auch nichts Falsches beginnen, zum Beispiel mit Alex. Der war viel zu schade, um als Lückenbüßer herzuhalten. Ich mochte ihn sehr, aber ich wollte nicht mit ihm zusammen sein und das würde ich ihm sagen.

14:01 Amira: Macy – wie gehts?!

14:03 Macy: Hi, eigentlich gut, hab grad ne Erleuchtung. Johan ist glaub passee in diesem Moment. Der wollt sich nie mit mir vertragen und wollte nie ein normales Verhältnis – der wollte mich als Blitzableiter, weil er sein Leben hasst und es ihm mies geht!

*14:04 Amira: Sag ich doch! Die ganzen Gedanken, die du dir gemacht hast, das wars echt nicht wert! Hab grad was auf Insta gelesen und das passt soooo gut (*Amira war jetzt endlich auch auf Insta – ihre Eltern hatten es erlaubt!): **Never cry for that person who doesn't know the value of your tears.***

14:08 Macy: Oha, der Spruch ist toll. Tja, wenn er mich einfach komplett in Ruhe gelassen hätte, dann wär das schon längst erledigt gewesen. Wenn du noch an jemandem hängst und dieser Jemand schickt dir ein Liebeslied und fährt an deinem Geburtstag bei dir vorbei und so weiter… – ist es da echt dumm, daran zu glauben, dass die Person noch zumindest freundschaftlich mit dir verkehren will?!

14:09 Amira: Klar! Du hast ja auch oft gesagt, dass er dir leid tut und wolltest ihm helfen… Aber jetzt ist es vorbei, oder?

14:10 Macy: Joa, weißt du was? Irgendwie tut er mir immer noch leid. Er hat sich so krass verändert seit einigen Monaten. Als wir uns kennen gelernt haben hat er so Sachen gesagt wie „Ich hab die 1000er Marke in der Bücherei geknackt", das fand ich damals so süß! Jetzt würde er eher sagen, „ich hab das 1000er Level bei Spiel sowieso erreicht" oder so. Er ist so sarkastisch und böse geworden, nicht nur mir gegenüber, auch der innere Hass, den er auf alles hat….Und er will mir immer noch eins auswischen, damit, dass er Lügen rumerzählt und versucht, manche Leute gegen mich aufzuhetzen…Warum findet der denn keine Ruhe und lässt es einfach?

14:12 Amira: Es ist seltsam, aber ich glaub, du kennst ihn ziemlich gut, besser als die meisten anderen. Und das, obwohl ihr ja eigentlich schon länger eigentlich nix mehr miteinander zu tun habt. Vielleicht findet er es auch nicht so toll, dass du ihn durchschaust…

14:14, Macy: Hm, Johan ist ein Mensch, der zwar offen und freundlich wirkt, aber eigentlich sehr verschlossen ist und nicht viele Leute an sich ranlässt. Daher wars auch echt richtig mies von mir, dass ich manche Dinge, die er mir erzählt hat, ausgenutzt und nicht für mich behalten hab. Auch wenn ich es nur als Reaktion auf seine Fiesheiten gemacht habe… das hätte ich mir echt sparen können. Aber das wollte ich ihm ja an dem Abend schon sagen und mich entschuldigen…Aber genug von Johan – wir beide sehen uns ja bald – ich freu mich so! Muss gleich Schluss machen, die Familie trudelt schon ein… Was machst du heute noch?

14:18 Amira: Wir gehen nachher zu Freunden. Irgendwie ist das ein komischer Tag für mich…, hier überall ist Heiligabendstimmung…. aber da sind meine Eltern konsequent…. Wir werden das nicht feiern. Bis bald Macy, hdl!

14:23 Macy: Ich dich auch!! Danke für alles! Wir sehn uns!

Ich war nachdenklich! Jeder hatte in diesem Spiel auf seine Weise reagiert. Johan mit Ignoranz, Verschweigen und auch Manipulation und dem Verbreiten von Lügen durch die Hintertür. Dass er mich verletzen wollte, war eine Tatsache, die ich mir nicht einbildete, dessen war ich sicher. Aber warum, das wusste ich nicht. Vielleicht hatte es mehr mit ihm selbst zu tun als mit mir, mit der Unzufriedenheit mit seinem aktuellen Leben. Ich war ihm da gerade recht gekommen... Ich hatte ja zwischendurch versucht, den Ignoriermodus einzuschalten, mehrmals, war aber nicht konsequent gewesen. Meine Waffe waren die Worte gewesen – in dieser Hinsicht war Johan eher unbewaffnet xD.... Worte, die zwar wahr, aber sehr verletzend gewesen waren. Ich bin nicht in der Lage, Dinge leise auszuhalten und auf den richtigen Moment zu warten, ich kann nicht strategisch vorgehen. Ich würde mal lernen müssen, mich zurückzunehmen!

Es ist nicht einfach, wenn wir erkennen müssen, dass Dinge nicht so laufen, wie wir es gerne hätten. Vielleicht ging es gar nicht so sehr um Johan. Vielleicht ging es mir um eine Vorstellung in meinem Kopf, die ich nicht aufgeben wollte. Ich bin jemand, der ziemlich viel nachdenkt. Es ist wohl wichtig, zu lernen, dass das Leben unplanbar ist und dass manche Kapitel unseres Lebens Wendungen beinhalten, die uns nicht gefallen. Mein Vater würde behaupten, dass mir das im Leben noch öfter so gehen wird – und mir damit vielleicht wieder einmal das Gefühl geben, dass er nichts versteht und niemals jung war.

Der Johan, den ich gesehen hatte, war einfach eine Vorstellung in meinem Kopf gewesen – es hatte ihn wohl nie gegeben. Dieser Gedanke war einerseits sehr traurig, andererseits irgendwie tröstlich für mich. Was es nie gegeben hatte, kann man auch nicht vermissen. Johan würde keine Macht mehr über mich haben! Im Prinzip war das mit dem vorgestrigen Abend, bei dem er so deutlich sein wahres Gesicht gezeigt hatte, schon geschehen. Insofern konnte es mir auch egal sein, ob andere nun sein wahres Gesicht kannten oder nicht! Und ja – auch wenn mich immer wieder in den letzten Tagen und Wochen solche Gedanken beschlichen wie „wie viel Zeit ab ich an den verschwendet...?!" – ich hatte keine Zeit verschwendet. Die letzten Monate hatten mich in vielerlei Hinsicht verändert. Wenn ich an den Anfang des Jahres zurückdachte kam es mir viel länger her vor.

Ich beschloss, ihm noch ein letztes Mal, ein wie ich jetzt wusste, endgültig letztes Mal zu schreiben. Dafür entblockte ich ihn und schrieb:

14:55 Macy: Nochmal dazu, dass ICH meinem Prinzip treu bleiben soll... Hauptsache, du bleibst deinem Prinzip treu! Was war nochmal dein Prinzip? Dass du bloß keine eigene Persönlichkeit entwickelst und dich änderst wie ein Fähnchen im Wind, je nachdem, mit wem du sprichst? Ach ja und dass du immer schön abwechselst zwischen ignorieren und bissi Hoffnung machen?! Haha, sorry, dass ich drauf reingefallen bin – ich geh halt von mir selbst aus und ich würde so was nie mit jemand machen (DAS ist MEIN Prinzip), habs halt nicht nötig – du schon!

Ein typischer Macy-Text. Ich las ihn nochmals. So abschicken? Nein - diese Worte waren bei Johan verschwendete Mühe, wie ich wohl so vieles an ihn nur verschwendet hatte... Kurzentschlossen löschte ich sie wieder und schrieb stattdessen:

15:11 Macy: Du magst dich jetzt gut fühlen, weil du denkst du hast „gewonnen" – du liegst falsch! Gewinnen können immer nur die Freundschaft und die Liebe. Insofern wirst du immer ein Verlierer bleiben!

Ich war stolz auf meinen Text! Das war jetzt das letzte Wort in diesem Spiel! Mir war so viel klar geworden, Johan hingegen hatte nichts verstanden, das war mal sicher! Ich löschte seine Nummer endgültig aus meinem Handy und ging in die Küche, um Ida zu helfen, die Zeit bis zur Bescherung zu überstehen. Einmal „Pelle zieht aus", zweimal „Madita" und zweimal „Petterson bekommt Weihnachtsbesuch" später kam ich zurück in mein Zimmer. Auf

meinem Handy war eine neue Nachricht von Unbekannt aufgepoppt:

16:40 Unbekannt: Das Spiel ist noch nicht vorbei :PP

***

Ist es so gewesen? In dem Wunsch, mein Buch jetzt endlich
selbst zu schreiben, verschwimmen Geschehenes, Gedachtes, Ge-
träumtes, Geschriebenes und Gesagtes zu einem großen Kapitel
voller tanzender Buchstaben. Auch dieses Ende hat sich nicht genau so zugetragen. Das ist aber auch egal! Im Grunde gibt es keine
endgültige Wahrheit und kein einzig wahres Ende, bei keiner Geschichte: Jede Wahrnehmung ist subjektiv und hätte jemand anders
diese Geschichte geschrieben, wäre sie anders erzählt worden.

Es sollte im Leben nicht darum gehen, was richtig oder falsch
ist. Damit verschwenden wir zuviel Lebenszeit und es wird sich
sowieso nicht immer klären lassen. Wichtig ist nur, dass ihr ihr
selbst bleibt. Damit meine ich, dass ihr euch für keinen Typen verändert oder versucht, anders oder in euren Augen besser zu sein.

Sei du selbst und die Richtigen werden dich mögen!!!

Das war´s jetzt aber wirklich! Dieses Buch kann ich beruhigt ins
Regal stellen. Bevor ich in die Küche gehe, um mir einen Joghurt zu
holen – ich mag jetzt keine Nutellabrote mehr – schaue ich noch
kurz nach dem aktuellsten Post auf „**Teenquotesandfeelings**".

*You know you are on the right track when you become un-
interested in looking back*

macy_8899
#so #true

Epilog

Schreiben hilft mir immer. Ob Mails an Freundinnen, lange Texte an unnötige Jungs oder Listen von Dingen, die ich morgen im RMZ kaufen will: Wenn ich schreibe, kläre ich meine Gedanken und habe das Gefühl, etwas zu tun. Daher formuliere ich noch mal die Gründe, warum Johan einfach nur ein Fail ist:

Warum es keinen Grund gibt, je wieder einen Gedanken an dich zu verschwenden:

1. Du interessierst dich nur für dich selbst und hast an mir keinerlei Interesse (an anderen leider auch nicht, aber da heuchelst du besser)!

2. Du lügst wenn du den Mund aufmachst!

3. Du änderst deine Meinung wie ein Fähnchen im Wind, je nachdem mit wem du gerade sprichst und wem du zustimmen musst!

4. Du hast mich in 85 % unserer Chats in den letzten Monaten entweder angelogen, mir Dinge gesagt, die du nicht gehalten hast, auf harmlose Dinge übermäßig aggressiv und pampig reagiert oder komische Andeutungen gemacht um dich wichtig zu machen.

5. Du ignorierst mich in der Schule, willst aber weiter mit mir schreiben (-> um mit Punkt 4 weiterführen zu können)

6. Du schleimst bei Leuten nur um deren Beliebtheit willen, um dazuzugehören, sagst anderen jedoch, dass du diese Personen nicht magst! Du redest schlecht über Leute, mit denen du befreundet bist.

7. Du redest schlecht über Dinge wie Projekte etc. und bei den verantwortlichen Leuten schleimst du rum.

8. Du bist nicht attraktiv (dass sage ich, obwohl du sicher schon gemerkt hast, dass ich auf Äußerlichkeiten weniger Wert lege).

9. Du bist nicht humorvoll, unterhaltsam oder schlagfertig. Bei Scherzen wirst du gleich misstrauisch und vermutest was gegen dich dahinter! Deine Witze sind oft peinlich und unlustig!

10. Du hast nie deine Andeutungen aufgelöst und gesagt, welche deiner vielen gegensätzlichen Behauptungen wahr sind und hast mir immer wieder Hoffnungen gemacht, obwohl du wusstest, dass ich so schlechter mit allem abschließen konnte.

11. Du hast deinen Frust und deine Genervtheit über dein Leben und deinen Hass auf deine Situation ohne Hemmungen an einer der wenigen Personen ausgelassen, die dich mal mochten – an mir. Du wusstest mich, meine vielen Gedanken, meine Zeit und meine Tränen kein Stück zu schätzen. Und warst sie von Anfang an nicht wert!

Ha, das war schon mal ein Anfang. Aber nein, das reicht nicht! Ich werde ALLES aufschreiben.... Ein Buch, ich werde ein Buch schreiben!!! Ein Buch über mich - und über Johan, im Fadenkreuz von Facebook, Whatsapp und Instagram...und es wird ONLINE? heißen!

Danke....

an Alex – stellvertretend für all diejenigen, die mir gezeigt haben, dass es auch normale Jungs gibt!

an Anna – für eine Umarmung auf einer Party, mit der unsere Freundschaft angefangen hat. Und dafür dafür, dass du als erste Fast-Außenstehende das ganze Buch gelesen hast. Und vor allem für deine Freundschaft seit nunmehr vier Jahren. Allein dafür hat sich alles gelohnt!

an Sam – dafür, dass du diesen Sommer „gerettet" hattest, für viele schöne Erinnerungen und dafür, dass du mir gezeigt hast, dass man auch nach einer „Trennung" Freunde bleiben kann. Wir hören uns!

an Susi - für das „Material", das du mir zur Verfügung gestellt hast xD, dass du Teile gelesen hast, bevor sie veröffentlicht wurden - und dafür, dass ich dich kennengelernt!

an Amira - für deine Geduld und für dein allzeit offenes Ohr! Wir haben momentan keinen Kontakt mehr, aber ich weiß, Du wirst die beste Ärztin!

an Lola und Fred – dafür, dass ihr in Notsituationen da wart und den Spaßfaktor aufrechterhalten habt. Für Joggingrunden, Parties, abendliche Dog Walks, nächtliches Sitzen auf Hausdächern, Icecream, Lästereien, ehrliche Meinungen, Bestätigungen und Widerspruch. Lola, since you're back in Sweden, I still miss you every day! Fred, auch wenn wir jetzt andere Kreise haben, ich hoffe, es geht dir gut!

an Cora – dafür, dass ich dir immer alles erzählen konnte. Und fürs Lesen! Für die gute Betreuung vor Ort xD, besonders für Beruhigung und Wegzerren, wenn ich kurz vorm Explodier̃˜˜ ˜˜˜˜ Dass du umgezogen bist, war ziemlich scheiße von dir.

an Ida – dafür, dass du für ein bisschen Normalität gesorgt hast, als für mich nichts mehr normal war. Ich werde beobachten, was in ein paar Jahren bei dir passiert – und ich werde da sein!

an Papa – für PC-Support und -Viren-Bekämpfung während ich dieses Buch geschrieben habe und für Geduld und Verständnis, trotz einiger Morgen, an denen du mich „noch und nicht schon wieder" schreibend vorgefunden hast

und last but not least an Mama – dafür, dass du das Buch als Allererste ☺ gelesen und mich motiviert hast, es fertig zu schreiben. Und dafür, dass du meine „Teenie-Gefühle" ein bisschen nachvollziehen konntest, aber mir immer wieder versucht hast, klarzumachen, dass das nur ein Mini-Kapitel meines Lebens sein würde. Jetzt, einige Jahre später, weiß ich das! Aber ich weiß nicht, was ich damals ohne dich gemacht hätte.

Über tredition

EIN EIGENES BUCH VERÖFFENTLICHEN
tredition wurde 2006 in Hamburg gegründet. Seitdem hat tredition mehrere tausend Buchtitel veröffentlicht. Autoren veröffentlichen in wenigen leichten Schritten gedruckte Bücher, e-Books und audio-Books. tredition hat das Ziel, die beste und fairste Veröffentlichungsmöglichkeit für Autoren zu bieten.

tredition wurde mit der Erkenntnis gegründet, dass nur etwa jedes 200. bei Verlagen eingereichte Manuskript veröffentlicht wird. Dabei hat jedes Buch seinen Markt, also seine Leser. tredition sorgt dafür, dass für jedes Buch die Leserschaft auch erreicht wird.

Im einzigartigen Literatur-Netzwerk von tredition bieten zahlreiche Literatur-Partner (das sind Lektoren, Übersetzer, Hörbuchsprecher und Illustratoren) ihre Dienstleistung an, um Manuskripte zu verbessern oder die Vielfalt zu erhöhen. Autoren vereinbaren direkt mit den Literatur-Partnern die Konditionen ihrer Zusammenarbeit und partizipieren gemeinsam am Erfolg des Buches.

Das gesamte Verlagsprogramm von tredition ist bei allen stationären Buchhandlungen und Online-Buchhändlern wie z. B. Amazon erhältlich. e-Books stehen bei den führenden Online-Portalen (z. B. iBookstore von Apple oder Kindle von Amazon) zum Verkauf.

Jetzt ein Buch veröffentlichen: **www.tredition.de**

EINE BUCHREIHE ODER VERLAG GRÜNDEN

Seit 2009 bietet tredition sein Verlagskonzept auch als sogenanntes "White-Label" an. Das bedeutet, dass andere Personen oder Institutionen risikofrei und unkompliziert selbst zum Herausgeber von Büchern und Buchreihen unter eigener Marke werden können. tredition übernimmt dabei das komplette Herstellungs- und Distributionsrisiko.

Zahlreiche Zeitschriften-, Zeitungs- und Buchverlage, Universitäten, Forschungseinrichtungen, u.v.m. nutzen diese Dienstleistung von tredition, um unter eigener Marke ohne Risiko Bücher zu verlegen.

Alle Informationen im Internet: **www.tredition.de/Buchverlage**

tredition wurde mit mehreren Innovationspreisen ausgezeichnet, u. a. Webfuture Award und Innovationspreis der Buch-Digitale. tredition ist Mitglied im Börsenverein des Deutschen Buchhandels.

Zeitfracht Medien GmbH
Ferdinand-Jühlke-Straße 7
99095 Erfurt, Deutschland
produktsicherheit@kolibri360.de